公元787年,唐封疆大吏马总集诸子精华,编著成《意林》一书6卷,流传至今
意林: 始于公元787年,距今1200余年

意林®轻文库

青春最美,梦想出发
中国式好看轻小说优鲜品牌

绘梦古风系列 046

二两皇妃
千千岁（一）
元宝儿 作品
ERLIANG HUANGFEI
QIANQIANSUI YI

吉林摄影出版社
· 长春 ·

图书在版编目（CIP）数据

二两皇妃千千岁. 一 / 元宝儿著. -- 长春：吉林摄影出版社, 2018.3
（意林·轻文库. 绘梦古风系列；046号）
ISBN 978-7-5498-3347-4

Ⅰ.①二… Ⅱ.①元… Ⅲ.①长篇小说-中国-当代Ⅳ.①I247.5

中国版本图书馆CIP数据核字(2018)第031300号

二两皇妃千千岁（一）
ERLIANG HUANGFEI QIANQIANSUI YI

著　　者	元宝儿
出 版 人	孙洪军
总 策 划	安　雅　张　星
责任编辑	李　彬
图书统筹	空心菜
特约编辑	魏　娜
绘　　图	源　雪
书籍装帧	胡静梅
图书设计	王周益
开　　本	700mm×1000mm　1/16
字　　数	350千字
印　　张	13.5
版　　次	2018年3月第1版
印　　次	2018年3月第1次印刷

出　　版	吉林摄影出版社
发　　行	吉林摄影出版社
地　　址	长春市泰来街1825号
	邮编：130062
电　　话	总编办：0431-86012616
	发行科：0431-86012602
网　　址	www.jlsycbs.net
经　　销	全国各地新华书店
印　　刷	北京盛彩捷印刷有限公司

书　　号　ISBN 978-7-5498-3347-4　　　　定价：29.80元

版权所有　侵权必究
如发现印装质量问题，请与印务部联系退换，电话：010-51908584

目录
CONTENTS

第一章
初相遇强强对峙　001

第二章
入京城大耍威风　027

第三章
耍心机出手救人　051

第四章
奉天殿惊魂血案　077

第五章
为利益联手合作　099

第六章
书院招生起争端　123

第七章
黑槐殿鬼影憧憧　147

第八章
一画成名出风头　167

第九章
御书房争辩是非　191

第十章
瑶池宫草菅人命　203

第一章 初相遇 强强对峙

"李公子,还请您仔细盘查,明断是非。小的不过是酒楼的伙计,平日里兢兢业业地在这里打杂伺候人,就算借给小的熊心豹子胆,也绝对做不出偷拿客人钱财之物这种丧尽良心之事……"

说话间,就见一个十六七岁的店小二涕泪横流地跪倒在地,一边哭诉自己的委屈,一边向一个身穿绫罗绸缎的富贵青年磕头作揖。

此时在君悦酒楼用膳的其他客人皆被这突如其来的一幕惊住了,众人纷纷将视线移向骚乱之处。

被唤作李公子的青年二十出头的年纪,虽生得貌丑无比,但满身绫罗,外加那些挂在他身上的珠宝玉佩,却像是在昭告众人,他不但富贵逼人,而且极不好惹。

店小二的哭诉非但没有让这位李公子心生恻隐,他反而扬起手臂,对着店小二那张稚嫩的脸一巴掌抽了过去。

挨了一耳光的店小二被打得一个趔趄,喉间发出一声凄厉的号叫。

这狠狠的一巴掌并没有让李公子消去心头之气,他猛地起身,对着摔倒在地的店小二当胸就要踹上去。

眼看店小二性命不保,千钧一发之时,一只巴掌大的小茶杯从远处飞来,不偏不倚,正好砸中李公子的脚踝。

"砰"的一声闷响,之前还耀武扬威的李公子被杯子砸得惨叫一声,顺势倒地。

他抱着被砸得剧痛无比的脚踝破口大骂道:"哪个乌龟王八蛋如此大胆,居然敢躲在暗处偷袭本少爷?是谁?赶紧给本少爷滚出来……嗷——"

李少爷的威还没发完,后背便被人重重踩了一脚,紧接着,头顶传来一道低沉沙哑的少年人嗓音:"爷偷袭的,你能如何?"

这一脚踩得结结实实,李少爷完全动弹不得,他只能保持着五体投地的姿态循着声音望过去。

这一看不要紧,就见一个身材颀长、略显瘦削、五官精致到令人窒息的绝世美少年,正居高临下地俯视着自己。

那少年宛如一个睥睨天下的王者,一身漆黑的窄袖袍服的装扮,墨色的长发高高束在脑后,仅用一支翠绿色的玉簪固定。

他手指修长纤细,右手拇指处戴着一枚血红色的玉扳指,那抹红,仿佛将他白皙的手指衬托得更加光洁耀眼,美得让人移不开视线。

最夺人眼眸的是,这位美少年的肩膀上站着一只膘肥体壮且拥有一身色彩斑斓的羽毛的巨大鹦鹉。

还没等李少爷从震惊中回过神，就见那只肥壮的鹦鹉眨着一双灵动的小豆子眼，扯着稚嫩的嗓音重复了一句："爷偷袭的，你能如何？"

这下，李少爷彻底被这一人一鸟气到了，他破口大骂道："你真是好大的胆子，可知道本少爷姓甚名谁，来自何方？还不把你的脚从本少爷身上拿下去，岂有此理？真是岂有此理！你该不会和那个偷了本少爷钱袋子的店小二是一伙的吧？来人，快去报官，将这群手脚不干净的小贼给本少爷送进官府，关进大牢……"

黑衣美少年闻言后微微勾唇，非但没有挪开踩在李少爷背上的脚，反而用鞋尖在他后背上狠踹了几下。。

李少爷被踩得嗷嗷直叫，就在他以为黑衣美少年打算就这么把自己活活踩死时，衣领忽然被一股庞大的力道揪了过去，正好与美少年那张俊美到无可挑剔的脸打了个照面儿。

这下，李少爷终于看清楚了美少年的长相。

这简直就是一张受上天眷顾的绝世面孔，犀利上扬的剑眉，深邃漆黑的双瞳，高挺漂亮的鼻头，形状美好的唇瓣微微勾起，仿佛带出一丝邪气的坏笑。

完美的五官配上白皙如玉的肌肤，这美少年真真是拥有了一张倾城倾国的绝世容颜。

饶是李少爷满身戾气，在看到这张无可挑剔的面孔之后，戾气还是不由自主地降低了几分。

不过为了显示自己的愤怒，他色厉内荏道："你……你到底是什么人？为何要帮着那个偷我钱袋子的店小二？你们该不会是同流合污，故意用这种下三滥的方式来坑客人的钱财吧？"

面对李少爷的指责，黑衣美少年只是投给他一记讥讽的冷笑："别以为手里有几个臭钱，就将别人视为蝼蚁……"

说着，美少年一把将李少爷丢开，顺便对着他的屁股踹了一脚，直接将李少爷踹到了桌子底下："睁大你的狗眼看清楚，你的钱袋子究竟在哪里！"

被人当狗一样踹到桌子底下的李少爷刚要发火，定睛一看，桌子下面果然有一只颇为眼熟的钱袋子。

他忙不迭地将钱袋子打开，见里面的银票和随身所带的碎银子一点儿没少，这才隐约想起，刚踏进君悦酒楼的时候好像解过一次钱袋子，后来随手放到桌子上，等他回过神来的时候，才发现钱袋子已经不见了踪影。

难道说，是他不小心将钱袋子丢到了桌下而不自知，才一时冲动将偷窃的罪名冠到了店小二的头上？

虽然事情的真相意味着他可能搞出了一桩大乌龙，但被一个乳臭未干的臭小子当众侮辱，这让李少爷实在心有不甘。

他气极败坏地从桌子下面钻出来，怒不可遏地刚要对黑衣美少年破口大骂，就见那只毛色绚丽的鹦鹉扯着娇嫩的嗓音，语带讥讽地送他四个字："你个蠢货！"

"哈哈哈……"

之前在酒楼中看热闹的客人被这只肥壮的鹦鹉逗得哄堂大笑。

虽然许多养鹦鹉之人喜欢调教自己的鹦鹉学习人类的语言，但真正可以将每一个字的读音咬得这么准的鹦鹉，市面上还真是颇为少见。

且这只浑身花哨的鹦鹉不但声音清脆、伶牙俐齿，就连身材也肥胖圆润，颇为巨大。

之前还气焰嚣张的李少爷见众人频频向自己这边投来嘲弄的视线，又想到黑衣美少年收拾自己就像收拾一只落水狗，为了避免再次挨揍，他只能气呼呼地将钱袋子重新挂回自己的腰间，像只鹌鹑一样龟缩回自己的位置继续吃饭。

君悦酒楼是忘溪镇唯一一家颇具规模的大型饭庄，同时，忘溪镇处于连接奉阳城与京城的枢纽地带。

这里地势偏僻，人烟稀少，但凡经过此处的都是商旅之客，而君悦酒楼自然成了这些商旅之客的必经落脚点。

若非如此，李少爷早就甩袖离开，怎么可能继续留在这里受人白眼？

那个被李少爷当成窃贼的店小二见事情出现了转机，忙不迭地扑到黑衣美少年面前磕头道谢："多谢公子见义勇为，替小的洗清冤屈，查明真相。不知公子尊姓大名，如何称呼，待小的日后成亲生子，必让后世子孙将公子奉为我陈家恩人……"

"闭嘴，你太吵了！"

美少年根本不给店小二继续啰唆下去的机会，带着备受众人瞩目的花哨鹦鹉重新回到自己的位置上，慢条斯理地吃着桌上的餐点——一碗刚刚被端上来的炸酱面。

她慕紫苏可不是什么心怀大善的观世音菩萨，之所以替满腹冤屈的店小二解围，完全是因为那个不知天高地厚的李公子实在太吵，影响了她进餐的食欲。

一连赶了十数天的路，每日只能以干粮和白水充饥。如今好不容易找到一家看着还算不错的饭馆，她此时的心愿就是痛痛快快吃一碗美味的炸酱面，所以像李公子这种不识好歹之徒最好有多远滚多远。

只是筷子刚刚提起，门口处忽然传来一阵骚动。

循声望去，一群训练有素的侍卫整齐有序地从客栈外面闯了进来。

这群人的出现，让原来嘈杂的酒楼瞬间消了声。所有的食客，包括客栈的掌柜和伙计，都被这些突然闯进来的侍卫吓蒙了。

只见几十名侍卫在短时间内分列成整整齐齐的两大排，将门口的一条通道让了出来。

不多时，一个身穿黑色锦织丝袍的俊美少年，坐着一张精心雕琢打造的木质轮椅，在几个心腹护卫的簇拥下，慢慢悠悠地从外面进入酒楼。

从这少年的外表来看，他的年纪在十六七岁，生得面若冠玉，精致俊美。

也不知他上辈子究竟积了多大的福德，不但五官样貌受到了老天的眷顾，就连与生俱来的气质都尊贵得令人不敢直视。

识货的人一眼就看得出，他身上穿的那袭黑色锦织丝袍价值不菲。还有他头上戴的玉冠，腰间挂的饰物，手上戴的扳指，无论哪一样，都绝非世间凡物。

唯一让人觉得有些遗憾的就是，少年脸色苍白憔悴，眉宇之间散发着一股好像多年沉积下来的病态。

最可惜的是，他乘坐着轮椅，很明显是腿有残疾。

不知是这少年出场的方式过于高调，还是他与生俱来的气场过于强大，原本还有些嘈杂热闹的酒楼，因为少年的出现，瞬间变得安静无比。

从他所乘坐的轮椅不难看出，少年的身份非比寻常。

轮椅是用价格昂贵的花梨木打造而成，两只木轮支撑着宽大的座椅，不管是椅背还是扶手，都雕刻着精致复杂的花纹，从这些花纹的纹路不难看出，工匠为了打造这张轮椅，必是下了一番苦功。

众星拱月般出现在酒楼的少年先是神色淡然地朝四周扫了一眼，才漫不经心地对身旁的侍卫道："老规矩，闲杂人等，一律赶走！"

命令一出，负责赶人的侍卫便对酒楼里吃饭的客人道："所有的花销，无论多少，全都记在我家公子头上。现在，请各位速速离开此地，另寻去处。"

虽然这种赶人方式有些霸道，但对大多数人来说，却是一笔划算的买卖。

有人替自己付账，真是再好不过的事情。

况且，那位穿着体面、气质出众、满身贵气的俊美少年一看就是一个不好惹的人物。

就算他坐着轮椅，不良于行，那股令旁人无法忽视的上位者气息，还是令围观者望而生畏。

与其继续耗在这里找人家的不痛快，还不如敬而远之，赶紧走人。

很快，已经吃完饭或是饭只吃到一半的人，便识趣地放下手中的碗筷，纷纷起身，自觉地离开客栈的大门。

"凭什么你们让本少爷走，本少爷就一定要走？告诉你们，本少爷有的是银子，不屑于吃你们的嗟来之食！"

刚刚冤枉店小二偷银子的李少爷心里正憋着一股怨气无处发泄，此时像被人打发乞丐一样逐出酒楼，压在心头的那点儿邪气一股脑儿地喷涌而出，不管不顾地在人群中吵嚷起来。

坐在轮椅上的俊美少年从容淡定地选了一处环境还不错的位置，下一刻，自以为怨气得以发泄的李少爷，被几个孔武有力的侍卫拎着衣领，像拎死狗一样当众丢了出去。

从头到尾，轮椅少年甚至连眼皮都懒得抬一下，仿佛被侍卫丢出去的不是一个大活人，而是一堆碍眼的垃圾。

这下，那些还没来得及离开的客人终于意识到事情的可怕，他们不敢留恋于此，争先恐后地离开君悦酒楼。

客人们七七八八走得差不多，唯有慕紫苏安安稳稳地坐在原地，慢条斯理地用筷子翻搅着面条上香喷喷的肉酱，而那枚戴在她拇指上的血玉扳指，不知是不是透过窗外阳光的照射，仿佛释放出一抹诡异而又耀眼的光芒。

被她救过一命的店小二见自家恩人没有离开的意思，悄悄凑了过去，低声在她耳边道："公子，您还是快些离开这里吧。虽然小的不清楚那边那位爷究竟是什么来头，但近几日他一直住在忘溪镇，几乎每到这个时候就会带着他的手下出现在咱们君悦酒楼，并且花大价钱将整个酒楼包下……"

见慕紫苏无动于衷地继续用筷子翻搅着碗内的炸酱面，店小二急得都快哭了："公子，小的并没有危言耸听。那位爷行事作风极其狠辣，之前也有不识趣的客人想要在他面前一争高下，结果不是被打断了腿，就是被卸掉了胳膊。看到刚刚那位被丢出去的李公子没有？他的下场和之前那些不识好歹的人相比都是轻的。念在您刚刚救过小的一命的分儿上，听小的一句劝，趁着那位爷还没有对您发火，您赶紧离开，可千万不要惹上这个大麻烦。"

"我饿！"

字正腔圆的两个字，说得不卑不亢、铿锵有力。

不但苦口婆心劝她离开的店小二被噎得脸色一白，就连不远处那位被众星拱月的轮椅少年也不由得将目光向这边移了过来。

负责传令的侍卫见偌大的酒楼里还有一个漏网之鱼，于是耐着性子走到慕紫苏面前又提醒了一句："这位小公子，许是我刚刚说话声音太小你没听清。我家爷不喜欢人多嘈杂之地，所以这家酒楼里所有的闲杂人等必须马上离开。至于你今日在酒楼所有的花销，自会有人替你承担……"

话还没说完，就被慕紫苏打断，她玩味地把玩着拇指上的血玉扳指，状似不经心地答道："我说我饿，你听不懂？"

"你……"

传令的侍卫显然没想到，天底下竟然会有如此不识好歹之人。

他刚要开口再说些什么，已经注意到这边动向的轮椅少年面无表情道："现在离开，你还能全身而退。"

慕紫苏抬头，肆无忌惮地迎视轮椅少年的目光。

眼中没有卑怯，没有畏惧，仿佛那个出言威胁自己的人只是一个普通的阿猫阿狗。

倒是一直蹲坐在她肩膀上的鹦鹉小声在她耳边念叨了一句："前方高能，有危险！"

慕紫苏没理会自家鹦鹉的警告，拿着筷子，继续刚刚的动作。

不是她故意跟那个轮椅少年作对，而是方圆十数里之内根本就没有第二家酒楼供她挑选。

她是真的饿，真的累，真的想坐下来大快朵颐、享受美食。

所以，当轮椅少年像个帝王似的对她发出警告时，她只是勾唇笑笑，回了一句："这里位置不少，多我一个不多。"

轮椅少年的周身忽然散发出一股慑人的戾气，声音中夹杂着几分警告："现在滚，你还能活着见到明天的日出！"

"扑哧！"

这么赤裸裸的警告，忽然把慕紫苏给逗笑了。

她的样貌原本就生得极好，虽然是女儿之身，但为了行走方便，扮起男装的样子，丝毫不比那些真正的男儿郎逊色几分。

更何况和寻常姑娘相比，慕紫苏的个子高挑修长，再配上她那张精美绝伦的容颜，简直堪称绝世翩翩美少年。

她不笑的时候还存有三分淡漠之气，薄唇轻启的那一刻，世间万物仿佛在瞬息之间黯然失色，独留她这一片光彩，灼人而致命地吸引着旁人的视线。

就连轮椅少年身边那些训练有素的侍卫，看到这样一张倾世笑颜，都忍不住心悸万分，舍不得对这样一个世间美少年再下狠手。

唯有轮椅少年面对这张面孔似乎无动于衷，他沉静而冷漠地坐在属于自己的位置上漠然反问："你笑什么？"

慕紫苏没有回答他的疑问，而是站起身，缓步向轮椅少年的方向走了过来。

随着两个人之间的距离越来越近，被她绝美容颜差点儿晃瞎了双眼的侍卫总算有了清醒的意识，侍卫们密不透风地将轮椅少年保护了起来，生怕这个长相绝美的身份不明的人物对自家主子有非分之举。

慕紫苏并没有将侍卫们的提防放在眼中，她慵懒地把玩着拇指上的血玉扳指，笑道："敢不敢和我玩个游戏？"

轮椅少年冲身边的侍卫们做了一个让开的手势，饶有兴味道："死亡游戏？"

当"死亡游戏"这四个字脱口而出时，周围所有人都切身感受到了来自轮椅少年骨血里那掩饰不住的杀气。

没了侍卫阻挡的慕紫苏无畏地走到轮椅少年面前，然后在众人无比震惊的目光中，堂而皇之地坐到了轮椅少年的对面，并口无遮拦地反问："我可以将你这句话视为怯场了吗？"

"大胆，主子面前，休得放肆！"

慕紫苏的话像是踩到了侍卫的痛处，急忙厉声呵斥她的无礼。

轮椅少年冲自己的属下做了一个制止的手势，他直勾勾地看着眼前的黑衣美少年，面色冷峻道："你的游戏规则是什么？"

慕紫苏投给他一记云淡风轻的笑容，徐徐说道："忘溪镇有一位神医，绰号叫作鬼见愁，可医世间所有疑难杂症。你身中剧毒，不良于行，此次来到忘溪镇，目的只有一个，找神医，治怪疾。"

她每说一句，轮椅少年的脸色便阴沉一分。

慕紫苏无视他的脸色变化，继续道："可已经发生的事实让你深受打击，鬼见愁声名在外，却浪得虚名，他并没有医好你的本事，所以你这次忘溪镇之行等于是竹篮打水一场空。"

轮椅少年渐渐失去耐性，加重语气重复了一句："说出你的游戏规则！"

"很简单！"

慕紫苏淡然地把玩着指间的血玉扳指，唇边的笑容越扩越大："你请我吃一顿丰盛的大餐，报酬是我医好你的残腿，让你复原！"

这句话说完，现场一片安静。

那些跟随在轮椅少年身边的侍卫无不像看怪物一样看着眼前这个年纪不大，却胆敢说大话的作死"少年"。

连宫中医术最高明的太医拿主子的病情都毫无办法，"他"区区一个"少年郎"，竟敢夸下如此海口。

半晌，轮椅少年的嘴角勾出一抹嘲弄的冷笑："看来你果然是嫌自己命太长。"

慕紫苏丝毫不受威胁，漫不经心道："我的游戏规则就这么简单，你让我吃饱，我让你过好。"

"你拿什么筹码来跟我谈条件？"

"我的命！"

轮椅少年语气阴鸷："你的命对我来说一文不值！"

慕紫苏也不恼怒，笑着说道："这点你的确比我强，因为对我来说，你的命至少还值一顿饭！"

眼看两个人之间的对话充满浓浓的火药味，站在慕紫苏肩膀上的鹦鹉忍不住用自己的小翅膀捂住眼睛，低声在主人耳边哀号："天作孽犹可恕，自作孽不可活！"

慕紫苏懒得理会自家鹦鹉的碎碎念，继续用气死人不偿命的语气逼问："怎么样？这个游戏，你玩是不玩？"

"呵呵！"

不苟言笑的轮椅少年忽然笑了一声，他玩味地看着眼前这个胆敢挑衅自己的黑衣美少年："有点儿意思，我忽然开始期待看到你临死之前跪地求饶时的悲惨下场了。"

说罢，他冲属下做了个手势："上一桌好菜，给这位即将命赴黄泉的公子送行。"

不多时，一桌丰盛的美食便逐一被店伙计端了过来。

慕紫苏并没有被"送行"这两个字吓到，连续赶了十余日的路，每天吃糠咽菜，风餐露宿，如今好不容易见到这么一大桌子美食，她岂有不享受之理？

无视轮椅少年和那些侍卫虎视眈眈的目光，她左夹一口盐酥鸡，右夹一口红烧肉，时不时还抽空给饿得两眼直冒光的鹦鹉投喂几筷子。

别说店伙计和那些整齐有序的侍卫个个被震惊得呆若木鸡，就连轮椅少年也没想到，这个本该被自己吓到腿软的家伙，居然可以沉稳淡定到这种惊人的地步。

眼看一大桌子饭菜被一人一鸟消灭了大半，慕紫苏也终于有了几分饱意，抬起头，才发现周围的众人像看怪物一样看着自己。

尤其是坐在自己对面的轮椅少年，见她渐渐放慢吃东西的速度，他讥讽地说道："别怪我没提醒你，吃完了这顿饭，若你没办法履行你之前的承诺，就等着乖乖受死吧！"

没理会他的警告，慕紫苏动作优雅地用丝帕擦了擦嘴，气死人不偿命道："不要将死啊死这么难听的字眼挂在嘴边，反正距我吃完桌上的饭菜还有些时辰，不如我给你算一卦如何？别看我单薄瘦小，年纪不大，其实我有一个不为人知的本事，就是替人看相、给人算卦……"

话还没说完，就被轮椅少年出言打断："这里但凡长眼睛的人都看得出本公子非富即贵，如果你想用位高权重、富可敌国这种无稽之谈来糊弄我，我劝你最好还是省了这份心。"

"不！"

慕紫苏一本正经地摇头，辩驳道："你一出场就如此高调张扬，别说长眼睛的人，即便是没长眼睛的人也猜得出公子家境殷实、身份不凡。既然是卜卦，我自会让公子心服口服。"

说话的工夫，她亲自给轮椅少年倒了一杯茶，并轻轻推到他的面前。

"公子可以用茶水在桌面上写一个字，随便什么字都好。字写完了，你可以问我三个关于你的问题。全部答对，即我赢。答错一个，算你赢。"

这番话，终于令轮椅少年生出几分兴味。

他再一次上上下下打量起眼前这个不按常理出牌的黑衣美少年，横看竖看，也没发现"他"有任何资本可以与自己抗衡，可"他"表现出来的淡然和沉稳，却总是能在短时间内吸引别人的视线。

反正这里全部都是他的手下，并不担心一个来历不明的路人甲胆敢同自己耍花样。

于是，轮椅少年伸出自己修长漂亮的手指，轻轻蘸了蘸杯中的茶水，并当着慕紫苏的面，工工整整地写下一个"亡"字。

他之所以会写出这么一个不吉利的字，就是想警告眼前这个不识好歹的臭小鬼，一旦"他"敢在自己面前动什么歪心眼，等待"他"的下场只有一个，就是必死无疑。

别人看到这么惊悚的一个字，定会吓得抖上三抖，慕紫苏却露出些许欣赏之意，赞了一声："果然是好字！"

虽然轮椅少年的人品有些恶劣，但不可否认的是，他的能力和才华还是颇为出众的。

只见桌面上那个"亡"字写得方方正正、苍劲有力，虽然这个字的喻意非常不好，但笔锋霸道，气势恢宏。

她欣赏了半晌，才开口问："不知公子想问哪三个问题？"

轮椅少年见她一本正经，丝毫没有怯场的迹象，随口问道："我喜欢什么？"

在他的印象里，外面那些骗钱的江湖术士遇到这个问题时，多数会回答金钱或是权势。

毕竟，天底下没有哪个男人不贪恋这两样东西。

哼，所以他等着眼前这个不知天高地厚的家伙在自己面前吃瘪出丑。他倒要看看，这个谎，对方最后会用什么方法来圆。

像是看出他心中的想法，慕紫苏先是自负地笑笑，才神态自若道："从公子的面相来看，你天庭饱满，地角方圆，生来就是一个富贵之人，所以金钱和权势这种庸俗之物并非是公子最在意的。若问公子最喜欢什么，很简单的两个字，自由！"

当"自由"这个词说出口后，慕紫苏指了指桌上未干的"亡"字，对轮椅少年道："这个字的第一笔是一个点，简单、干脆、利落！同时，这个点也有独立傲然之意。从公子落下第一笔的时候我就看出，公子是个我行我素，不喜欢受人摆布控制之人。你对自由有着非常执着的向往，讨厌束缚，讨厌麻烦，讨厌一切遏制你脚步的存在。"

原本并没有将"他"放在眼里的轮椅少年，在听了这番话之后，不由得抬头多看了"他"几眼。

没想到这家伙看着不怎么起眼，却有一双看透一切的眼睛，仿佛可以探测到他的内心深处。

他内心震撼，面上却不动声色道："第一个问题算是被你给蒙对了，现在你来说说，我最讨厌什么？"

他就不信对方还能蒙对第二个。

慕紫苏并没有犹豫太久，她伸出两根手指，坦然答道："若问公子最讨厌什么，依旧是两个字，欺骗！"

不给轮椅少年震惊的时间，她继续指着桌面上的"亡"字道："公子可以看看这个字的组合，除了上面那个点之外，下面这一部分没有封口。这说明公子平日里做人做事，喜欢打开天窗说亮话。你讨厌虚伪，讨厌做作，尤其讨厌被人欺骗。你觉得天底下任何事情都可以被原谅，可如果有人胆敢欺骗你，那么我猜，这个人一定是必死无疑。"

如果说第一个问题是对方侥幸蒙对，那么这第二个问题，轮椅少年不得不承认，"他"猜得并没有错。

每个人活在世上，都有不能碰触的逆鳞和底线，而他的底线就是拒绝欺骗和谎言。

这一刻，轮椅少年忽然对面前的家伙有些刮目相看，没想到"他"可以通过自己随手写的一个字，洞察到这么多不为人所知的真相。

慕紫苏见他不再像之前那么张扬跋扈，笑眯眯地又给他倒了一杯茶水，轻轻推送到他面前："公子，喝口茶吧，你还有最后一个问题可以问。"

轮椅少年强行按捺住心底的讶异，下意识地取过对方递来的茶杯胡乱喝了一口，然后无比认真地抬头："最后一个问题，你来猜猜，我到底是谁？"

这一刻，慕紫苏笑得更加自负了。

她指着桌面上已经半干的字迹，笑着道："公子在写下这个字的时候，已经将你的身份摆在明面上了。'亡'的谐音与'王'无异，所以公子的真正身份，乃王孙贵胄！"

当她说出"王孙贵胄"这几个字时，酒楼的掌柜和伙计全都呆住了。

王孙贵胄？

那是何等尊贵的身份，像他们这种小人物，恐怕穷其一生也没机会与这等位高权重之人共处一室。

没想到这位年轻公子不但容貌生得俊美无俦，身份来头居然也高不可攀到令人敬畏仰望的地步。

就连轮椅少年本人也非常吃惊，他这次低调出京，身边只带了几十名随从，并刻意对外界隐瞒自己的真正身份。

本以为这家伙只会一些故弄玄虚的本事，结果给出的答案竟打了他一个措手不及。

不给轮椅少年愣怔的时间，慕紫苏笑着起身："既然我已经准确无误地回答出三个问题，公子是不是也该履行你的承诺了？"

"承诺？什么承诺？"

轮椅少年刚要开口应声，小腹处突然传来一阵不舒服。

慕紫苏却趁这个机会插嘴道："既然公子没什么异议，那咱们就后会有期喽。"

说完，不给轮椅少年应声的机会，慕紫苏猛地一个闪身，在众人措手不及之际，竟带着那只肥壮的鹦鹉，施展令人惊艳的轻功，眨眼之间消失得无影无踪。

轮椅少年刚要说话，小腹处那股不舒服的感觉越来越重，直至加深为一种莫大的疼痛。

直到这时他才意识到，刚刚那个人递给自己的茶水居然下了泻药。

见鬼！他居然被一个名不见经传的"臭小子"给耍了！

他又气又怒，捂着剧痛不已的肚子，咬牙切齿地对身边的下属道："快，不计代价，给我抓活的！"

直到慕紫苏和拼命抖动着两只小翅膀的肥鹦鹉逃出君悦酒楼的二里地之外，才终于确定那些追来的侍卫被甩得无影无踪。

"呼哧！呼哧！"

抖了半天翅膀的胖鹦鹉累得气喘吁吁，整只鸟瘫软在慕紫苏的怀中直喘粗气。

一边喘，一边扯着娇嫩的嗓音大声嚷："都怪你，都怪你！好端端的，干吗一定要去招惹那个煞星？虽然小爷只是一只鸟，却也看得出来，那个浑身上下散发着王霸之气的小哥哥绝非善类。紫紫，小爷我有一种神奇的预感，你这次恐怕要摊上大事了……"

这番话若出自寻常人之口或许不足为奇，可当一只肥壮的鹦鹉用人类的语言，如此清晰地表达出内心所想时，简直令人感到不可思议。

幸好一人一鸟此时身处的地方没有旁人，否则，瘫软在慕紫苏怀里的这只肥鹦鹉定会被视为异类，引起全民的恐慌。

面对自家鹦鹉的担忧和警告，慕紫苏先是在它肥胖的屁股上轻掐了一把，才满不在乎地接口道："慕翠花，你有时间在这里跟我叽叽歪歪，不如想想办法将你这一身肥膘赶紧给我减下去。身为一只鸟，你不觉得你的体重已经处于严重超标的状态了吗？还有……"

她伸出食指，在胖鹦鹉的圆脑袋上不轻不重地戳了几下："等日后随我进了京城，切记要把你这话痨的毛病给我改掉。咱们即将要去的地方是鱼龙混杂的帝都，而不是只有你我和师父三个人的凤凰山天竺寺。万一被人发现你一只鸟的智慧等同于人类，你所面临的处境就会变得十分危险，你也不想被那些贪得无厌之人抓去炖汤喝吧？"

慕翠花用它那双小绿豆眼极为鄙视地翻了慕紫苏一记白眼，哼道："教训我之前，你还是先担忧一下你自己的处境。刚刚在君悦酒楼被你戏耍的那个小哥哥虽然不良于行，但凭借小爷我向来准确无误的直觉，你这次肯定是惹到大麻烦了。难道你忘了下山之前师父是怎么交代你的？出门在外，凡事要低调！可是你呢？不但坑了人家一顿大餐，还在人家的茶水里下泻药。万一有朝一日你不小心落到那位小哥哥手里，我可以用我屁股上那根最美丽的羽毛发誓，你一定会被他收拾得哭爹喊娘，死无葬身之地……"

慕紫苏被自家话痨鹦鹉烦得直皱眉，忍不住打断它的号叫，面无表情地送它两个字："闭嘴！"

她拎起胖鹦鹉的一条小细腿，将它丢在自己的肩膀上，负着手，慢悠悠地向前走，边走边道："本姑娘此次回京为了避人耳目，特意女扮男装将自己打扮成少年人的模样。别说天下这么大，那家伙未必找得到我，就算被他找到了，待我恢复女装时，你以为他还能一眼认出我的模样？慕翠花，拜托你以后不要总是长他人志气，灭自己威风。"

翠花被她的话气得直哼哼，又碎碎念了半晌，才忽然问道："对了，刚刚在君悦酒楼与那个小哥哥交手时，你怎么知道他此次前往忘溪镇的目的，是寻找什么鬼医给他治病？咱俩认识十几年，我居然都不知道你还有给人算卦的本事。"

慕紫苏得意地一笑："这有什么难的，忘溪镇是连接奉阳与京城的一个枢纽地带，这里人烟稀少、地处偏僻，途经此地者多是商旅路人。可那个差点儿被人当成小贼的店小二却透露出一个很重要的消息，那家伙几日前便出现在忘溪镇且驻足此地。由此不难猜测，他定是带着某种目的而来。再看他残掉的双腿以及周身上下散发出来的病气，想来只有一个目的，便是来忘溪镇求医。"

翠花好奇地继续追问："就算是如此，你又如何知道忘溪镇有什么鬼医存在？"

"不是鬼医，是神医，而且是绰号叫作鬼见愁的神医。可惜啊……"

慕紫苏轻哼道："这个鬼见愁虽声名在外，却是半点儿医术都没有的江湖骗子。而我之所以会知道忘溪镇有这么一个人，是因为咱们刚踏进忘溪镇地界的时候，曾无意中听人提起过这个绰号。至于我为什么会说这个鬼见愁是个半点儿医术都没有的骗子，这很好猜测，从那轮椅公子周身上下散发出来的病态，以及他眉宇之间不经意流露出来的戾气可以判断。他此次忘溪镇之行，应该是受到了某种刺激和打击。"

翠花恍然大悟："所以刚刚在君悦酒楼时你才敢说出那样的铁口直言，断定他此次忘溪镇之行将会无功而返？"

慕紫苏耸了耸肩，不怎么在意地答道："是啊！"

翠花再次用鄙视的眼神看着她："你可真够缺德的，明知道人家有病在身，不仅厚颜无耻地坑了小哥哥一顿大餐，还胆大妄为地在小哥哥的茶水里放泻药……"

慕紫苏冷笑："别一口一个'小哥哥'叫得这么亲热！就算他有病痛在身，残了双腿，也没资格仗着自己不凡的出身将别人的尊严和性命视为蝼蚁。整个忘溪镇只有君悦酒楼一家饭庄，他倒好，仅仅因为喜欢清净不愿被人打扰，就要将其他食客像收拾垃圾一样赶出酒楼。豪门贵胄了不起？有病在身了不起？人多势众了不起？既然他无礼又嚣张，摆出一副天老大、他老二的样子，本小姐就让他吃一点儿苦头，受点儿教训。让他知道什么叫天外有天、人外有人！"

翠花被自家主人那嚣张的语气说得直翻白眼："好吧，这件事咱们姑且不论，你故意骗他说你会给人测字算卦又怎么解释？如果他真的如你所说是王孙贵胄，将来一定不会轻饶了你。"

闻言，慕紫苏嗤笑一声："你个白痴，测字算卦这种东西不过是我用来戏耍他的小把戏，你还真信啊。什么王孙贵胄，无非就是哪个富贵人家被宠坏了的刁蛮小公子罢了。否则，他完全可以动用权势，派人来忘溪镇将那个浪得虚名的鬼见愁召到府中，又何必动身亲自来跑这么一趟？翠花啊，真正的王孙贵胄，可不会做出这种自掉身份的事情。"

翠花颇为认真地点了点小脑袋，自言自语道："经你这么一分析，我忽然觉得好像也有那么几分道理。"

慕紫苏戏谑地在自家鹦鹉的屁股上掐了一把："学着点儿，你主人我聪明着呢。"

"喂，拜托你淑女一点儿，不要总是来掐小爷我的屁股……"

慕紫苏懒得理会翠花的不满，而发生在君悦酒楼的那起突发性事件，也如同一个不起眼的小插曲，渐渐被她抛诸脑后。

阔别十年，再次踏上京城这块土地，她心中生出无限感慨。

身为侍郎府的嫡出小姐，却被整个家族视为弃子，安置在凤凰山天竺寺整整十年不闻不问。

这十年，若非师父收养照顾，恐怕早在十年前，她慕紫苏就已经沦为黄泉路上的一缕幽魂。

幼时的记忆对她来说过于缥缈遥远，隐约记得母亲过世之后没多久，就被父亲以她身体不适、需要静养为由，派人送去了距京城千里之外的凤凰山。

那时的她才多大？四岁？五岁？

由于母亲体弱多病、长年服药的缘故，她出生的时候体重过轻，被接生婆戏称只有二两重。连大夫都断言，她无法存活下来。

每次想到"二两"这两个字，慕紫苏心头都会闪过一抹不快。

她出生时再怎么娇弱，也不可能只有二两重。当然，和其他婴儿相比，她的体重确实很轻，母亲久卧病榻，无暇关心她这个女儿。

一路跌爬滚打长到四五岁，还没有别人家两三岁的娃娃高。

正因为如此，"二两妹"这个不雅的外号便成了府中下人们口中的戏称。

她知道，那些下人之所以敢将这个绰号冠在她的头上，全是在孙静婉的授意之下。

当然，那时的她也真是不争气。别人家三四岁大的小孩子早已能跑能跳、能说能笑。

而她，却像个痴儿一样，在别的孩子口齿伶俐地背诵出《三字经》《百家姓》时，自己却连一个完整的句子都说不通顺。

为此，没了娘亲庇护的她遭到整个家族的嫌弃。

父亲无德、继母不慈，两个稍稍比她年长一些的庶姐在她儿时最大的乐趣便是将她往死里欺负。

直到"痴呆儿""小傻子""二两妹"这样的绰号越传越远，容忍不了家族蒙羞的父亲终于按捺不住对她的厌恶，将她视为整个慕家的耻辱，从此赶离了富贵奢华的侍郎府。

也正是从她被当成弃子丢出去的那一刻起，她被拥有通天本事的师父捡回天竺寺亲自抚养。

同她一起被捡回去的还有翠花，肩上这只从小陪伴她一起长大的肥鹦鹉。

思及此，慕紫苏的眸光中闪过一抹慑人的犀利，指腹无意识地抚了抚戴在她拇指处的那枚拥有"神奇能力"的血玉扳指。

这枚血玉扳指是母亲临终前留给她的唯一一件遗物，即使那个时候她像个痴儿一样不知世事，却深深铭记着母亲死前的嘱咐。

母亲说，这枚血玉扳指名叫血灵戒，是母亲一族世世代代留传下来的传家之宝。

当年，她被赶出侍郎府时，除了这枚血灵戒之外，还有医学世家出身的外公，用毕生心血撰写出来的一本医术手札。

正因为有了这两样传家宝的帮助，使她一夜之间开了心智，从废柴变成了学什么会什么的天才。

而不小心偷吃了世上仅有的两枚智慧丸其中一丸的翠花，也摇身从普通的鹦鹉变成了拥有人类智慧的逆天型宠物。

"紫紫，你在想什么？"

翠花的声音忽然在耳边响起，打断了慕紫苏的回忆。

思绪从遥远的记忆中被拉回现实，慕紫苏又露出招牌式玩世不恭的笑容："我在想，如果当年你没有偷吃本来只属于我一个人的智慧丸，如今的我，所拥有的天赋，会不会比现在更加神奇。"

"啧！"

翠花不满地哼了一声："别总将偷吃这个罪名扣在我头上。师父说了，世间万事皆有因果，说不定小爷注定该拥有一个不平凡的鸟生，上天才安排我在机缘巧合之下吃了那枚智慧丸。还有啊，你拇指上的那枚血灵戒拥有逆天之能，别怪小爷没提醒你，不要随随便便在外人面前展示你的能力。一旦被人发现这枚血灵戒背后所隐藏的真正价值，你就等着迎接腥风血雨的未来吧。"

翠花这番话并没有危言耸听。

提起这枚血灵戒，那绝对是一个逆天型的宝物。

别看这血灵戒的外表不怎么起眼，戒指本身却拥有神奇的能力。自从慕紫苏当年无意中与血灵戒结成血契之后，这枚戒指便充分发挥出它的治疗能力。

可以毫不夸张地说，只要生了病的人还有一口气，吃了通过血灵戒制作出来的药材，便会在很短的时间内渐渐恢复身体的各项机能。

也就是说，这枚血灵戒，是治愈世间各种疑难杂症的逆天大法器。

而这个秘密，除了她本人之外，只有师父和当初不小心被开了智慧的翠花知晓。

慕紫苏当然明白翠花的担忧，她习惯性地在拇指上的血灵戒上轻抚了一把，轻声笑道："'匹夫无罪，怀璧其罪'这个道理我当然懂。若非师父所托，完成他心中所愿，我慕紫苏未必愿意踏进这座奢华的帝都皇城，与那些伪善之人虚与委蛇。"

说到这里，她嘴角勾起一抹嘲讽的弧度："真当我稀罕那见鬼的侍郎府嫡出小姐的名分吗？"

忆起不久前，一直住在天竺寺的她忽然接到京城慕家派人送来的家书，信中说，慕府老太太身体不适，病危弥留，希望她速速赶回京城，见祖母最后一面。

祖母也好，父亲也罢，这些血缘上与自己有着羁绊的亲人，在她成长的岁月中一直缺席，几乎可以用"无足轻重"来形容。

可师父下令让她趁这个机会回京一趟，不为别的，师父希望她在最短的时间内，帮十二年前被定下弑君罪名的外公虞广白申冤平反。

慕紫苏对曾经声名赫赫的外公并没有太深的印象，只依稀从师父口中得知，以精湛医术闻名于世的外公，当年被先帝视为心腹重臣，曾几次在战场上将面临死亡威胁的先帝从鬼门关强拉了回来。

后来朝廷与敌国暂时达成休战和解，回京之后，先帝为了嘉奖外公，赐平远侯之名，给予外公无上的荣耀和财富。

可惜好景不长，太平日子没过多久，先帝病危，医术精湛的外公非但没有治愈先帝，反而在先帝最脆弱的时候对他痛下杀手。

谁都没想到，对皇上那么忠心的平远侯，趁皇上陷入危机之时，竟然会对皇上下如此狠手。

当时的很多大臣都知道，皇上在这世上唯独信任的两个人，除了他最疼爱的九皇子之外，只有平远侯这个在战场上和他共患难的好兄弟。

虽然用"兄弟"来形容皇上与臣子的关系并不恰当，但以武平天下的先帝，当年是真的将平远侯当成至亲兄弟来看。

平远侯的背叛，亦让整个平远侯府受到牵连。由于平远侯被冠上了弑君的罪名，除了平远侯已经外嫁的女儿，侯府上下所有亲眷被诛杀得片甲不留。

当年，这起案子从开审到处决，只用了短短三天时间。

三天后，平远侯弑君案的全部资料被朝廷视为绝密档案，彻底封锁，禁止世人再提及。

虽然这件事已经过去了整整十二年，平远侯的大名也渐渐被人们所遗忘，但作为他的骨血至亲，慕紫苏却被师父赋予了替外公翻案的神圣使命。

"翠花，你觉得师父是一个什么样的人？"

趴在主人肩膀上的慕翠花很认真地想了想："世外高人！"

慕紫苏轻笑一声："虽然我与他相识了整整十年，且直到现在都不知道他姓甚名谁，但冥冥之中有一个声音告诉我，我那位拥有通天本事的师父，曾经必然有一段不平凡的人生。既然他这么执着地希望我为外公当年的案情寻找纰漏，可想而知，这背后必然隐藏着什么不为人知的玄机……"

说到这里，慕紫苏的眼中闪烁着几分兴味的光芒："翠花啊，我突然有种奇妙的预感，咱们这趟京城之行，说不定会遇到许多有趣的事情呢。"

从忘溪镇到京城只有三十里的路程，逃离君悦酒楼之后，慕紫苏带着小跟班翠花雇了辆马车，一路晃晃悠悠，终于在晌午时分抵达京城。

兵部侍郎府位于帝都偏南的地界，虽然比不上那种世家权贵所居住的黄金地段值钱，但在京城这寸土寸金的地方，侍郎府能拥有这样一席之地，足以证明慕家还颇具实力。

两扇朱漆大门正上方高高挂起的巨型牌匾上面，写着"慕府"两个大字。

已经换回一身女装的慕紫苏左肩扛着鹦鹉翠花，右手挎着装有行李的破布包。

说是女装，不过是一身连五文钱都不值的粗布衣裳。

就算她生了一张美出天际的绝世容颜，在没有精致妆容、华丽首饰，以及漂亮衣裙的包装下，冷不丁还是会给人一种土土的、脏脏的邋遢感，看上去就像一个落魄的小乞丐。

慕紫苏并非故意为之，这次从天竺寺赶往京城，她随身只带了两套方便赶路和换洗的男装。

此时身穿的女装，是初踏京城时，顺便从一家成衣铺花四文钱买来的。

虽是女装，但布料廉价，做工粗糙，颜色丑陋，简直比田地干农活的庄稼女还要土气几分。

不是慕紫苏不想买漂亮衣服，而是她那个行事诡异、做事奇葩的缺德师父在她出门之前只给了她一两银子的回程费。

一两银子，除了路上用掉的车马费以及住宿费之外，进了京城之后，她手中只剩下不到十文钱。

那家成衣铺最便宜的一套衣服就是她身上穿的这套粗布衫，不得已的情况下，她只能以这种土、穷、矬的形象，溜溜达达来到慕府大门口。

阔别十年，慕家大宅在她的记忆中已经变得支离破碎。

不过，从眼前那两扇气势恢宏的朱漆大门，以及摆放在门口的那两只石雕狮子来看，慕府的财力应该比她当年离开的时候更加雄厚一些才是。

"翠花，咱们到了！"

说着，慕紫苏扛着肩头上昏昏欲睡的胖鹦鹉，提着自己的小布包，落落大方地向正门处走去。

"喂，给我站住，哪里来的乞丐？兵部侍郎府也是你一个臭要饭的想来就来、想走就走的地方？滚开滚开，别污了咱们侍郎府的大门……"

就在慕紫苏以为到达目的地，可以好好吃上一顿、休息一番的时候，却被守在门口的家丁直接当成了乞丐，不客气地将她往外轰。

慕紫苏被家丁的态度给气乐了，不由得耐着性子道："这位大哥，虽然我的穿着打扮在你看来可能稍微廉价了一些，但有些事实是改变不了的。"

说着，她从破布包里抽了一封被压得皱巴巴的书信，当着家丁的面指了指信封正面写的"慕紫苏亲启"几个字："这是你们家老爷半个月前派人送给我的家书，祖母重病，身为慕家的嫡出小姐，日夜兼程从千里之外的凤凰山赶回京城探望祖母，可绝非你口中所说的什么臭要饭的。"

家丁接过她递来的信件看了一眼，上面的字迹的确是自家老爷亲笔所写。

他又不可思议地上上下下打量着眼前这个穿着土气、简直比要饭的乞丐还要狼狈几分的妙龄少女，义正词严道："你先等等，待我进门去通传一声。"

慕紫苏从容优雅地冲家丁做了一个请便的手势，待家丁离去之后，耳边传来翠花娇嫩而又讥讽的声音:"那个家丁脑子被驴踢了吗?请你回京的家书明明是你那个不负责任的父亲亲笔所写,现在你不远千里从凤凰山回到京城,他不带人列队迎接你这个嫡出小姐也就罢了,居然还把你视为乞丐准备赶出家门,什么意思啊?"

慕紫苏自负地环着双臂玩味一笑:"还能是什么意思?下马威呗!"

一人一鸟正低声交谈的工夫,刚刚那个进门负责传话的家丁带着一个四十多岁的中年男人从里面走了出来。

一出门,那个家丁便指着慕紫苏对那中年男人道:"刘管家,就是这个丫头,口口声声说是咱们慕府的嫡出小姐,还拿了一封据说是老爷亲笔写给她的家书,说是专程从外省赶回来探望病重的老夫人……"

被唤作刘管家的中年男人用审视的目光在慕紫苏周身上下打量了一番,即使家丁已经将她就是慕家小姐的身份报了出来,刘管家打量人的眼神之中也并没有家仆见到府上小姐时该有的尊重。

非但不尊重,反而吊着眼角,摆出盛气凌人的姿态,用一种高高在上的语气问道:"你说你是慕府的小姐,可有什么凭证?"

慕紫苏被他那嘲弄的语气给逗笑了,将之前拿给家丁看过的家书在刘管家的面前轻晃了一下:"这个凭证算不算?"

刘管家看都没看家书一眼,语带嘲讽道:"拿这么一个玩意儿就想证明你慕家小姐的身份,未免有些过于儿戏吧。咱们慕府好歹也是京城中的名门望族,老爷又是朝廷的四品兵部侍郎。这样的身家背景,难免会招来一些想不劳而获的江湖骗子上门行骗。想做慕家的小姐……"

说到这里,刘管家用蔑视的目光看了慕紫苏一眼:"你最起码也要有身为侍郎府千金的雍容和气度才行。"

言下之意,像你这种穿着粗俗,浑身上下都透着一股穷酸气息的丫头,明摆着就是来侍郎府混吃混喝的骗子。

由于几个人身处的地方是慕府大门外,来往的路人难免会因为好奇心作祟,时不时向这边投望几眼。

刘管家身材魁梧,讲话也是声如洪钟。

且他左一口"小姐"右一口"骗子"地往慕紫苏头上砸,明摆着是想借这个机会来诋毁她的名声。

慕紫苏何等聪明,岂会看不出这刘管家究竟在打什么主意?

虽然阔别京城已经十余载,对慕家现在的情况不甚了解,但有一点她心中还是非常清楚的。

母亲过世之后,父亲曾下了很大一番功夫,终于将妾室出身的孙静婉抬为慕府的正妻。

隐约记得,那位孙姨娘在她小时候还没离开京城之前,可是非常不待见她的。

此次她奉父命回京探望病重的祖母,这个消息早在半个月之前就应该被孙姨娘获知。

作为掌管府中中馈的主母,自然会吩咐管家,待小姐回京之时列队迎接。

可眼前这位刘管家明知道他身上的责任是什么,却放着那封家书不理,偏要在那些不知情的路人面前往她头上扣一顶骗子的罪名。

这背后究竟隐藏着什么,相信就是三岁孩童也猜得出来。

好不容易上位且成为慕家主母的孙姨娘,想借刘管家之手,破坏她慕紫苏的名声。

就算她今日费尽千辛万苦踏进了慕府的大门,那些不明真相的吃瓜路人保不齐还是会在脑海中给她刻上一个江湖骗子的烙印。

如此一来,等有朝一日她真正打入京城的闺秀圈时,这个污名将会如影随形地陪伴她一辈子。

有趣!真是有趣!

没想到刚入京城,就遇到这么一个有意思的挑战。

今天如果换了其他人面临被刘管家刁难和指责的场面,没准儿会羞耻得痛哭流涕,形象全无。

相信孙姨娘和刘管家打的也是让她当场失控、颜面尽毁的主意。

可惜啊可惜,她慕紫苏可不是什么寻常姑娘。

师父在她很小的时候,就耳提面命地教导过她一句真理,当别人试图抬手想要伤害她时,她必须以迅雷不及掩耳的速度抬起手反抽那个人两记大嘴巴,直到对方被收拾得哭爹喊娘、跪地求饶,方可大发慈悲地放过那个人。

既然刘管家想要用耍无赖、不认账的方式来当众羞辱她,她自然不会放过这个将慕家一军的机会。

看着刘管家眼眸中闪烁的戏谑和嘲讽,慕紫苏笑容恬淡地点了点头:"好吧,既然你嫌弃我没有侍郎府千金的雍容和气度,又不肯承认你们家老爷亲手写给我的这封盼归家书。再继续强留于此，倒显得我慕紫苏厚颜无耻，不懂礼数。"

无视刘管家瞬间扭曲和诧异的面孔，她转而对旁边围观的众人道："还劳烦在场的各位父老乡亲给小女子我做个见证。十年前，慕青流，也就是家父，在我生母亡故之后，以我身体不好为由，将我送去千里之外的凤凰山静养。在这漫长的十年里，我就像被家人遗忘的弃女，别说探望家中长辈，就算是回京的机会也被家中长辈彻底剥夺。本以为我这辈子会在凤凰山终老，不想半个月前，父亲忽然派人送来家书，以祖母病重为由召我回京。结果呢……"

她当着众人的面，露出一脸无可奈何的为难表情，委屈道："慕府这位刘管家非但不肯承认那封由父亲亲笔所写的家书，反而指责我是一个来侍郎府招摇撞骗的乞丐。"

那边完全没料到会突发这种情况的刘管家刚要开口辩解，慕紫苏又接着道："各位一定好奇，既然我是侍郎府的小姐，为何会穿得如此穷酸狼狈？每个姑娘都有爱美之心，我亦如此。只可惜山上穷苦，无米下锅，作为一个肩不能扛、手不能提的弱女子，能够苟延残喘至今日，已然是上天垂怜。回程时，我已花光身上最后的盘缠，所以没办法以体面隆重的方式拜见家人。"

这番话说得情真意切、委屈至极，那些仍有些搞不清状况的围观百姓忍不住问："既然你父亲派人送了家书，为何没直接派人将你风风光光地接回京城？"

慕紫苏朝众人眨了眨灵动美丽的大眼，捏着令人心酸又怜惜的委屈嗓音道："大概对慕家来说，我这个曾经以嫡女之尊出生的孩子，并没有你们想的那么重要吧。"

简简单单的一句解释，仿佛暗藏着无数高门后宅中的辛酸与苦辣。

小小年纪便没了生母，作为父亲，非但没有对女儿尽到养育的责任，反而像扔垃圾一样将那么弱小的一个孩子丢到外面。

在场不少已经为人娘亲的女性一下子就对这个"身世可怜"的姑娘充满同情。

据他们所知，兵部侍郎府虽比不得皇门贵胄财力雄厚，但慕家其他两位小姐每天过的可是锦衣玉食、奴仆成群的奢豪日子。

同样是慕家的女儿，这位曾经以嫡女出身的姑娘，仅仅因为没了娘亲在身边庇佑，就落得一个被抛弃和赶出家门的下场，看来这位兵部侍郎大人，也不是什么好东西。

眼看围观路人的情绪被慕紫苏给带动起来，刘管家急得犹如热锅上的蚂蚁，忙不迭地想为自己刚刚的行为加以解释。

可慕紫苏从小是在她那无良又缺德的师父的教养下百般磨炼长大的，师父经常说,只有将对手打得落花流水,无任何反击之力,心中才会得到莫大的快感。

所以,她绝对不会给刘管家反击的机会,在对方还没回过神之前,佯装出一副受了天大委屈的模样,对众人道:"谢谢大叔大婶、哥哥姐姐们听我哭诉。既然慕家不肯认我这个女儿,那我只能从哪里来,再回哪里去了!"

话落,穿过人群,就这么堂而皇之地在欲言又止的刘管家的眼皮底下扬长而去。

等刘管家意识到自己可能惹上大麻烦时,哪里还寻得到慕紫苏的身影?

这下糟了!夫人只是派他出来给那个丫头几分难堪,可从未说过要将人彻底赶走。

而那些围观路人的情绪,此刻则被彻底带动起来,不少大叔大婶纷纷指责刘管家:"没想到侍郎府竟然这般无耻,连亲生女儿都不认,简直丧尽天良,没有人性。"

"就是!"另一个人撇着嘴接口,"我可是听说,侍郎府这位慕夫人是不久前新当上的,之前只是一个妾,侍郎大人早在十几年前娶过正妻,那正妻的身份还十分不凡,据说是侯府的小姐呢。可惜啊,生下孩子没多久就因病去世。若她在天有灵,得知自己的亲生女儿落得如今这般田地,指不定会心疼成什么样子。"

"哼!这世道,有了后娘就等于是有了后爹,不是自己身上掉下来的肉,怎么可能尽心尽力去疼爱?要我说,这位新慕夫人才真是黑了心肝,典型的恶毒后母的不二代表……"

路人们你一言我一语,将侍郎府好一顿臭骂。

而早已脱身、将烂摊子留给慕家人收拾的慕紫苏,此时正挂着一张得意的笑脸,带着可爱讨喜的翠花喜气洋洋地游走于京城最繁华的一条街道上。

先是踏进了一家绸缎庄招呼伙计,让他将店中所有卖不出去的布料全部拿出来。

这些布料颜色丑陋,做工粗糙,属于白送都没人要的垃圾货。可慕紫苏却告诉店伙计,绸缎庄里所有的陈年旧货,她会以三十两银子的价钱全部包下,让伙计速速打好包装,送到兵部侍郎府找慕夫人结账。

无视店老板眉开眼笑的面孔,她又踏进粮庄,让老板将放置过久的所有陈年旧米打好包装,以三十两的价钱送到兵部侍郎府找慕夫人结账。

接着,她又去了首饰店、成衣铺、水果摊、菜摊……

只要谁家有卖不出去的东西,她全部以三十两的价钱包揽,一律送到侍郎府,直接找慕夫人要银子。

直到日落西山，临近黄昏，溜达了大半天的慕紫苏才带着目瞪口呆的翠花踏进了一家名为福月楼的豪华客栈住了进来。

什么？没银子不能住？

面对客栈伙计的警告，慕紫苏直接将慕青流写给她的那封家书拍到伙计面前："看清楚，我可是慕家嫡出的小姐，这是我爹亲笔写给我的家书，让我速速回京探望祖母。至于住客栈的钱，让你们家伙计直接到兵部侍郎府找慕夫人去要。什么？你问我为什么不住家里住客栈，这问题有必要问吗？本小姐喜欢住在哪里就住在哪里，难道你还怕我们兵部侍郎府付不起住店这区区几两白银？哦，对了，顺便再让你们后厨给我准备一桌丰盛的晚膳，记得，要荤素搭配，做好之后，直接送到我要的天字一号上等客房！"

直到唯恐天下不乱的慕紫苏洗了一个舒舒服服的热水澡，又在各种美食的攻陷下饱餐了一顿，她才心满意足地仰躺在铺着柔软绸缎的大床上感叹："翠花，知道什么叫有钱任性吗？"

慕翠花投给她一记鄙视的眼神："你确定慕府会为你的胡作非为买单？"

慕紫苏毫无淑女形象地躺在床上，跷起二郎腿，白皙娇嫩的脚丫子在空中有节奏地晃了几圈，唇角勾起一记邪气又调皮的笑容："他们会买的，因为我有一种神奇的预感，我那仅在血缘上和我有那么一丁点儿羁绊的父亲，在对我弃之不理了长达十年之后叫我回京，探望祖母只是借口，真正的目的另有其他。且看着吧，好戏从这一刻起才刚刚开始呢！"

第二章 入京城 大耍威风

慕紫苏在外面打着侍郎府小姐的旗帜过得如鱼得水，一心想要给她难堪的孙静婉，在得知刘管家非但没有把人给刁难住，反而被那臭丫头给反将一军的来龙去脉时，还算颇有几分姿色的漂亮面孔，瞬间被满满的怒气所取代。

结果还没等她从这个被反攻的打击中回过神，来自京城各个店铺的伙计便带着一车车的货物，齐齐聚集在侍郎府门口，等着她这位慕夫人出面结账。

当完全不知发生何事的孙静婉满头雾水来到门口，看到那些倒找她银子都不会买的破烂货时，她整个人已经彻底傻掉了。

"这些破烂货到底是谁买的？好歹这里也是兵部侍郎府，可你们看看，这筐里的菜叶子都蔫了，怎么吃？喂家畜都会被嫌弃。还有这些布匹，这都是搁置了多少年的陈年老货，现如今还有人会用这种料子裁做衣裳吗？这又是什么？破铜烂铁打造的首饰？你们是在开我玩笑吗？咱们府上洒扫丫头戴的首饰都比这些东西值钱好几倍……"

越说越气的孙静婉已经找不到合适的语言来形容自己愤怒的心情，她指着那些眼巴巴等着自己结账的"债主"道："拿走，统统给我拿走，我们侍郎府可不会买这些破烂货。"

其中一个尖嘴猴腮的小伙计撇了撇嘴，顺手将一张账单递送到她面前："慕夫人，您最好看看清楚，这上面白纸黑字可是写得明明白白，货物一出，概不退货。而写下这张账单的，正是贵府的三小姐，名叫慕紫苏。除非贵府不承认这位慕三小姐，要不然，您还是速速结账，赶紧把咱们这群人给打发了吧。"

有了这个小伙计带头，其他来讨债的伙计也纷纷拿出手中的账单，让慕夫人尽快履行付银子的承诺，切莫坏了侍郎府的名声。

孙静婉彻底被这个状况给搞糊涂了。

慕紫苏那个臭丫头在人前恶意诋毁她的名声已经让她积满了怒气，眼下竟还搞了这么一出事情来给她添堵。

虽然这些堆在侍郎府门口等着她拿银子结账的破烂，加在一起也不过区区几百两银子，但对于锦衣玉食的侍郎府来说，谁会吃用这种连路边乞丐都懒得捡的破烂？

那个慕紫苏，她只不过就是一个年仅十五岁的小丫头片子，区区一个小屁孩，竟胆敢踩在她的头上来撒野，真是反了天了！

看着众人纷纷摆出一副拒不退货的架势，孙静婉也摆出侍郎府主母的骄傲姿态冷笑道："不管你们手中有什么证据，也不管你们究竟是受了谁的唆使来咱们侍郎府挑衅，我只告诉你们一件事，这笔烂账，我是不会付的。真当侍郎府是好欺负的地方？长眼睛的人都看得出来，你们拿来的这些东西根本不值那个钱。想坑侍郎府，你们尽管过来试试，实在解决不了，咱们可以去官府找府尹大人来评理……"

尖嘴猴腮的伙计反问："如此说来，慕夫人是不打算认下这笔账了？"

孙静婉哼道："凭什么认？"

尖嘴猴腮也不示弱，据理力争道："就凭这些东西都是你们慕家三小姐亲自签下字据买下的。"

什么见鬼的慕家三小姐？不过就是一个有娘生没爹养的下贱货而已。

孙静婉很想将这句话当众吼出来，可为了侍郎府主母的颜面，她还是努力维持着高贵的仪态，似笑非笑道："既然你说这些东西都是慕三小姐买的，何不直接找那位慕三小姐去结账？"

尖嘴猴腮笑道："贵府三小姐买东西的时候已经说明，你们兵部侍郎府若摆明了不认她这位三小姐，这些货物的银子，将由她自己全部买单。那么问题来了，敢问慕夫人，你们侍郎府究竟有没有这位名叫慕紫苏的三小姐？"

孙静婉刚要否认，衣袖就被尾随她一同出门的一位中年嬷嬷拉了一下。

嬷嬷低声在她耳边道："夫人，您可要仔细想清楚，一旦当众否认侍郎府有一位三小姐的事实，您之前和老爷计划的事情可就要彻底泡汤了。别忘了老爷这次叫她回来，可是有初衷的。"

经中年嬷嬷这么一提醒，愤怒已经快要达到顶点的孙静婉总算是被拉回了几分理智。

是啊！她差点儿忘了，此次将慕紫苏那个臭丫头叫回京城，可是有重要任务要她做的。

思及此，她慢慢压下心中的怒火，强忍怒气，对刘管家道："带这些人去账房，把欠他们的银子马上给结了。"

区区几百两银子对侍郎府来说，还算不得什么大钱。

等慕紫苏那个丫头进了门，有的是机会将她收拾得哭爹喊娘、跪地求饶。

这么一想，她也就懒得再去计较被那丫头坑掉的几百两银子。

打发了一群要债的店伙计，孙静婉终于抽出工夫去打听慕紫苏的下落。

"什么？她打着侍郎府的招牌，住进了全京城最大的福月楼？"

孙静婉还没从之前被坑掉的那几百两银子的怒气中恢复过来，就从回来汇报的家丁口中得知，慕紫苏竟然住进了福月楼。

福月楼是什么地方？那可是全京城最豪华、最阔气，且吸引着无数名门望族的极奢之地。

可以毫不夸张地说，福月楼最普通的客房，一晚上的房价也高达十两银子。

十两银子是什么概念？足够寻常百姓至少三个月的日常开销。

"夫人……"

那个回来汇报的家丁见孙静婉满脸菜色，忍不住又加了一句："三小姐住的可不是什么普通的客房，而是价格最昂贵的天字一号客房。"

"你说什么？"

孙静婉差点儿被这个突如其来的事实给气得倒仰过去。

天字一号房？一晚上的房价就高达一百八十两白银！

家丁接着又补充了一句："她不但打着侍郎府的名义住进了天字一号房，还让福月楼的后厨为她准备了一桌价值一百八十八两白银的豪华晚膳。"

"岂有此理！这该死的丫头真是胆大妄为、无法无天……"

孙静婉气得直跳脚，刚要破口大骂，就见一个俊美阴柔、身材瘦削，身穿朝廷四品官服的中年男子面色沉静地从外面走了进来。

"静婉，到底是怎么回事？听说紫苏已经回京，可家门还没进，就被府里的管家当成乞丐骗子给赶了出去……"

这个突然出现的中年美男子不是别人，正是天启皇朝正四品兵部侍郎——慕青流。

或许从外表来看，这位侍郎大人的身材过于弱不禁风了一些，他那张脸却生得极其俊美，堪称世间少有。

即使孙静婉与这个男人在一起共度了十余年，每次看到这张俊美无俦的容颜，心跳还是不由自主地狂乱了几分。

"老爷，您千万别听外面那些人胡说八道，这真是一场天大的误会。是刘管家没搞清状况，没能在第一时间认出紫苏的身份，才将她当成乞丐骗子，顺口责问了几句。本来紫苏只要将话说清楚便可皆大欢喜。没想到她却连解释都没解释一句转身就走。她不肯进家门也就罢了，竟然还在街坊邻居面前诋毁咱们侍郎府的名声。最恼人的就是，她前脚刚刚离开，后脚就去城里的各大店铺，将那些卖不出去的垃圾货以侍郎府的名义高价买了回来……"

"够了!"

慕青流打断了正在恶人先告状的孙静婉,表情严峻道:"先不说母亲如今还在病榻上等着那丫头归来探望,难道你忘了此次叫她回京究竟是何目的?你想给她下马威,让她见识到你这位当家主母的厉害,等她进了门之后,自然有的是机会。可你倒好,人还没进门呢,就把她给挤对走了。她走了对你有什么好处?莫非你想将若晴和若灵推进那个大火坑?"

被慕青流劈头盖脸痛骂了一顿,孙静婉此时也是悔恨交加,愤怒难平。

她的确想借这个机会给慕紫苏一个下马威,却没想到那丫头早已不是十年前那个任她随意欺凌摆弄的无齿小儿。

"爹爹息怒,娘亲也是为了咱们侍郎府的名声着想,才会让刘管家对久未归家的三妹妹过多询问了几句。听刘管家说,顶着三妹妹之名来认亲的那位姑娘,穿着打扮十分寒酸,根本没有半点儿大家闺秀和千金小姐的气势。就算她在回程的途中花光了身上的盘缠导致身无分文,至少也该在刘管家对她提出质疑的时候解释几句。可三妹妹非但没有解释,反而转身就走。这很难不让人怀疑,她是否真的将侍郎府的名声放在眼里。"

"是呀,爹爹,事出必有因,您就别再责怪娘亲了。"

出口讲话的两位少女不是别人,正是侍郎府的两位千金小姐。

前者名叫慕若晴,后者名叫慕若灵,这姐妹二人是一对双胞胎,不过容貌长相却不像其他双生子那般拥有一模一样的面孔。

和妹妹慕若灵相比,慕若晴的容貌生得更加漂亮出众,且她表现出来的气度雍容大方,颇有世家千金的矜持与娇贵。

和温婉大气的慕若晴相比,慕若灵的长相多了几分调皮和可爱,就连讲话的声音也带着些许撒娇和嗲意,让人忍不住就会对这样的姑娘心软。

慕青流膝下无子,除了从小就被他抛弃的慕紫苏之外,就只有慕若晴和慕若灵两个闺女。

眼看着两个宝贝女儿一天天长大成人,临近嫁人的年纪,慕青流自是将自己未来的仕途全部寄托到了这两个出色漂亮的女儿身上。

经大女儿这么一提醒,他原本就对那个三女儿抱有几分嫌弃的心情,如今又更甚了几分。

身为慕家的一员,就算初踏京城被怀疑了身份,也不该做出有辱门风之事,可那丫头一番明目张胆的作为，显然没有将他这个父亲放在眼里。

这么一想，慕青流又对十年未见的慕紫苏生出了几分厌恶和懊恼。

不过为了眼前的利益着想，他还是对孙静婉道："是非对错暂且不论，马上派人将那个丫头给我接回来，有什么事，咱们关起门来再做商议。"

孙静婉忙不迭地点头应是，又吩咐府中的家丁仆役，让人赶紧去福月楼把慕紫苏接回侍郎府。

结果不到一炷香的时间，被派去接人的家丁便愁眉苦脸地回来禀报："夫人，三小姐说了，想让她踏进侍郎府大门，必须由您带着府中五十名家仆亲自去接才行。"

"什么？"

正想着慕紫苏那丫头回来之后用什么办法为难她一番的孙静婉，听了这样的话，脸色再一次被怒气所取代："老爷，您听到了吧？这丫头做事实在过分，居然要求我这个当家主母带着那么多人前去接她。再怎么说，她也是一个小辈，哪有用这么刁钻的方式来支使长辈的道理？"

慕青流也被慕紫苏提出的要求气得不轻，隐约记得那死丫头当年被送走的时候只有五岁，而且是个连一句完整话都讲不出来的痴儿。

没想到就是这么一个无足轻重的小女子，居然如此无理嚣张，提出这么过分的要求。

"老爷，夫人……"

这时，一个二十多岁的漂亮婢女从正厅外走了进来，恭恭敬敬道："老夫人听说三小姐今天回家，派奴婢过来问问，什么时候能带三小姐去她房里请安？"

这个来传话的婢女是慕老太太房中的丫鬟，自从老太太重病之后，每天都盼着能在临终前与自己那十余年没见过面的小孙女再见一面，也算是了却生前的遗憾。

慕青流本来还在生气慕紫苏提的那个过分条件，此时想到自己那生命垂危的老母亲，还是渐渐忍下了这口气。

他对脸色不甘的孙静婉道："母亲重病在床，实在是耽误不得。既然她老人家已经知道慕紫苏不远千里地赶回京城，迟迟不安排她们祖孙二人见面，难免会让母亲落下遗憾。静婉，既然这个烂摊子是因你而起，为了重病的母亲，以及若晴和若灵的前途着想，你还是亲自去一趟福月楼，把她接回来吧。"

孙静婉此时的表情就像生吞了一只死苍蝇，吞也不是，吐也不是。

她可是侍郎府的堂堂主母，让她去做这么丢面子的事，若非这个建议是慕青流亲口所提，她几乎都要开口骂人了。

可现在她又能怎么办？只要慕府的老太太一天没死，她头上就永远压着一座大山。

慕青流可以对他上一位夫人留下的孩子无情无义，对那个费尽千辛万苦把他抚养长大的母亲却孝敬得不得了。

她不在乎慕老太太的死活，却不能颠覆了自己在慕青流心中的温柔形象。

有了这样的计较，孙静婉只能暂时将心中的不满压抑下来，低眉顺眼地点头应是："放心吧，老爷。我这就亲自前往福月楼，将咱们侍郎府的三小姐给您接回来。"

"哦？那女人真的带了五十个家丁来福月楼接人了？"

当慕紫苏从慕翠花口中得知，孙静婉终于"大驾光临"时，她揉了揉下巴，饶有兴味道："看来我之前的猜测果然没错，他们叫我回京，的确是另有目的。"

被派出去打探消息的翠花抖着小翅膀在慕紫苏面前飞了一圈，最后落在她面前的桌子上，扯着娇嫩软萌的嗓音道："既然你已猜到那女人不怀好意，为了咱们的小命着想，干脆一走了之，放她鸽子。"

慕紫苏瞪了自家没出息的肥鹦鹉一眼，哼道："先不说你我这次回京是肩负着师父交代的使命，就算没有师父的命令，我慕紫苏难道还是那种贪生怕死之人？我倒是要看看，他们慕家费尽心思将我召回京城，暗地里究竟打着什么小算盘。"

说着，她将翠花拎到自己的肩膀上，推开房门，慢条斯理地向外面走去。

翠花小声在她耳边咕哝："别一口一个他们慕家，不要忘了，你也是慕家的一分子。"

慕紫苏冷笑："早在十年前他们将我当成废物丢弃到凤凰山时，我已经和那些冷血之人划清界限了。"

说话的工夫，一人一鸟已经踏出天字一号房，顺着铺满红地毯的楼梯，一步步向福月楼宽敞奢华的大厅走去。

只见大厅里传来一阵人群的嘈杂声，而造成这场混乱的，正是带着五十个家丁浩浩荡荡来到福月楼的孙静婉。

出门之前，孙静婉已经在心中打好了小算盘，你慕紫苏不是想要给我出难题吗？

既然你这个还没出嫁的闺阁小姐不要脸面,我完全不介意借这个机会来诋毁一下你的名声。

五十个家丁说多不多,说少也不少,这么多人一下子拥进福月楼,难免会引起其他客人的关注和好奇。

孙静婉就是要让人知道,慕紫苏不慈不孝,胆敢以小辈的身份对长辈指手画脚。

"还请店掌柜和各位贵客不要大惊小怪,我之所以会带着这么多家丁出现在福月楼,为的就是接咱们慕府的三小姐尽快归家。家中老夫人身体欠佳,性命垂危,每天盼星星盼月亮地等着她那久未归京的小孙女回来看她最后一眼。没想到三小姐回京之后非但不入家门,反而派人到府上送信,要求我这个母亲必须带着五十名家丁风风光光地将她接进家门方才罢休。若各位贵客被侍郎府这个阵势给打扰了,我在这儿以侍郎府女主人的身份向各位说句抱歉。"

慕紫苏带着翠花刚刚下楼,就看到孙静婉尽情尽兴地在众人面前上演了这么一出苦情大戏。

那些不明真相的围观者忍不住出言指责:"天底下怎么能有这样不懂规矩的孩子?居然放着病危中的祖母不管,甚至还向母亲提出这么过分的要求……"

其他人也跟着帮腔点头:"就是啊,这孩子也太疏于管教了吧。"

孙静婉见人群的呼声渐渐趋向自己这边,又继续表现出一副深明大义的样子:"谢谢各位的同情和谅解,正所谓家家有本难念的经,为了让老夫人尽快见到她的孙女,我这个当母亲的带人亲自走这一趟又有何妨。至于咱们府上的那位三小姐……"

说着,她指了指自己的脑袋,颇为惋惜道:"因为她生母在生她之前身体一直不好,常年喝药导致府中这位三小姐生出来时与普通孩子不太一样。说直白一点儿,是体带胎毒;说难听一点儿,是智力不足。"

言下之意,这位慕三小姐是个脑子不好使的蠢货,所以才会没规没矩地提出这种无理的要求。

"哟!多年不见,孙姨娘还是一如当年那般喜欢用不着边际的言词来诋毁别人的名声啊。"

就在孙静婉尽心诋毁慕紫苏形象之时,一道清灵好听的嗓音从楼梯处飘了下来。

围观的众人齐齐循着声音望了过去,这一望,在场的人群无不发出惊叹之声。

踩着优雅步伐缓缓从铺着红地毯的楼梯上走下来的少女,就像一抹被注了圣光的幻境仙子。

那颀长优美的身姿、倾城倾国的容貌、骄矜傲然的气质，几乎在眨眼间就成为福月楼中最耀眼的焦点。

此时的慕紫苏，早已褪去之前那套土得掉渣的粗布衣衫，换上了一条洁白素雅的长裙。

从这长裙的款式和布料来看，并非是什么穷凶极奢之物，仅仅是一条连五十文钱都不值的普通少女裙装而已。

可慕紫苏就是有这样的本事，随随便便一条款式简单、布料普通的衣裙，也能穿出神女般的绝色气势。

她梳着简单的发型，长及腰臀处的墨发披散在脑后，仅用玉簪绾起一小缕发丝盘在耳边。

精致绝美的容颜，白皙如玉的肌肤，灵动狡黠的目光，以及荡在漂亮嘴角处的那一抹似讥讽、似嘲弄、似玩味的邪气坏笑。

这样一个仙子与妖孽的组合体，简直惊为天人，到了让人无法呼吸的地步。

就连孙静婉都被眼前这个突然出现的绝美少女给震惊了，记忆中的慕紫苏，仿佛还停留在十年前那个痴痴傻傻、因身体孱弱而挂着两条鼻涕的小脏丫头的形象之上。

没想到阔别十年，曾经那个被她暗地里骂过无数次贱种的慕紫苏，已经摇身变成了这样一个耀眼夺目的绝色尤物。

她一直以为，承袭了父母身上所有优点的长女慕若晴已经堪称天下无人能及的绝色美人。

可此时看到慕紫苏，她实在不想承认，那个被她寄予无限厚望的长女与慕紫苏相比，竟犹如天壤之别。

深受打击的孙静婉就这么直愣愣地看着慕紫苏踩着世间最优雅、最从容的步子渐渐逼近自己，每走一步，那种来自骨髓中的打击便让她疼痛一分。

怎么可以？

曾经那个智力低下、浑身邋遢，据说出生时体重过轻，被接生婆戏称只有二两重，根本活不长的小家伙，怎么可能会在短短十年之间发生这样惊天动地的变化？

"孙姨娘，发什么愣呢？怎么，阔别十年，您该不会是认不出我的模样了吧？"

慕紫苏此时的表情就像一只餍足的猎豹，随性而又自负地戏耍着一只逃不掉又躲不开的倒霉山鸡。

被她接二连三地捉弄，孙静婉这才意识到，从慕紫苏出现在自己眼前的那一刻，一口一句"孙姨娘",仿佛在众人面前昭示着她曾经耻辱的身份。

妾室这个身份一直是孙静婉心中的痛,也是她为何盼着慕老太太赶紧离世的主要原因。

当年虞泽兰,也就是慕紫苏的生母过世之后,备受慕青流宠爱的自己本该顺理成章地爬上兵部侍郎府的正妻之位。

可慕老太太从她进门那刻起就对她冷眼相待,身为大孝子的慕青流不忍忤逆母亲的意愿,所以迟迟没有下定决心将她扶为正妻。

直到两年前慕老太太因身体不适无力再掌管府中内务,慕青流才冒着被母亲斥责的窘境斗胆提议将孙静婉扶正。

每每想起这些过往,孙静婉都如鲠在喉,怒气难平。

此时当着这么多人的面被一个黄毛丫头一口一句"孙姨娘"地叫着,瞬间就勾起她那些不堪回首的过往,让她难有立足之地。

慕紫苏并不打算放过她,笑容可掬地对围观的众人道:"各位非要将不守规矩不懂礼数这样的罪名扣在我头上,我自是无话可说,但有一件事我必须在这里澄清一下,不是我不急着回府探望病重的祖母,而是当我带着归家的心情想要踏进慕家大门的时候,却遭来府中管家的驱赶。至于奴仆出身的管家为何在明知道我是慕家三小姐的情况下还斗胆做出赶人之事……"

说到这里,她意味深长地看了孙静婉一眼:"想必各位心中都应该有数,毕竟眼前这位孙姨娘与我没有半点儿血缘关系,想要利用继母的身份来打压继女,抬高自己的身份,估计也是后宅争斗中的一种不入流的方式。不过话又说回来,这世上总有一些眼界低,没有容人之量的人,就喜欢耍这种下三滥的小手段。谁让我那个父亲不爱侯府千金出身的母亲,偏喜欢在奴才中寻找另一半呢。哦,对了……"

眼看孙静婉被自己三言两语气到两眼直冒火,慕紫苏又接口道:"各位可能还不知道吧,这位孙姨娘曾被人贩子拐卖,正好被我父亲救下。为了报答我父亲对她的救命之恩,她死赖在我们慕家不肯离去,非要留在慕家做个上不得台面的使唤丫头。后来也不知她使了什么手段,博得了我父亲的欢心还有了身孕。于是,这个本该是慕府下人的孙姨娘,就这么堂而皇之地与我母亲共享一个夫君。有时候我特别不能理解我的父亲,放着高贵矜持的侯府小姐不爱,偏要费尽心思地去喜欢一个为奴为婢的女人,各位说说看,他到底图啥呢?"

慕紫苏从不否认自己有一张毒舌之口,且可以不费吹灰之力,将一切她看不顺眼的人往死里挤对。

至于淑女之尊、千金之名，那是什么？能当饭吃吗？

师父早就警告过她，若有朝一日别人欺负到她头上的时候她不出手反击，就将她逐出师门，不再认她这个没用的徒弟。

有嘴毒、缺德、阴狠的师父做榜样，就算她想朝根正苗红的大家闺秀方向发展，也在许久之前就被无良师父给碾压在摇篮里。

论口才，论阴损，论反应，在后宅中浸染多年的孙静婉，岂是被鬼畜师父调教长大的慕紫苏的对手。

三言两语，之前还一边倒地偏向于她的那些吃瓜群众，瞬间对她生出了鄙夷之心。

要知道，往来于福月楼这种富贵之地的客人，绝大多数来自各个名门望族，妾室利用心机勾引家主、害得正妻之位不保这种事，在这些豪门贵族眼中是非常无耻的。

尤其是那些在后宅中担任主母角色的夫人，对孙静婉这种妾室上位的女人简直是深恶痛绝，因为与妾室争抢同一个夫君这种事，几乎出现在每一个大户人家的后宅之中。

"真是不要脸，破坏别人婚姻也就罢了，居然还妄想在外人面前诋毁嫡女的名声。哪个孩子要是摊上这样一个继母，可真是倒了八辈子的血霉。"

不知是哪位夫人在人群中说了这么一句，很快，其他人也产生了共鸣，纷纷接口道："最可笑的就是，她居然还说人家姑娘呆笨痴傻，智力低下。先不论这位姑娘容貌精致、倾城倾国，就冲她那逻辑分明的谈吐和气度，怎么可能会是一个智力低下的人？"

围观群众都是一些不怕事大的，很快便一边倒地将品行不端的孙静婉踩进了淤泥之中。

总算从震惊中反应过来的孙静婉怒不可遏地对慕紫苏吼道："你够了！众目睽睽之下侮辱继母，你这些年的规矩都学到哪里去了？"

孙静婉本想用更恶毒的语言来咒骂这个死丫头，可理智已经被气到彻底崩溃，她只能用这种苍白无力的语言来努力维持自己的形象。

见她像一条死鱼一样做无力的垂死挣扎，慕紫苏唇边笑容更甚："规矩是什么东西？抱歉，我听不懂，自从十年前我像枚弃子一般被赶出家门，被丢到人烟稀少的凤凰山，便没有人告诉过我，'规矩'这两个字究竟应该怎么写。"

孙静婉怒道:"你……你简直目无尊长,不守孝道!"

慕紫苏斜睨了她一眼:"长辈不慈,晚辈不孝,因果循环,天理难断!"

"慕紫苏,你不要太过分!"

"孙姨娘,注意一下你的形象。虽然你是我父亲从垃圾堆中捡回来的女人,但现在好歹也是兵部侍郎府的一分子。你像个泼妇一样在这里大吼大叫,丢的不是你自己的人,而是我们慕家的人。"

"住口,真正丢人现眼的是你而不是我……"

"哦,是吗?"

自始至终,慕紫苏一直保持着淡定从容的神色,那气度,那姿态,和盛怒之中的孙静婉简直形成鲜明的对比。

谁输谁赢,立见高下。

就连孙静婉自己都意识到,她不但当众失仪,而且当众失态。

眼看孙静婉被自己挤对得就要发疯,慕紫苏似笑非笑道:"既然如此,敢问孙姨娘,这慕家大门,我慕紫苏是有资格进,还是没资格进?"

这一刻,孙静婉忽然很想扑过去将对方活活掐死,但最后理智胜过了情感,想到两个女儿的前途和将来,她生生憋回了这口恶气,咬牙切齿道:"有,当然有!"

慕紫苏自得一笑:"既如此,就别再废话了!"

说完,慕紫苏无视孙静婉即将气爆的嘴脸,从容优雅地向福月楼门外走去。

走到一半又转过身,她气死人不偿命道:"别忘了将我住店和吃饭的费用结清。"

一直趴在她肩膀上看热闹的翠花在自家主人踏出福月楼之前,扯着娇嫩可爱的嗓音朝着孙静婉大声嚷嚷:"狗奴才!"

什么叫神助攻?翠花绝对是慕紫苏身边最可爱的神助攻。

如果孙静婉前一刻还能为了大局压抑自己的脾气,当那只肥鹦鹉大声喊出"狗奴才"三个字时,她彻底崩溃,在慕紫苏踩着胜利的步伐踏出福月楼大门之后,突然像个发了狂的疯妇一样破口大骂:"慕紫苏,你别得意,有朝一日,我一定会让你尸骨全无,死无葬身之地!"

围观的众人一下子就炸了,纷纷向孙静婉投去嘲弄鄙夷的目光,嗤笑道:"这嘴脸变得还真是可怕,怪不得那位慕小姐那么说她,果然素质低下,难登大雅之堂……"

被一只鹦鹉刺激得崩溃的孙静婉，这才意识到自己的怒吼闯下了弥天大祸。

眼看众人频频向自己投来不善的目光，她就像是一只被围攻的落水狗，在难堪之中，绝望而又狼狈地逃离。

二次回府，慕紫苏这位嫡出的三小姐终于得到了管家以及家丁们的正眼相待。

那五十个被叫去撑场面的家丁今天总算是长了见识，什么叫杀人于无形，什么叫气死人不偿命。

这位貌似天仙的慕三小姐别看拥有一张倾城倾国的绝世容颜，从她那张利嘴中吐出来的字字句句，却可以不带任何脏话就将人活活怼死。

连侍郎府主母都被怼得七窍生烟，跳脚发狂，他们这些家丁仆役要是真得罪了这位三小姐，还不被对方给收拾得连骨头渣子都不剩？

慕紫苏可没工夫理会家丁仆役对她的看法，在外面大吃二喝地逍遥了一通，如今总算被当成"活祖宗"一样请回了慕府，她自然要好好认识认识十余年未谋面的父亲和姐姐。

说是姐姐，其实慕若晴和慕若灵两姐妹只比她大了一个月而已。

当年孙静婉为了得到慕青流的喜爱，简直是极尽所能地勾搭年轻俊美的慕青流。

那段时间，她外公因为"弑君"之罪被斩首，身为外公膝下唯一的女儿，虞泽兰虽然没有因为父亲的罪行而被牵连其中，却因为父亲落难而夜夜垂泪，导致身体状况越来越差。

且虞泽兰的身子骨本来就单薄孱弱，嫁进慕家之后一直没能怀上子嗣。

正好这段时间，慕青流救回了孙静婉，孙静婉手段高超，抢人丈夫的手段绝佳，即使有慕老太太天天盯着，最后还是怀上了身孕，早虞泽兰一个月生下了一对双生姐妹。

五岁以前的记忆对慕紫苏来说已经没有那么清晰了，但她隐约记得，从很小的时候起，她那两位庶出的姐姐在慕家的待遇就比她这位嫡出的小姐优越百倍。

那时的她又小又弱，没了生母的庇佑，三不五时就会被两个双胞胎姐姐联手欺负。

而话都说不全的自己将两个姐姐的恶行告到父亲面前时，非但没有换来父亲的关怀，反而被羞辱责打，不知吃了多少苦头。

"你就是慕紫苏？"

一道低沉的男声打破了慕紫苏对往昔的回想，循声望去，就见一个容貌清俊的中年男子正打量着自己。

已经变得十分模糊的记忆因为这张面孔的出现而逐渐清晰起来，这个人正是她血缘上的父亲，当年狠心下令将她赶走的罪魁祸首。

难怪孙静婉那时不顾一切也要攀上这个男人，容貌俊美的兵部侍郎，当年被先帝钦点的美探花，这样的男子，世间又有几个女人能抵挡住他的魅力？

慕紫苏向慕青流投去残酷而又冷漠的目光，然后象征性地微福一礼："父亲，多年未见，您可安好？"

慕青流仍旧没有从慕紫苏那张仿佛被神祇恩赐过的绝美容颜中醒过神，愣愣地点了点头："回来就好，回来就好！"

他真是做梦也没想到，当年那个自己连看都懒得多看一眼的女儿，如今竟拥有这样绝色之姿。

假如这个孩子从小被养在侍郎府，以她的姿容和美貌，绝对比长女慕若晴更有培养价值。

在慕青流的眼中，女儿的存在，除了骨血的延续，还有另外一个作用，就是成为仕途上的铺路石。

自从当年发生意外导致他再也没能力育有子嗣，膝下两个美丽端庄的女儿就成了他重点培养的目标。

可是和自己精心培养的两个女儿相比，眼前这个慕紫苏显然更加优秀。

只是这个念头刚刚生起，脑海中就有一个声音提醒他，慕紫苏的容貌生得再怎么逆天，也不过是一个被养在深山老林中的弃子，和从小在四书五经熏染下长大的其他两位女儿相比，若晴和若灵才更有资格攀上真正的权贵。

慕青流震撼于慕紫苏美貌的同时，一直对自己容貌自信的慕若晴也在看到这张面孔的时候被深深打击到了。

怎么可能？

眼前这个自己连万分之一可能都敌不过的绝世美女，真的是当年那个屡屡被自己欺负的三妹妹？

姑娘家的嫉妒真是不需要任何理由，仅仅因为对方长得比自己好，心底就会滋生出无限恼恨。

像是感觉到慕若晴眼中传来的敌意，慕紫苏笑容恬淡地向她投去一眼："哟，这两位姑娘的容貌看着可有些眼生啊，父亲……"

慕紫苏向慕青流投去调侃的一眼："莫不是女儿不在京中的这几年，您又在身边纳了新的妾室？不知这两位姨娘当如何称呼？"

轻描淡写的一句话，同时气到了四个人。

孙静婉的怒气自是不必言说，慕青流一张俊脸却在女儿戏谑的目光中红了个彻底："胡说什么呢？她们是你的姐姐，若晴和若灵。"

被当成自家爹爹妾室的两位慕家小姐已经被气得面红耳赤。

尤其是慕若灵，她性子比不得姐姐沉稳，且从来都喜欢装嫩扮可爱，最是习惯享受身为幼女的娇惯与宠爱。

结果慕紫苏一回府，不但抢了她幼女的位置，还直接将她误认为府上的妾室，简直是欺人太甚。

她刚要开口斥责，略比她稳重一些的慕若晴便出言反讥："还以为阔别十年，三妹妹那痴傻呆笨的性子已经改了，现如今一看，好像也并非如此，居然连家族成员都搞不清楚，也难怪父亲当年要送你到凤凰山去静养了。"

慕紫苏也不恼怒，笑着说道："这位姨娘，哦不，这位姐姐莫要着恼，实在是因为你们的穿着打扮太过老气，失了几分姑娘家的纯真俏皮，我才会误将你们视为已嫁入他人后宅的妾室。毕竟按年纪算，大家都正值豆蔻年华。可你们自己瞧瞧，只比你们晚一个月出生的我，好像要比你们年轻很多哟。"

围观的家丁们再一次亲眼见识到什么叫杀人于无形。

女人最害怕的就是被人嫌老，更何况侍郎府这两位小姐不但不老，还貌美如花。

结果三小姐一露面，就一口一句"姨娘"将她们唤老了一辈，这两位小姐不被当场气疯才奇怪呢。

慕若晴刚要反击，慕紫苏肩膀上的神助功翠花适时开口："两位大婶好，恭喜发财，红包拿来。两位大婶好，恭喜发财，红包拿来……"

翠花扯着尖锐娇嫩的嗓音不断重复着这两句话，瞬间将慕若晴和慕若灵两姐妹给气得快吐血。

孙静婉早就看这只肥胖的鹦鹉不顺眼，如今回到慕家，她再也顾不得什么身份颜面，声嘶力竭地喊道："畜生，给我闭嘴！"

翠花瞬间将两只小豆子般大的眼睛移到了孙静婉脸上，继续扯着尖锐到足以让在场所有人都听到的声音道:"狗奴才,狗奴才,登不得台面的狗奴才……"

孙静婉气疯了,大吼道:"来人,将这只该死的畜生给我拎到后厨炖了。"

现场没人敢动,因为此时的慕紫苏就像高傲的神祇,冷冷注视着在场的每一个人。

那犀利残酷的目光就像杀人于无形的利刃,很有一种瞬间秒杀在场众人的压迫感。

直到孙静婉丑态毕露,慕家两位小姐气得面红耳赤,慕紫苏才莞尔一笑,轻轻抚摸着自己肩头的鹦鹉,对慕青流道:"父亲,咱们慕家的家风什么时候变得这么粗俗不堪了?我肩头这只鹦鹉名叫翠花,是我从小养到大的一只小宠物。小家伙最喜欢模仿别人讲话,口没遮拦、乱说一气这不是常有的事吗?孙姨娘因为它不懂事就要对一只小动物喊打喊杀,这事要是传扬出去,难免会招来'毒妇'的骂名,您说是不是?"

孙静婉怒道:"什么小宠物?这畜生就是故意的……"

慕紫苏佯装无辜:"故意?它不过就是一只鸟,能故意出什么名堂?难道孙姨娘还指望和一只鸟理论出个是非对错?您一个当家主母,什么时候变得这么没风度了?"

"你……"

已经在她面前吃了不少亏的孙静婉刚要反驳,就听慕若晴道:"三妹妹,你一口一句'姨娘'地称呼慕府主母,这有些不太好吧?别忘了我娘亲早在两年前就已经被扶上了正妻之位,你不觉得'姨娘'这个称呼有些不太恰当吗?"

慕紫苏没什么诚意地道歉道:"哦,不好意思,叫惯了'孙姨娘',一时间改不过口而已。"

慕若晴咄咄逼人:"是改不过口,还是不想改口?"

翠花尖锐的嗓音再次响起:"狗奴才!狗奴才!狗奴才……"

这下,那母女三人同时发怒,看着现场已经乱成一团的慕青流头痛不已,正好这个时候,慕老太太房里的婢女又来了:"老夫人听说三小姐回来了,让三小姐赶紧过去见上一面呢。"

婢女的到来真是一阵及时雨,慕青流虽然不喜欢慕紫苏这个一出场就让全家的气氛陷入难堪之中的女儿,但想到不久的将来她就会成为慕家摆脱噩运的一枚棋子,以及她将要面临的悲惨下场,所有的不甘和不满全部被他咽回了肚子里,摆了摆手道:

"紫苏，快去见见你祖母吧。她时日无多，临终前最大的愿望就是能够见你一面，你莫要辜负了她对你的厚爱。"

慕紫苏道："祖母自然是要见的，不过还希望孙姨娘能够大度一些，不要处处针对于我。至于我家翠花，它就是一只傻鸟，姨娘日后可千万不要再跟它一般见识了。"

说完，她扛着得意扬扬的翠花随老太太房里的那位婢女姐姐离开了正厅。

临走前，翠花还不忘高喊一句："孙姨娘就是一个狗奴才！"

慕紫苏像是根本没听到身后传来的不满和谩骂，笑容满面地尾随目瞪口呆的小婢女，来到了慕老太太的院子里。

对于这位祖母，她的印象十分模糊。

隐约记得母亲去世没多久，慕老太太因为悲伤过度大病了一场，直到她被送去凤凰山时，慕老太太一直病恹恹的，不见好转，以至于那时根本无暇来关心她的死活。

再次见到慕老太太，慕紫苏几乎一眼就从老太太那张死气沉沉的脸上看到了油尽灯枯之兆。

见她在婢女的引领之下踏进房门，满脸病态的慕老太太挣扎着就要起身，眼角泛着泪光，她哆哆嗦嗦地伸出手，想要去触摸慕紫苏，却发现浑身上下的力道仿佛被抽空，只能无助地任由自己的生命在时间的摧残下一点点被消耗掉。

慕紫苏并不是一个多么善良的姑娘，这些年她经历了不少大风大浪，对人性最丑陋的一面甚是了解。

至于亲情，早在十年前她被送走的那一刻，就被她彻底斩断了。

可当她看到这样一个垂暮老者用尽最后一丝力气想要碰触她的衣襟时，她的心忽然就软了一下，快步向前走了几步，轻轻拉住老太太那干枯而又消瘦的手，低声道："祖母，您别激动，我回来了。"

慕老太太紧紧握住她的手，很怕一松开，眼前的人儿就会瞬间消失一般。

她眼睛一眨不眨地死死盯着慕紫苏，泪水泉涌而出："我这辈子对不起的两个人，除了你那命苦的娘亲之外，就只有你了。紫苏，是祖母无能，没有在该保护你的时候出手保护当年弱小的你。如今我一脚就要踏上黄泉路，只希望在有生之年还能再见你最后一面。我知道再多的愧疚和自责也改变不了眼前的事实，如今我就要去见你的外公和母亲赎罪了，唯一能为你做的，就是到了那边之后能够保佑你在这世上活得好好的……"

从老太太的话语中，慕紫苏听出她的愧疚和绝望，这也是她回到慕家之后，唯一对自己还能稍微表露出一点儿亲情的人。

她并不擅长这些儿女情长，从小在腹黑师父的教导下，养成了顺我者昌、逆我者亡的霸道性格。

可是这一刻，当她看到这个在血缘上可以称之为她祖母的老人，像个赎罪的犯人一般向她倾诉当年那些过往，她忽然发现，自己的心并非如她想象中那般冰冷。

至少，当老太太痛彻心扉地说，当年没能维系住她父母的婚姻时，她是真的从老太太的话语之中听出了痛苦之意。

"紫苏，我知道这十年来对你不管不顾，是我这个当祖母的没对你尽到应有的义务。当年要不是我执意求虞老侯爷将他膝下唯一的宝贝女儿嫁到我们慕家，你娘，也不会因为婚姻不顺而早早离世。孙静婉这个女人非常可怕，为了她，你爹在你娘过世之后宁愿终身不娶，也要保住她在慕家后宅的地位。是我错了，我不该将时间和精力花费在那个女人的身上。但凡在你年幼的时候，我肯对你多照顾一点儿，你也不会被他们当成累赘一样送到荒无人烟的凤凰山……"

越往下说，慕老太太的情绪便越激动。

眼看她整个人就要陷入昏迷，慕紫苏淡淡说了一句："祖母，我不怪您，凤凰山没什么不好，这些年，我在那里过得很开心。"

若当年她没有被残忍地送去凤凰山，又怎么会遇到她那个拥有通天本事的师父？

虽然师父在她成长的岁月中充当着严父的角色，却不能否认，是师父给了她第二次生命，让她从一个痴儿变成了一个人才。

与慕老太太说话的工夫，戴在拇指上的血灵戒不断散发出一种只有她自己才能感受到的警示。

血灵戒在提醒她，慕老太太的生命迹象正在一点点消失。

她不着痕迹地用戴着血灵戒的手在慕老太太的周身上下触摸了一遍，当血灵戒停留在老太太的胃部时，释放出来的警告尤其严重。

与血灵戒结契这么久，她可以在不把脉的情况下，利用血灵戒来找到患者的病因。

让她诧异的是，慕老太太患的并非老年病，而是中了一种会慢慢消耗身体的剧毒。

这种毒无色无味，中毒之人在中毒之后不会表现出任何症状。

时间久了，中毒者五脏六腑的功能便会慢慢退化，呈现出一种因身体孱弱而自然死亡的症状。

什么人如此心狠，竟然对侍郎府的老夫人做这种阴毒之事？

想起孙静婉在慕家苦熬十年都没能被扶为正室的原因是慕老太太插的手，慕紫苏一下子便将怀疑的目标锁定在孙静婉身上。

哼！真是一个野心庞大而又不择手段的女人啊！

只要慕老太太一死，慕家后宅的权力就顺理成章地落到孙静婉手中，想必那女人连慕老太太的后事都已经准备好了吧？

慕紫苏对慕老太太虽然没什么感情，但能让孙静婉添堵的事情，她向来乐此不疲。

于是，在慕老太太即将陷入昏迷时，她从随身携带的小药瓶中取出一粒小小的药丸，轻轻捏开老太太的嘴，柔声道："祖母，当年我离开京城时，身上带着外公亲自撰写的一本医学手札。这些年，我按照那本医书的方法，学会了一些医术。这枚药丸是我亲手所制，可以暂时缓解您的病痛。您含在口中等它慢慢溶化，睡一觉之后，也许身体就没这么虚弱了。"

这番话是慕紫苏故意说给老太太和房中婢女听的，只有她自己知道，这枚药丸所蕴含的药效绝对可以用"惊世骇俗"来形容。

因为她手上的这枚血灵戒不但可以通过预警来提示她患者的病情，在熬药或制药的时候，将血灵戒放进药材中，还可以达到强化药效的神奇效果。

而她随身带着的药瓶里，这样的药丸共有十粒，功效就是，可以让一脚踏入鬼门关的患者续命十日。

馨雨园，是慕青流已故妻子虞泽兰生前曾住过的宅院。

虞泽兰病故之后，孙静婉几次提出想搬到馨雨园，来证明自己是慕家新任女主人的身份，都遭到了慕老太太的强行拒绝。

在慕老太太的眼里，只承认过一个儿媳妇，就是虞泽兰，而非孙静婉。

而有资格住进馨雨园的，除了虞泽兰之外，就只剩下了慕紫苏。

"我娘生前住的这个院子还是蛮不错的嘛！"

安抚慕老太太睡着之后，折腾了整整一天的慕紫苏终于踏进了属于自己的宅院。

不得不说，慕老太太当年对她娘这个儿媳妇还是非常看重的，和侍郎府其他宅院相比，馨雨园不但占地宽敞、位置优越，就连屋子里的装饰摆设都极尽奢华，处处散发着富贵之气。

唯一遗憾的就是，这里长年无人居住，略显出了几分空旷与荒芜。

她带着飞来飞去的慕翠花在屋子里随意转了几圈，便懒懒地倚靠在软榻上，边打哈欠边道："可惜这么大的院子，却连唤丫头的身影都没见到一个，看来咱们这位爱耍弄手段的孙姨娘，是摆明了要用这种低俗的方式和我作对到底啊！"

扑棱着翅膀巡视半响的翠花飞到她面前停了下来，一本正经地问："紫紫，你为什么要给你们家老太太吃回春丸？你不是说，要与慕家所有人都划清界限吗？"

慕紫苏抬眸看了自家鹦鹉一眼："回春丸只能维持老太太十天的性命，至于是否要与所有姓慕的人划清界限，我还要再观察一阵。至少和其他人相比，我这位祖母还算有那么一点儿良知和人情味。而且从她的话语中不难听出，她与孙静婉之间的关系并不和睦。听说孙静婉这些年一直没能上位，和慕老太太的拼命阻挠可是有着莫大的关系。假如慕老太太就这么死了，最开心的人非孙静婉莫属。"

"所以你才怀疑给慕老太太下毒之人，是你那个孙姨娘？"

她不置可否地耸了耸肩："我初回京城，对慕家的情况了解甚少，这也是我没有直接帮慕老太太解毒，只暂时保全她十天性命的主要原因。一来，我不想过多暴露我的能力；二来，我也不想有朝一日发现自己其实救下的是一只白眼狼，且观察一段时间再说吧。若慕老太太日后与我站在同一阵线，我倒是不介意对她出手相帮。反之……"

慕紫苏嘴角一勾，扯出一记残忍嗜血的弧度："就算她在血缘上是我的祖母，我也不会对她手下留情。"

一人一鸟正在房中低声交谈，外面忽然传来一阵脚步声，紧接着，一个中年妇人的声音在门外响起，语气中还夹杂着几分激动和失态："三小姐，是三小姐回来了吗？"

随着这道声音的出现，就见一个四十多岁的中年嬷嬷跌跌撞撞地从外面闯了进来，待她看到慕紫苏的那一刻，眼泪瞬间就流了下来，她扑跪在地，泣不成声道："三小姐，您总算是回来了，这些年，您在凤凰山那边定是吃了不少苦吧？都怪奴婢当初无能，小姐离世之后，没能代替她好好照顾三小姐，到最后还眼睁睁看着三小姐被老爷送去荒无人烟的凤凰山……"

眼看这中年妇人还要无休无止地继续哭诉下去，慕紫苏眉头微微皱了起来，不冷不热地问道:"你是谁啊?"

妇人这才止住泪水,忙不迭地介绍自己的身份:"奴婢姓李,李玉莲,是小姐当年带在身边的陪嫁丫头。哦,奴婢口中所指的小姐,就是您的亲生母亲虞泽兰。奴婢幼时陪小姐一起长大,后来小姐与慕家订亲,奴婢作为陪嫁丫头,便随着小姐一起进了慕家的大门……"

慕紫苏挑了挑眉:"既然你是我娘的陪嫁丫头,为什么我对你没有任何印象?"

就算她被送走的时候只有五岁,对于小时候生活在自己身边的一些亲人和下人还是略有几分印象的。

李玉莲赶紧向前膝行了几步,语气急切道:"三小姐之所以会对奴婢没有印象,是因为小姐当年嫁进慕家之后没多久,就因为老爷被问斩而伤心患病。奴婢那时一直寸步不离地陪在小姐身边伺候,老夫人担心奴婢会给三小姐传上病气,便制止小姐身边所有亲近的婢女,不许和三小姐过于接近。后来小姐敌不过病魔的摧残最终病故,老夫人非常震怒,认为是奴婢等人伺候不周,责令小姐身边近身伺候的几个婢女每人挨五十大板。奴婢受刑惨重,在病床上养了将近一年才彻底恢复。等奴婢想起三小姐的时候,您已经被老爷送出了家门。"

慕紫苏仔细回忆了一下,隐约记得,她娘过世之后,府里的确是闹腾了一阵。

只是那时她年纪太小,对周遭发生过的事情了解得不甚详细。

且那段时间她心智未开,意识混沌,能记住慕府的家族成员,已经算是非常不错了。

"三小姐,奴婢这些年一直盼着有朝一日您能被老爷给接回慕府。今天听府中的下人说,三小姐已经回来了,您不知道,奴婢的心情有多么激动。在奴婢心中,小姐是唯一的主子。可如今小姐已经亡故多年,那么对奴婢来说,今后要伺候的便只剩下三小姐一人。还求三小姐收留奴婢,让奴婢补偿这些年对您的疏忽和照顾。日后若到了那边见到小姐,奴婢也好向她有一个体面的交代。"

一口气说完,李玉莲再次落下眼泪,神情之中尽是一片赤血的忠诚。

慕紫苏并没有因为她的眼泪而对她放下警惕,沉吟了片刻,她开口问道:"你现在在慕家担任什么职务?"

李玉莲赶紧回道:"因为奴婢的刺绣功夫还算不错,所以小姐去世之后,老夫人虽然因为奴婢等人伺候不周而惩罚了奴婢,却并没有狠心将奴婢赶出府门。几年前,奴婢凭着一手刺绣手艺,被分配到了刺绣阁,算是为自己谋了一个温饱的营生。奴婢原本想着，这辈子就这么稀里糊涂地过下去，直到听说三小姐回了侍郎府，奴婢……奴婢再也按捺不住对三小姐的想念，无论如何，也请求三小姐收留奴婢。"

"刺绣阁……"

慕紫苏揉了揉下巴，然后状似不经心地问了一句："如今祖母生命垂危，一旦她老人家有什么三长两短，府中大小事务将全权落到孙姨娘的头上。而你，身为前任夫人身边的贴身婢女，觉得新任主母能容得下你的存在吗？"

提到孙静婉，李玉莲的脸上瞬间生出了明显的怒意："那个姓孙的女人就是一个阴险狡诈的女人，当年若非她上赶着勾引老爷，老爷和我家小姐之间的感情怎么会破裂？这个女人实在该死，她害得小姐受尽委屈，奴婢恨不得她马上去死。三小姐，既然您现在已经回了侍郎府，从今以后，奴婢就做您的左膀右臂，陪您一起对付那个女人。"

慕紫苏没答应也没拒绝，只是冲她扯出一记玩味的笑容："你的意思我明白了，只是初来乍到，我对慕家的情况还不算了解，等我稍微适应一下这边的环境，再向祖母请求，看能不能将你调到我身边当差。"

李玉莲忙不迭地点头："奴婢一定会对三小姐忠心不贰的。"

慕紫苏挥了挥手："先下去吧。"

直到李玉莲心满意足地转身离去，慕紫苏才冲一直没作声的翠花使了个眼色。

翠花心领神会，李玉莲前脚刚走，它便挥舞着翅膀，悄无声息地跟了出去。

大约过了一炷香的工夫，翠花顺原路返回，对慕紫苏道："紫紫，你的怀疑没有错，这个姓李的女人在离开馨雨园后，并没有回到那个什么所谓的刺绣阁，而是直接进了狗奴才的院子，并亲口承诺，事情已经办成了一半。"

这个答案早在慕紫苏的预料之内，从李玉莲打着自己母亲的名义踏进馨雨园的那一刻，她就隐隐觉得这个女人别有用心，没想到那个女人的动机果然不纯。

"紫紫，你是怎么发现这个女人有问题的？"

慕紫苏也没瞒它，轻哼道："很简单，假如她真是我娘生前的近身婢女，以孙静婉那小肚鸡肠的性子，早就将这个人彻底抹杀，怎么可能会留一个眼中钉、肉中刺在自己眼皮子底下继续活跃？当然，这也不排除李玉莲曾经的确在我娘身边伺候过，但我娘过世之后，老太太以伺候不周为名将她身边的婢女责打了一顿，这种残暴的行为，难免会让这些受了刑罚的婢女心生恨意。由此不难猜出，李玉莲能在侍郎府活到现在，定是投靠了某一方的势力。而这个被她投靠的人，除了孙静婉，暂时不做第二人想。"

慕翠花听她分析得头头是道，不由得叹服："紫紫，你好厉害，仅凭一面之缘，就能判断出这个人是忠是奸。若非你暗示我跟踪那个姓李的女人，我都不敢相信她居然会跟那个女人是一伙的。"

慕紫苏在翠花的头上拍了拍，笑道："这就是为啥你是鸟，而我是人的区别。翠花啊，就算你吃了智慧丸，也不会有我聪明的！"

"啊呸！"

第三章 耍心机出手救人

慕紫苏已经可以准确猜出，孙静婉故意将李玉莲这么一个眼线安排在自己身边，下一步的目的，定是借李玉莲之手，将更多的人手安排进她的馨雨园。

她怎么可能会给孙静婉可乘之机？

不过话又说回来，偌大的馨雨园除了她和翠花之外，只有几个负责打扫院子的仆役，并没有贴身伺候的婢女。

所以她必须在孙静婉将眼线安插进来之前，先下手为强。

于是，第二天一早吃过早膳，慕紫苏便换了一身男装，独自从侍郎府的后门溜了出去。

翠花本来也要跟着，不过被慕紫苏留在馨雨园，随时替她观察府中的情况。

她可不想自己前脚离开，后脚就被人在屋子中做手脚。

于是，在翠花依依不舍又饱含哀怨的目光中，她毫无愧疚地离开了房间。

回京之前，师父除了给她一两银子的盘缠之外，还送给她一块看着不怎么起眼的木质令牌，牌子很普通，上面只刻了一个"九"字，除此之外便再无其他。

师父说，进了京城，如果有任何需要，可以拿着这块令牌，去一家名叫珍宝阁的地方，找一个叫朱大海的人，只要当着对方的面拿出令牌，无论她提什么要求，对方都会无条件地满足她。

慕紫苏生性多疑，本来不想在没摸清京城这边的状况之前过早暴露自己的目标，但侍郎府危机重重，一旦贴身婢女由孙静婉亲自送来，到时候恐怕会防不胜防。

不得已的情况下，她只能拿着师父的令牌来到珍宝阁，一进门便对正在打扫的店伙计道："朱老板在吗？"

这时，一个四十多岁的中年胖子抬头看了慕紫苏一眼。

别看这胖子身材发福，眉宇之间却流露出一股锐利和审视："不知这位公子要买什么？"

慕紫苏漫不经心地将木质令牌当着他的面拿在手中把玩了几下，笑着反问："不买东西，难道就不能找你们的朱老板吗？"

男人的表情前一刻还充满戒备，待他看到慕紫苏手中的那块写有"九"字的令牌，整个人虎躯一震，眼神瞬间炙热起来。

他忽然起身，大步向慕紫苏这边走过来，语气急切道："可不可以将你手中的物件给我看一眼？"

慕紫苏冷声问道："想要看清这个物件，首先要报上名来。"

男人忙不迭地回道："我叫朱大海。"

"哦？是肥猪的猪吗？"

如此无礼的话，若是旁人听了，定会被气得七窍生烟，可朱大海在听到这句时，非但没有动怒，反而激动得两眼直冒光。

他强忍着情绪的起伏，哑着声音回道："是朱门酒肉臭的朱。"

闻言，慕紫苏乐了，然后将木牌递到对方手中，任由对方打量。

这番话，是师父特意嘱咐给她的暗号，只有暗号准确无误，方可令对方放下警惕。

朱大海在看清木牌上的字迹之后，忙不迭地冲她使了个眼色，将慕紫苏带到了一个无人的房间。

他小心翼翼将房门掩好，随即郑重其事地冲慕紫苏行了一个大礼，起身时，他小心翼翼地问："不知小公子与这块令牌的主人是何关系？"

慕紫苏回了他极其简单的两个字："师徒！"

朱大海恍然大悟，又急着问："主子……咳，公子的师父现在可还安好？"

慕紫苏扬了扬眉，自然没有忽略朱大海口中不经意喊出来的"主子"二字。

看来她那个无良缺德又坏得冒烟的师父，来历果然不同寻常。

这些年，她曾问过师父究竟是什么人，可师父对他的身份守口如瓶，就连名字都不肯如实相告。

与师父相处过的人只知道他绰号叫千机先生，其他的，外人不知道，身为他徒弟的自己自然也不清楚。

面对朱大海略显激动的询问，慕紫苏没点头也没摇头："师父不想让任何人知道他的行踪和近况，所以对此你无须多问。我今天来找你，只有一个目的，安排两个信得过的婢女给我使唤。"

朱大海想都没想便用力点头："公子想要什么样的婢女？"

"绝对忠心，有能力自保，做事懂得分寸，遇事能够随机应变，只要满足以上几点，身材、长相、年纪并不重要。"

朱大海会意，随即出门对外面吩咐了几句，不多时，便领着两个长相秀气的年轻姑娘走了进来。

他向慕紫苏介绍："这个身穿蓝衣的名叫蓝月，身穿绿衣的名叫绿梅。两个丫头自幼习武，以她们的本事，对付寻常大户人家的普通家丁，至少可以以一敌十。不但拥有强大的自保能力，且头脑聪明，做事利落，懂得应付后宅之道。"

说完，他冲两个姑娘使了个眼色，蓝月和绿梅双双跪倒在慕紫苏面前，异口同声道："奴婢蓝月，奴婢绿梅，见过公子。"

慕紫苏垂头看了二人一眼："知不知道你们接下来的使命是什么？"

二人同声答道："忠心不贰，誓死相随！"

慕紫苏并没有因为这样的回答而满意，她顺手将两粒药丸递到二人面前，说："这是忠心丸，入腹之后，一旦你们做任何让我不满意的事情或是背叛于我，等待你们的下场只有一个，便是瞬间毒发身亡！"

话音刚落，两个人没有丝毫犹豫，接过她手中的药丸，直接吞入腹中。

如此干脆的行为倒让慕紫苏心生敬佩，看来师父虽然阴损了一些，做事情还是很靠谱的。

"吃了忠心丸，从今以后，你们的性命就正式掌握在我的手中，我姓慕，慕紫苏，兵部侍郎府三小姐，初踏京城，住在深宅，跟了我，你们日后可能会遇到千难万险。而我对你们的要求只有两个字：忠心！做得到，我保你们一世无忧；做不到，我立即送你们踏入黄泉。"

当她说出自己是兵部侍郎府家的三小姐时，朱大海以及蓝月、绿梅的脸上同时闪过一抹不可思议的神情。

因为此时慕紫苏是一身干净利落的男装打扮，从小被师父当成男娃子调教长大的她，骨子里丝毫流露不出半点儿娇弱之态。

且慕紫苏天生长了一副高挑修长的身躯，双眉如剑，双眸如星，穿上男装之后，浑身上下都散发着一股子凌厉和霸气。

而且她嗓音低沉中性，完全没有寻常姑娘家那般细软柔弱，所以就算见过大风大浪的朱大海，也没能在第一时间认出她的性别，只以为她是哪家的翩翩少年郎。

不过仔细一想，如果这位公子，哦不，这位姑娘真是主子亲自教出来的徒弟，能有这样的气势和霸气，倒也是理所当然。

思及此，朱大海便不再纠结她的性别，只告诉她，不管日后有什么难处，只要来珍宝阁找他，定会倾尽全力，出手相帮。

两个婢女也在短时间内接受她们的主子是小姐而不是公子的事实，认认真真地给她磕了个头，算正式认下了她这个主子。

带着蓝月、绿梅两个婢女离开珍宝阁的慕紫苏，并没有急着赶回慕家。

虽然给慕老太太服用了可以支撑十天寿命的回春丸，为了确保在这段期间老太太"迅速康复"的情况会让人觉得过于反常，她要象征性地购买一些药材，来掩饰回春丸的药效和威力。

好在身边有了对京城情况还算熟悉的蓝月和绿梅两个婢女，在二人的指引下，她被带到一家名叫百草堂的药房，据说这里的药材便宜又保真。

药房掌柜看了一眼慕紫苏递来的草药清单，笑呵呵道："公子要的药材这里都有，但有几味药材要去库房里取，因为这几味药大清早刚刚卖完，店里的伙计还没来得及对缺空的药材进行补给。若公子不弃，可以坐在这里稍等片刻，不用太久，半个时辰就可以将您要的药材全部打包妥当。"

这个慕紫苏倒并不是很在意，反正现在时间还早，她初到京城繁华之地，正打算寻个机会出去好好逛上一逛。

她便对蓝月和绿梅道："你们两个在这儿等着，我出去转一圈，半个时辰后回来接你们回府。"

蓝月急道："小……公子，您初到京城，对这边的地形未必了解，奴婢可以帮您指路，也免得出什么差错。"

既然两个婢女已经将慕紫苏视为主子，她的人身安全和前途自然与她们息息相关。

京城不比别处，人心险恶，危机重重，万一小姐在外面遇到了麻烦，身为婢女，也好顺便帮一把手。

慕紫苏却摆手道："不用你们跟着，我心中自有分寸。"

从小就养成独立自主习惯的她，早就适应了独来独往的生活。

而且她利用师父的令牌找朱大海讨要婢女，不是来给自己当跟班，而是将她们安置进侍郎府，随时替她观察府中的动向。

两个婢女见她心意已决，便不敢继续多言。

离开百草堂，慕紫苏漫无目的地东走走、西转转，一来是想借这个机会熟悉一下京城的地形；二来，也想看看京城这边的风土人情。

京城重地，天子脚下，没准儿就会遇到什么好玩又有趣的事情。

"滚，赶紧滚，连银子都拿不出来，有什么脸面来这里治病？真当咱们仁医馆是做慈善的？如果人人都像你这般厚颜无耻，医馆早就关门黄铺了。"

就在这时，慕紫苏被街对面的一阵吵闹声所吸引，循声望去，见那边有一家医馆，旁边围了不少看热闹的老百姓。

一个三十多岁的病弱男子被医馆的两个小学徒给踹了出来，男子重心不稳摔倒在地，还被小学徒踹了两脚。

男子又气又怒，脸色难看地重咳几声，气若游丝道："你们仁医馆简直……咳咳！简直不讲道理，欺人太甚……"

这个工夫，慕紫苏已经溜达到了人群之中，好奇地问围观群众："这位大婶，发生了何事？"

那个被问到话的大婶看到向自己提问的是一个面皮白净、长相精致的漂亮小公子，一下子就对这张脸生出无限好感，她颇有耐心地跟慕紫苏解释："看到那个病歪歪的男人没有？仁医馆医术高明的刘大夫为他诊治之后断言，他患的是一种非常罕见的怪病，整个京城只有他一个人能治，但治疗的费用奇高无比。这男人是家中的主要劳动力，为了身体尽快康复，几乎在治病上耗尽了全部家产。可他的病非但不见起色，反而越来越重。所以一大清早，就跑来仁医馆找刘大夫想要讨个说法，结果说法没讨成，还因为身上没有继续治病的银子而被人给赶了出来。"

慕紫苏听得津津有味，忍不住好奇地问道："您说的那位刘大夫，医术真的很高明？"

大婶冷笑了一声："高明不高明我是不知道，不过问病人要的诊金却比其他医馆高了不下两倍。"

"既如此，那些患者为何不选别的医馆咨询病情？"

大婶略带审视地看了她一眼："公子应该是外地人吧？"

慕紫苏也没隐瞒，点头道："幼时在外省长大，回京城不过几日。"

"难怪你对京城这边的情况了解不多，说起这位刘大夫，之所以收费奇高、患者不断，主要是因为传授他医术的师父来自宫里的太医院。能在太医院当差的，那可都是医学泰斗，就算刘大夫从他师父手里只学了一些皮毛，也比街头巷尾那些只懂得治治头疼脑热的半吊子要强。稍微在医术上有些本事的，都被选进太医院当差去了。正因如此，这刘大夫才敢如此明目张胆地漫天要价。不过话又说回来，患者之所以愿意花高价来仁医馆，对刘大夫的医术还是略有几分肯定的。听说去年就有一位身患重疾的患者前来求医，只被治疗几次就身体康复，活蹦乱跳了……"

大婶正兴致勃勃地在旁边讲解，一名四十多岁的中年男子从仁医馆走了出来。

看着吵闹不休的男患者，他居高临下道："原本你的病早在十天前就可以彻底痊愈，可你没有按照我的嘱咐进行治疗，于是那些被你喝下去的药材在你的身体里起到了反噬的效果。能落得今天这个半死不活的下场，你怪不得别人，只能怪你自己不听医嘱，自作自受。"

大婶赶紧小声在慕紫苏耳边道："这位就是大名鼎鼎的刘大夫了。"

慕紫苏没有作声。

倒是那个被推倒在地的男人怒不可遏："你胡说八道，我怎么可能没听医嘱？几时喝水，几时吃饭，几时服药，我都是按照你的要求规规矩矩来的，绝对不会拿自己的身家性命来开玩笑。分明是你医术不行，在收了我那么多银子之后对我的病情束手无策，才想用这种托词把我打发掉。"

负手而立的刘大夫冷笑一声："真是刁民一个，居然想用这种下三滥的方式来侮辱我的医名。来人，将他送去官府，交给京府尹大人亲自拿办。"

眼看医馆的两个小伙计就要冲过来去抓男患者，看了半天热闹的慕紫苏走到人前，慢条斯理道："您就是刘大夫吧？"

一脸高傲相的刘大夫吊着眼角，像上位者打量小人物般看了慕紫苏一眼，语气不冷不热道："有何赐教？"

慕紫苏无视他语气中的嚣张，继续好脾气地问道："既然这个患者从患病的时候便求医到你的门下，那么经过你的一番诊治，最后确诊他患的究竟是什么疾病？"

刘大夫冷哼一声："与你何干？"

慕紫苏挑眉反问："答不出来？"

她挑衅的态度深深激怒了刘大夫，语气严厉道："无耻小儿，休得在这里胡言乱语！"

慕紫苏勾唇一笑："我不过是向刘大夫打探一下这位患者的病情，怎么就落得您口中一个胡言乱语的罪名？身为大夫，如果连患者患的什么病都说不出来就问人家要银子救治，这难道不是一种不负责任的表现？"

慕紫苏的话，瞬间引起围观群众的共鸣，有人在人群中说道："我们也很好奇他患的究竟是何病！"

"是啊！刘大夫，既然你一开始保证过可以将这名患者的病医好，现在对人家不管不顾，这有些说不过去吧？听说为了治病，他可是连家中唯一的房产都拿去卖掉了……"

刘大夫怒道："你们在这里聚众闹事，无非就是想诋毁我们仁医馆的名声。我刘明德既然敢在京城重地开设自己的医馆，自然敢对自己的行为负责。至于这个患者，在来我医馆治疗之前，曾去其他医馆问过医。只可惜问到的结果并不乐观，其他大夫对他的病情束手无策。真要问我他究竟患的什么病，表面来看，根本查不出任何病症，只从脉象上表现出一种气血不平、心火太盛的症状，且浑身上下无力虚弱，经常会时不时晕倒昏迷。这在病理上属于一种很罕见的症状，因为越是查不出病因的病，在治疗的时候越是棘手。而我通过多年的治病经验，给他提供了一种十分可行的治疗方法。只要他按照我的方法每日三顿服用汤药，不出数日便可以痊愈。而事实证明，他并没有听从医嘱，才导致今天这个结果……"

"我没有……"男患者拒理力争，虚弱地辩道，"我可以对天发誓，我每天按时服药，绝对没有不听医嘱的情况发生。"

刘大夫冷笑："你拿什么来证明你没有说谎？"

男患者快要被他给气哭了："难道拿我的性命来发誓还不够吗？"

刘大夫语气阴冷："你已经快死了，这还不足以证明你的誓言已经应验了？"

"你……"

男患者被他的话给气到冒火，整个人剧烈地咳了起来，却还是挣扎着最后一丝力气低吼："你无医德、谋财害命，就算是死，我也不会放过你这个骗钱的庸医……"

眼看现场的气氛变得越来越紧张，慕紫苏走到男患者身边，对刘大夫道："仅仅因为你没有查明他的病因，便给他冠上了身患重疾的帽子，如果这就是你的行医态度，那我只能说，他对你的评价完全没错，你的确是个没有真本事的骗钱庸医。"

说话间，她用力在剧咳不止的男患者后背上拍了一掌，一掌下去，男患者整个人都摔倒在地。

人群中传来惊呼，纷纷不解：这个俊俏少年郎为何要对一个病危之人做这种"丧尽天良"之事？

而挨了她一掌的男患者则猛咳出一口黑血，紧接着，一个核桃大的黑色物体从他口中破喉而出。

慕紫苏没给众人解释的时间，伸出右手食指，指法熟练地在男患者后背的几个穴位上按压游走。

随着男患者吐出来的黑血逐渐变红，他苍白狼狈的脸色也渐渐变得红润起来。

咳声渐止，原本马上就要被阎王爷给召走的男患者捂着胸口惊喜交加道："我……我现在好像没有之前那么难受了……"

接着，他又看向自己刚刚吐出来的那团东西道："这……这到底是什么东西？"

慕紫苏收回按压穴位的手指，轻描淡写道："你患的并非是什么怪疾，仅仅是因为当初误将食物卡进了气管而没有及时排出，久而久之就因为堵塞而导致气血不通。至于那团黑色的东西，是当初那个被堵在气管的食物经过长期发酵，逐渐变成了一种可以致命的毒素。这也是导致这位男患者身体虚弱、浑身无力，偏偏又查不出具体病情的直接因素。至于现在……"

她摊了摊双手："让身体不适的东西既已取出，回家之后略调养几日，便能彻底痊愈，再无任何后顾之忧！"

男患者闻言惊喜交加，不敢置信地问："公子，您是说，我的病，现在已经彻底被治好了？"

慕紫苏垂头看了他一眼："你没生病，只是吃东西的时候有些粗心大意，所以才出现了一些小状况而已。"

"既……既然如此，我回去之后还要继续喝药吗？"

"喝什么药？"慕紫苏冷哼一声，"原本你的情况不至于变得这么糟糕，正是喝了那些所谓的汤药，才加剧你气管里食物变大发酵的速度。所谓适得其反，就是你现在状况的最好说明。"

男患者简直不敢相信自己的耳朵，他原本以为自己死定了，没想到今天在仁医馆这么一闹，非但不会死，反而保住了性命。

思及此，他赶紧跪倒，"砰砰砰"给慕紫苏磕了好几个响头。

再看那个刘大夫，整张脸被气得青紫交加，难看不已。

慕紫苏向刘大夫投去一记冷笑："连这么简单的小状况也要被你当成疑难杂症来处理，我真怀疑你到底有没有给人治病的真本事！"

她原本对多管闲事没什么兴趣，男患者是死是活也与她无任何关系。

可她就是看不惯刘大夫那嚣张跋扈的姿态，明明在医术上是个彻头彻尾的草包，却偏要摆出一副仙风道骨的模样来哄骗世人。

像这种连自己位置都摆不正的庸医，不给他一点儿教训，他又岂能领会到世间真理？

而慕紫苏轻而易举将一个"重疾"之人当场治愈，一下子就引来围观群众的惊呼和叫好。

这小公子不但人长得俊美无俦，就连医术都精湛得令人拍案叫绝。

就在慕紫苏成为万众瞩目的焦点时，心思向来敏感的她，忽然感受到两股灼热的视线好像在紧紧追随着她的身影。

她朝着纷乱的人群看了一眼，就见一顶看似简单，却又不失华丽的轿子停在不远处。

轿子里，探出一张似曾相识的熟悉面孔，如鹰隼一般的锐利双眸一眨不眨地死死盯着她。

呵呵！

当慕紫苏看清轿中人的长相，嘴角浮现出一抹戏谑的笑容。

还以为天大地大，她和这个家伙今生再无相遇的机会。

结果这才过了没几日，就让她遇到了之前在忘溪镇被她捉弄过的轮椅少年。

看来，她刚刚在众人面前出风头的时候，他就已经注意到了自己，此时两个人的目光不经意间对视，她明显从那俊美少年犀利的眼眸之中捕捉到了一抹残佞的杀意。

这边，男患者和围观众人还在七嘴八舌说着什么，脸色难看的刘大夫也成为众人刁难的目标备受指责。

眼看轮椅少年用眼神示意他身边的随从逐步向自己这边逼过来，慕紫苏纵身一跃，在众人的惊叫声中跳上房顶。

身手之利落，动作之迅速，让亲眼看到这一幕的围观者啧啧称奇。

另一端，轿子里的俊美少年见好不容易逮到的猎物突然逃走，低声对身边的侍卫道："包围全城，将所有的道路给我全部封锁。记住，抓活的！"

一声令下，十数个人影齐齐蹿了出去，对那个胆敢挑衅自家主子的家伙展开了全面围捕。

慕紫苏这一身功夫可是她师父花了整整十年时间亲自传授的，岂会将区区几名侍卫的追捕放在眼中？

此时的她，就像一道暗影，明明前一刻还近在咫尺，当众侍卫以为再逼近一步便可以将她生擒活捉时，那道暗影忽然一闪，如空气般，就这么凭空消失在眼前。

面对这样诡异的场面，众侍卫一阵阵发愣。

虽然习武者好多人都懂得轻功的运用，但世上能将轻功发挥到这种无影无形的境界之人屈指可数。

而早已闪出众人视线的慕紫苏并没有趁这个机会落荒而逃，她故意将那些追随她而来的侍卫引出一段距离之外，然后，趁众人不查之时顺原路返回。

此时，已经将全部下属派去抓人的轮椅少年轿边只剩下两名留守的侍卫，他们大概做梦也想不到，惨遭追捕之人会用这种明目张胆的方式出现在他们的眼皮底下。

眼看一道黑色的身影如巨鹰一般忽地"从天而降"，那两名侍卫先是一惊，待他们回过神时，穴位已经被对方点住，整个身体瞬间麻痹，完全动弹不得。

慕紫苏笑着冲二人做了一个噤声的手势，然后在二人极度惊恐的目光中，随意掀开轿帘，就这么大摇大摆地坐进了轮椅少年的轿子里。

她这番大胆的举动，让轿中的轮椅少年也是一惊。

见过不怕死的，但不怕死到这种地步的，有生以来还是头一次见到。

"你……"

他刚要开口，嘴巴就被慕紫苏捂住，由于自己的双腿已经残疾，他此时除了用充满杀气的目光狠狠瞪着她之外，只能像一只待宰的羔羊，被这个胆大妄为的"少年"牢牢压制。

"这位小哥哥……"

慕紫苏好听而又低沉的嗓音在他耳边响起，语气中还流露出几分调侃和戏谑："你的心胸就不能大度一些吗？虽然我知道之前在忘溪镇坑了你一顿美食的做法的确不妥，但说到底，还不是你嚣张跋扈，连一顿饱饭都不让人吃好？小爷我这辈子最不能容忍的事情有两件：其一，不能被打脸，因为我会以十倍的力量狠狠打回去；其二，不能被饿到，因为我的胃非常娇贵，谁敢让它不痛快，我就会让那个人更加不痛快……"

放完狠话，她慢慢放下手指，像个恶痞调戏良家姑娘般邪气地捏住轮椅少年俊俏的下巴："我本不愿与你为敌，奈何你咄咄逼人，非要将我赶尽杀绝。既然有朝一日咱们注定要成为势不两立的敌人，干脆我现在就结束了你的性命以绝后患，如何？"

"你……敢？"

这两个字，几乎是轮椅少年从齿缝中生生挤出来的。

慕紫苏在他耳边发出一阵低沉好听的笑声，不怕事大地问："需要我现场演示一下吗？"

她的威胁，并没有让轮椅少年露出半分畏惧之意。

他一把抓住她捏在自己下巴上的手腕："弄死你，对我来说轻而易举！"

慕紫苏动作迅速地抽回手腕，结果轮椅少年虽然腿不能动，双臂的灵活性却惊人。

狭窄的轿子里，两个人你来我往，眨眼之间已经过了几十个回合。

越往后打，慕紫苏越是心惊。

还以为这个少年很弱，没想到他两条腿都已经废了，且体内还有中毒的症状，在与她交手的时候依旧不落半点儿下风。

她的功夫有多厉害，连鸡蛋里挑骨头的师父都是极为认可的。

可是今天，她发现自己好像遇到了对手。

这少年残着双腿都可以厉害到这种地步，可想而知，在他双腿没废之前，当是怎样傲气冲天的一个霸气人物。

慕紫苏不是傻瓜，很快在脑海中分析出继续与他交手可能会带来的灾难。

与其说他是在与她交手，不如说他是在利用交手的这个工夫来拖延时间。

等那些被派出去的侍卫无功而返折回原地，她的处境很快就会变得糟糕起来。

有了这样的猜测，她不再恋战，耍了一记空招，在对方拆招之际，抓准机会点住了他的穴位。

轮椅少年表情一滞，慕紫苏趁机逃出轿外，临走前还不忘冲他做了一个鄙视的手势："就算弄死我对你来说轻而易举，首先你也得有抓得住我的本事才行。"

说完，她一甩轿帘，扬长而去。

慕紫苏走得倒是痛快潇洒，一连在她手中吃了两次闷亏的赵维祯却被这个浑蛋给气个半死。

两次！

居然有人敢用这种下三滥的招式戏耍他两次。

"王爷……"

无功而返的侍卫见人已经被追丢，忙不迭地顺原路折返，匆匆赶了回来。

当他们看到自家主子和负责保护主子安全的两名侍卫被点了穴位，吓得惊慌失色，赶紧替他们解穴。

直到赵维祯麻木的身体渐渐恢复，才抬手甩了侍卫一记清脆的耳光："一群废物，竟然连个区区小贼都抓不住，还有什么胆子回来面见本王？"

这一耳光甩下去，轿外呼啦啦跪了一地，异口同声道："属下该死，请王爷赐罪！"

赵维祯被刚刚发生的一切气得直想杀人，但他知道，就算将眼前这些废物侍卫全部杀光，也平息不了自己的心头之恨。

不管那个胆敢"调戏"和挑衅他的浑蛋究竟是谁，一旦落到他手里，他必会想尽方法，收拾得对方求生不得、求死不能！

不知不觉又惹了一场祸的慕紫苏，在成功逃脱之后，带着蓝月和绿梅，以及打包好的药材回到了侍郎府。

刚换回女装，就被家丁告知，速速去老夫人院子里一趟。

她到了老夫人房中的时候才发现，老太太房中还真是热闹。

"父亲、孙姨娘、两位姐姐，你们都在啊！"

慕青流瞪了她一眼，低声骂道："没规矩！静婉现在是府中的主母，你怎么还能以姨娘相称？"

慕紫苏不甚在意道："有些习惯一时改不过来……"

孙静婉忍下心中的怒气，一眼就看到慕紫苏身后的两个婢女："她们是谁？"

慕紫苏漫不经心地介绍了一句："左边的是蓝月，右边的是绿梅，她们是我在人牙子手里买的婢女，从今以后就在馨雨园那边近前伺候了。"

孙静婉皱眉道："咱们侍郎府有的是丫鬟婢女供你使唤，为什么还要到外面去找？外面的丫头，能比府里调教出来的丫头懂事吗？况且，你是侍郎府的小姐，小姐身边怎么可以只留两个粗手粗脚的丫头伺候？回头我让刘管家调几个机灵懂事的丫头过去，至于这两个，暂时就安排到后厨那边帮忙吧。"

慕紫苏冷笑一声："这件事无须孙姨娘操心，什么人能用，什么人不能用，我心里还是有分寸的。"

说完，她将话题扯开："听说祖母急着见我……"

这时，里屋传来慕老太太的声音："是紫苏回来了吗？"

慕老太太的喊声，暂时解了眼前的僵局。

慕青流赶紧回了一句："娘，您先别急，是紫苏回来了。"

说着，他冲孙静婉使了个不要再纠缠下去的眼色，带着众人进了慕老太太的房间。

从慕老太太的气色来看，较之昨天那种油尽灯枯的模样，不管是气色还是精神，都好转了不少。

看来她昨天给老太太服用的回春丸已经发挥了药效。

见慕紫苏走进门，老太太眼中尽是掩不住的笑意，她拉过慕紫苏的手，满脸慈祥道："紫苏，你昨天给祖母吃的那粒药真的好神奇。吃药之前，我整天只能像个废人一样瘫在床上，连吃饭喝水这种事情都要丫鬟从旁伺候。可是今儿一早从睡梦中醒来，我忽然发现精神状态比从前好了不止一星半点儿。紫苏，你昨天说，你的医术是从你外公留下的医书中自学而来，这都是真的吗？"

慕紫苏早就猜到老太太这么急着叫自己过来，定是为了这事。

她点了点头："凤凰山偏僻荒芜，当年被送到那里的时候，除了一些换洗的衣物，就只有外公留给我的那本医书。我在凤凰山的时候认了一个教我读书习字的师父，在我成长期间，将外公的这本医书背得滚瓜烂熟。如今不敢说自己医术有多精湛，治个头疼脑热还是没有问题的。"

慕若晴轻笑一声："三妹妹年纪不大，口气可真是不小，仅仅因为看了一本医书就自诩自己懂得医术，这未免有些太过儿戏了吧？"

慕紫苏看了诚心讽刺自己的慕若晴一眼，笑着说："是否儿戏，可以用事实做证。"

说着，她冲蓝月使了个眼色，蓝月忙不迭地将之前在药房买的药材递了过来。

慕紫苏对慕老太太道："虽然祖母今天的精神头略见好转，但之后还要再喝些汤药巩固一下。我今天一大早出门，为的就是专程去药房帮祖母买药……"

慕老太太听得喜上眉梢，直夸慕紫苏贴心孝顺。

"哦，对了……"

话锋一转，慕紫苏又将目光落到脸色不太好的孙静婉头上："就算祖母今天不找我，我也有事想找祖母问问。敢问祖母，我这两位姐姐在侍郎府每月的月银是多少？"

她的话让在场众人皆是一愣。

老太太不明所以，却还是认真回道："孙氏没被扶为正妻之前，她们两个只是庶女，按照府中的规矩，庶女出身的小姐，每个月有十两银子的零花。"

"嫡出的呢？"

"嫡出的当然不一样，是庶出的两倍，自然就是二十两。"

慕紫苏微微一笑："可是祖母，作为侍郎府的嫡出小姐，这些年，我可是没享受过一文钱的待遇啊！"

听到这话，不管是慕青流、孙静婉，还是慕家其他两位小姐，脸色瞬间变得十分难看。

倒是慕老太太的眉头皱了起来，问不远处的孙静婉："孙氏，你这些年没派人按时给凤凰山那边送银子吗？"

孙静婉被问了个哑口无言，不知该如何回答。

早在慕紫苏被送走的那一刻，她已经在心底将对方划出侍郎府的势力之外，怎么可能还会将银子花在这么一个贱丫头的身上？

见孙静婉不答话，老太太用力拍了一下桌子，怒道："你真是好大的胆子，当初我是怎么交代你的？紫苏被送到那么远，已经是咱们侍郎府亏欠了她很多。可你倒好，居然连每个月该给她的银钱都一并抹杀了……"

"娘……"

慕青流对孙静婉十分维护，赶紧解释道："许是府中事务太多，静婉她一时忘了这件事，也是情有可原。"

情有可原？

慕紫苏在心里直翻白眼，这可不是"情有可原"四个字就能解释的问题。

还是慕若灵比较会审时度势，急忙扑到老太太身边，撒娇道："祖母，您身体还病着，可不能让一些乱七八糟的事情再给气严重了。"

老太太压根儿不吃慕若灵那一套，厉声道："这怎么能是乱七八糟的事情？府上的嫡出小姐被弃养在外面也就罢了，居然连她的吃穿用度都要克扣，你们一个个真当我是老糊涂管不了事了，才有胆子对我欺瞒是不是？"

慕青流忙上前安慰："娘，这件事是静婉不对，稍后儿子会亲自责罚她。至于紫苏的月银，从现在开始，自然是按照侍郎府嫡出小姐的身份每月提供……"

慕紫苏打断他的话："之前亏欠我的那十年月银是不是也该趁这个时候一起给我结了？嫡出小姐一个月二十两，一年就是二百四十两，十年就是两千四百两，加上这十年的利息，我也不问父亲多要，您就给我凑个整，回头让账房给我送来三千两也就算了。"

三千两？

就算慕青流已经贵为朝中四品，三千两对他来说也不是一笔小数目。

在天启朝，一品官员的俸禄每个月也不过三百两，那些当官的大臣之所以会富得流油，府中的钱财多数是靠搜刮民脂民膏得来的。

慕青流虽然不是什么清官，但他的职位没有油水可捞，就算偶尔从下属那里收些好处，多数也要用来孝敬自己的上级。

慕紫苏一开口就是三千两，这等于生生在他身上剐下一块肉。

孙静婉当然也不想拿这笔银子，因为她压根儿就没将慕紫苏当成慕家人看待。

慕紫苏可不管别人心里怎么想，她将蓝月和绿梅手中的药材放到老太太面前："为了尽快调理好祖母的身体，今儿去药房拿药的时候，我都是以侍郎府小姐的身份向掌柜赊的账，祖母也不想我日后每次都如此寒酸地出门吧？"

老太太到底还算是一个明白人，拍板决定道："输了什么，也不能输了咱们慕家的体面。青流，这件事我做主了，回头让账房送三千两银子给紫苏，从今以后，她在慕家的待遇，只能比若晴和若灵好，绝对不能比她们差，听到没有？"

慕青流天不怕地不怕，就怕这位一手将自己拉扯长大的老娘。

虽然他舍不得三千两银子，但母亲既然已经发了话，他自是不敢忤逆母亲下达的命令。

"李玉莲，你究竟是怎么办事的？"

从慕老太太的房间回来之后，孙静婉就派人将虞泽兰当年的贴身婢女叫了过来。

看到来人，她怒不可遏地大发雷霆："你不是说，在慕紫苏那边表明了身份，并已经取得她对你的信任了？我还指望借你之手安插几个信得过的眼线，去馨雨园做卧底，可今天她出门逛了一圈，回来之后就带了两个眼生的丫头，这不是明摆着没把你当回事吗？"

孙静婉在慕老太太那里吃了个闷亏，又不敢将怒气撒在自己夫君的身上，只能派人将李玉莲叫到面前，将她当成自己的撒气筒，劈头盖脸就是一顿痛骂。

挨了一顿训斥的李玉莲也是满脸的委屈："夫人，关于这件事，奴婢心中也是十分不解。昨晚奴婢去馨雨园找三小姐哭诉自己目前的处境时，她只说自己初来乍到，对府中的情况尚不了解，让奴婢在刺绣阁再多忍耐些时日，等她在府中适应下来，再想办法接奴婢过去。谁料想这才一个晚上的工夫，三小姐就在身边安插了自己的人……"

见孙静婉的脸色仍旧阴沉得可怕，李玉莲赶紧劝道："其实夫人又何必在意这些鸡毛蒜皮的小事？反正老爷和夫人这次召三小姐回来，也没打算留她在府中长住。再过几天，就是那位爷执行圣上旨意的日子。凭三小姐那惊天绝世般的精致容貌，被选中是迟早的事情。一旦这件事办成了，无疑是将她推进了一个万丈深渊。只要三小姐将来有什么三长两短，她娘留给她的那些财物还不是归您一个人所有？"

李玉莲的这句提醒，总算让孙静婉的脸色稍稍恢复了几分。

只是想到虞泽兰当年嫁进慕家时带来的那一大笔嫁妆，她心中难免又对慕老太太生出了几分怨怼。

"都怪那老东西处处坏我的事，这些年就像护眼珠子一样守护着虞泽兰带来的那些嫁妆。她也不想想，除了慕紫苏之外，若晴和若灵同样也是他们慕家的血脉。老爷现在所处的位置捞不到什么油水，府中两位小姐将来谈婚论嫁，自然要拿虞泽兰留下的那些东西撑场面。可是她呢，死活不让府中的人去动虞泽兰的东西，偏心偏成这个样子，有什么资格让若晴和若灵两个孩子继续叫她一声'祖母'？"

李玉莲满脸赔笑："老夫人年纪已高，身体又不好，等她一死，府中的一切还不是归夫人一个人所有？"

孙静婉咬牙："问题是她偏偏不肯去死啊，前些日子人都已经陷入昏迷了，连装人的棺材和后事都已经安排妥当，就等着她两腿一蹬，直接料理后事。结果今早一去，非但没有看到她不行的模样，精神头反而比前些天还足了许多。"

李玉莲道："这是好事啊，将死之人忽然出现这种情况，分明就是回光返照，命不久矣。"

"什么命不久矣？老东西说，是慕紫苏那贱丫头给她吃了大补丸，如今她身体好着呢。"

"哎哟，夫人，您怎么能把小孩子过家家这种东西当一回事？三小姐今年才多大啊，小毛丫头一个，怎么可能会习得什么精湛的医术？就算她外公当年在天启朝医术界的名声非比寻常，可从未受过她外公一天教导的三小姐，绝不可能有虞老侯爷当年的成就。"

"虞老侯爷？"

孙静婉冷笑："早在十几年前，他就被剥去侯位，以弑君之罪被送上了断头台。"

"是是是！"

李玉莲连声点头："罪臣之后，这辈子注定是出头无望，老夫人也一定会如夫人所愿，尽早登上极乐世界。"

孙静婉嘲讽地看了努力讨好自己的李玉莲一眼："你有在这里给我灌迷汤的时

间,不如仔细想想,如何接近慕紫苏,说服她往那个火坑里跳。"

"夫人放心,奴婢保证不让夫人失望。"

孙静婉和李玉莲在这边密谋的同时,慕紫苏却并没有像其他人一样离开老太太的院子。

老太太多年不见这个可怜的小孙女,心中无限感慨,满是自责,打发了房中闲杂人等,便拉着慕紫苏东拉西扯,拼命享受着和孙女在一起相处的最后一段时光。

别看老太太嘴上说着身体康复,其实她心里比谁都明白,自己命数已尽,还能撑着最后一口气在这里与孙女谈笑风生,无非是在消耗最后一点儿体力,不让自己临终前留下任何遗憾罢了。

"紫苏,其实祖母单独把你留下来,还有一件很重要的事情要对你交代。"

说着,慕老太太颤着双手,将压在枕头下面的一个信封递到了她手里,压低声音道:"这个你好好收着,切莫让旁人,尤其是孙氏那个女人给夺了去。"

慕紫苏眉头微皱,不解地问:"祖母,这是何物?"

慕老太太叹了口气,哽咽着说道:"这是我能替你们母女做的最后一件事情了,信封里装着你娘当年嫁进咱们慕家时的一份完整的嫁妆清单。虞老侯爷……也就是你的外公,当年没犯事时,颇受先帝的赏识和厚爱。他为人正直,医术精湛,曾经经他之手从阎王爷那里拉回来的人成千上万。而先帝之所以会对你外公如此器重,也是因在危急关头被你外公一次次从鬼门关中抢了回来。先帝为了表达对虞家的恩典,赏赐了大批财物给你外公。偏偏你外公膝下只有你娘一个闺女,她嫁人的时候,先帝赏赐的那些好东西,全被当成嫁妆,运到了咱们慕家的后宅。可惜啊……"

说到这里,老太太不禁又难受了几分:"你娘是个没福气的,早早离开人世,留下了这么多让人觊觎和眼红的财富。前些年我身子骨儿还算硬朗的时候尚且能替你看管一二,现在我即将不久于人世,这些东西自然要完璧归赵,交由你来亲自保管。这里面装着一份嫁妆清单,还有一把钥匙,可以打开库房的大门。不过……"

老太太的眼神暗了一下:"想要打开这道大门,必须先打开一扇总门,而总门的钥匙现如今被孙氏牢牢抓在手里。我几次让她交出钥匙,都被这个女人找各种理由搪塞了过去。如今我一脚就要踏上黄泉路,拿那个心思不正的女人实在是没有任何办法。紫苏,祖母没本事,能在那个女人的眼皮子底下强撑这么多年,已经搭上了全部心血。接下来的路,要靠你一个人勇敢地走下去。千万记得,想尽一切办法也要拿回属于你的东西,不要让你娘留给你的遗物,落到奸佞之辈手里。"

慕紫苏心中感慨，虽然祖母这十年来像其他亲人一样对她不管不顾，但她可以感觉得到，老太太是在用另一种方式暗中守护着她的人身安全。

当年的自己，因为出生时体带胎毒，智力不足，痴痴傻傻，就算祖母利用老夫人的身份强行将她留下来，又能在这个背景复杂的大家族中保她几日？

紧紧捏着手中的信封，胸口处涌出一抹无法抑制的痛意。

娘亲！

那个在她记忆里已经彻底模糊的身影，在天有灵，也会盼着她能好好地活下去吧？

这时，门外传来一阵轻盈的脚步声，接着一道清脆的声音在外面响起："老夫人，您该喝药了。"

一个年岁不大的小婢女端着药碗，笑容满面地从门外走了进来。

老太太赶紧拭去眼角的泪水，强行恢复了威严的模样。

她刚要接过婢女递来的药碗，慕紫苏便捷足先登，笑着对老太太道："祖母，药太热，还是凉凉再喝，免得烫坏了喉咙。"

在小婢女端着药碗逐渐向这边走过来时，慕紫苏拇指上的血灵戒就用只有她能感应到的方式发出了警告。

仿佛在告诉她，汤药有毒，切勿食用。

慕紫苏早就发现老太太病成这个样子，是有人在吃食上对她动了手脚，如今看到这碗药，她终于明白了背后的隐情。

小婢女显然没看出慕紫苏眼中的警惕，固执道："大夫说了，这汤药就要趁热喝才能起到药效。为了老夫人的身体着想，三小姐还是不要强加阻拦。"

慕紫苏冷笑回道："既然大夫的话这么有道理，为何祖母在服药期间，病情始终不见任何起色？"

"这……"

一句话，将小婢女堵得哑口无言。

慕紫苏冲婢女挥了挥手，命令道："你先出去，等这碗药凉得差不多，我自会亲自服侍祖母服用。"

慕老太太虽不明就里，却还是将小婢女赶了出去。

待房间里只剩下了祖孙二人，她才小心翼翼地问："紫苏，这碗药，有什么问题吗？"

慕紫苏神情严肃道:"祖母,您是从何时开始觉得身体出现状况的?"

慕老太太想了想:"认真来算,从两年多以前就觉得力不从心了。当时由于天气原因患了一场严重的风寒,虽然用药之后略微好转,可从那之后,我的身体每况愈下。若非如此……"

慕老太太低叹一声:"我也不会答应你爹三番五次的请求,同意他将孙氏那个女人扶上正妻之位。"

慕紫苏对慕家女主人的位置倒是不甚关心,她看了看被放到桌上的那碗冒着热气的汤药,问:"这汤药,祖母喝了多久?"

老太太回道:"自两年前大病初愈之后,便一直药不离口。"

"也就是说,这药您已经喝了两年多?"

"是啊,每天早晚各一剂,从未间断。"

"药方是谁开的?"

老太太见她接连询问,意识到事情有些不太对劲,忙说:"是你爹求太医院的陈太医开的方子,紫苏,难道这药方不对?"

慕紫苏冷笑一声:"药方对不对我不知道,但每天送到您房里的药是很有问题。不知祖母有没有听过冰蔓这个名字?这是一种在市面上很难找到的慢性毒药,无色无味,就算与食物掺杂在一起,也不会对食物的色泽和味道有任何改变。不过,这种慢性药入腹之后,会以一种毒素的方式残留在身体里无法排泄。当这些毒素积累到一定程度的时候,五脏六腑就会发生病变,最终不声不响,以一种正常的衰老状态死去……"

听到这里,慕老太太的脸色已经变得十分难看。

她紧紧攥着枯瘦的双拳,咬牙切齿道:"这些肮脏下流的东西,为了盼我尽快咽下这口气,真是无所不用其极地对我使用这些阴毒手段啊!"

慕紫苏挑眉:"祖母知道下毒之人究竟是谁?"

"除了孙氏之外,还能有谁?早在你爹当年将身份不明的她带进慕家的那一刻起,我就猜到她定会给慕家带来灾难和厄运。"

"这件事与父亲有无关系?"

慕老太太摇头:"虽然你爹是个不争气的,却还不至于对我这个老太太痛下杀手。况且,按照天启朝的官员制度,家中直系长辈一旦亡故,官员必须辞去官职回祖籍守孝。虽然比起前朝,天启的丁忧守孝时间已经从三年缩短到了一年,但你爹在仕途上一直没什么起色，一旦守孝，他兵部侍郎的位置恐怕难保。所以整个慕府，唯一怕我死的，恐怕只有你爹一个人。"

慕紫苏点了点头，丁忧对官员来说，的确会影响他们的官运。"可是这么做，对孙氏也没有任何好处。一旦父亲没了官位，她岂不是也要从侍郎府夫人的位置上被拉下马？"

老太太哼笑："她一个没见过大世面的后宅女人，怎么会有那么高的眼界？在她心里，除了儿女情长之外，就只有虚荣和利益。当年若非我身体不适，无力掌管府中的事务，她又岂能伺机上位，以女主人的身份被扶为正室？"

慕紫苏不解："既然孙氏品行如此不端，祖母为何不提醒父亲？"

"有什么用？"

每每提起这些，慕老太太都会恨得牙痒痒的："为了得到你爹的宠爱，她可是连性命都舍得付出的。说起这件事，也怪你爹运气不好，当年在官场上得罪了人，惨遭报复，性命垂危之际，孙氏挺身而出救了他一命。那起事件发生之后，你爹受了伤，丧失了生育能力，而孙氏也因为中了一箭，差点儿命丧黄泉。也就是从那时起，你爹对孙氏便生出了维护宠爱的执念，对她处处忍让，言听计从……"

慕紫苏这才恍然明白，为什么她那个无良的父亲会对一个身份卑微的女人如此厚待。

既然孙氏的目的是通过害死老太太掌控慕家的大局，她不介意给孙氏找找麻烦，让她所有的计划全部落空。

思及此，她对慕老太太道："祖母，有件事，说出来您可能不大相信。虽然您所中之毒让其他大夫前来救治未必有活路，我却有一个方法帮您延年益寿，清除毒素。"

慕老太太一惊："你说什么？"

慕紫苏从随身携带的物件中取出一个细长的小盒子，打开盒盖，就见里面工工整整地放着一排耀眼夺目的银色细针。

"这套针，是抚养我长大的师父，当年花费了一番心血帮我弄来的，它的名字叫作九曲还魂针。别看这些针外表看去不太起眼，问世之前，曾经过各种名贵药材长达七七四十九天的日夜浸泡。也就是说，这套针本身，具有非常强大的药力。我从外公的医书上学了一套行针的方法，可以通过穴位疗法，帮祖母将身体里的毒素一点点逼泄出来。"

原本以为自己必死无疑的慕老太太闻言后瞪圆双眼:"你……你真的可以治好我的病?"

慕紫苏自信地点了点头:"只要祖母信我,我定会尽力而为。不过,您必须答应我一件事,就算毒被解了,身体好了,您也不要暴露大病痊愈的事实。免得那些心怀不轨之人一计不成再施一计。毕竟祖母在明,她们在暗。您可以没有害人之心,绝不能没有防人之意。"

老太太一把将小孙女搂在怀里,痛哭失声道:"紫苏,你果然没有让祖母失望,现如今不但变得冰雪聪明,还能设身处地地为祖母着想。祖母本不是贪生怕死之人,只是心有不甘,为了慕家操劳一生,如今却要落得一个被人活活毒死的下场。你放心,祖母心如明镜,知道什么人该信,什么人不该信。不管你有没有这个能力医好祖母,祖母都愿意做你的试验品,你尽管放手去做吧。"

"所以你就心生恻隐,给那个慕老太太排毒治病了?"发此疑问的,正是被留在馨雨园生了一肚子闷气的翠花。

累了一天的慕紫苏,回到馨雨园,简单向蓝月和绿梅两个婢女交代了一番,便毫无形象地将自己扔在柔软舒服的大床上,跷着二郎腿,一边啃苹果,一边向翠花讲述自己这一天的行踪。

见翠花用那双小绿豆眼不认同地瞪着自己,她笑着解释:"别那么紧张,我还没傻到用这种方式暴露自己底牌的地步。只糊弄祖母说,我手里有一套神奇的九曲还魂针,通过施展针法,才可以让体内的毒素慢慢排放出去。虽然真正的功劳是我拇指上的血灵戒,但这么逆天的东西,我岂会轻易告诉那些不相干的人?对了,翠花,今天我不在,可有什么不相干的人来咱们馨雨园犯蠢?"

翠花见她没有将血灵戒暴露在外,长长松了一口气,这才说道:"不相干的人没有,相干的人倒是有一个。"

"哦?谁?"

"那个李玉莲。"

"她来做什么?"

"不知道!从外面那些负责洒扫的仆役口中得知你天刚亮就出了门,她就不声不响地又回去了。我趁她不注意,偷偷尾随在后面跟踪了一段,结果她哪儿都没去,直接进了孙姨娘的院子，很是明目张胆地向那个女人汇报了你的行踪。"

慕紫苏冷哼："她还真是蠢得不可救药。"

既然已经知道李玉莲是忠是奸，慕紫苏也懒得继续在这个女人的身上浪费时间。

至于蓝月和绿梅值不值得信任，她还得继续考验一段时间。

所以这段时间里，她让翠花收敛一下，不要过多在两个婢女面前表现出它的聪明，直到确定这两个丫头可以信任，再暴露它的本事也不迟。

隔天一早，账房派人来馨雨园，送了三张一千两的银票。

看来老太太在慕府还是有一定影响力的。

这期间，李玉莲又厚着脸皮上门一次，话里话外透露出她的请求，希望慕紫苏能够将自己留在馨雨园近前伺候。

"近前伺候？"

面对李玉莲的再三请求，慕紫苏笑着指了指蓝月和绿梅："我身边有这两个丫鬟伺候已经足够，至于你，若真的想要效忠于我，就暂且留在刺绣阁，也好随时替我打探府中的情况。"

李玉莲的脸色黑了一下，强颜欢笑道："三小姐这是不肯信任奴婢吗？"

慕紫苏满脸无辜："我有说过不信你吗？替我做事，不一定要时时刻刻留在我身边。还是说，你并非诚心替我做事？"

李玉莲吓得急忙跪倒在地："奴婢但凡对三小姐有半点儿不轨之心，都天打雷劈，不得好死。"

誓言这种东西，慕紫苏是从来都不信的。

不过这女人既然上赶着想要博取她的信任，不给她一个表现的机会，倒显得自己过于小气。

于是她上前将李嬷嬷扶了起来，笑着道："别动不动就拿生死这种事情来诅咒自己，既然你当初是我娘的贴身婢女，就算是冲着我娘的面子，我也不能亏待了你。之所以没有在第一时间将你要进馨雨园，也是为了我们之间更长久的利益来做打算。李嬷嬷，你是经过大风大浪的人，不会连小不忍则乱大谋这么浅显的道理都不懂吧？"

李玉莲急忙摇头："奴婢全听三小姐的。"

"你懂就好！记得，只要你随时向我提供我想要的情报，我自会给你你想要的一切好处。"

"奴婢明白！"

"没什么事，就先回去吧！"

李玉莲没有走，犹豫了片刻，她还是开口说道："三小姐，虽然有些话轮不到奴婢来说，但既然您现在已经风风光光地回了京城，奴婢还是要提醒您一句，想在天子脚下这个地方待下去，首先要想办法踏入京城贵族圈，这对您将来的前途和婚配都有莫大的好处。"

"哦？"

这个话题，引起慕紫苏的兴趣："说来听听？"

李玉莲见自己的提议终于让她有了兴趣，便兴致勃勃地将京城的一些情况讲给她听。

"总之，和那些在京城里土生土长的千金小姐相比，您已经落后了她们一步。在这个云集着皇权贵胄的皇城里，最重要的就是如何迅速打通自己的交际圈。您看慕家的另外两位小姐，虽然她们一开始只是府中的庶女，却因为样貌才情样样优秀，又经常参加各种可以露脸的大型宴会，因此在名媛圈中颇受欢迎。不少权贵子弟曾派人来府上提亲，都被老爷和夫人以两位小姐年纪尚小，舍不得她们嫁人为由推拒了。"

慕紫苏冷笑："推拒的理由是因为那些来提亲的所谓权贵，根本入不了孙姨娘的眼吧？"

"呃……"

李玉莲干笑两声："具体的情况奴婢倒是知道得不多，奴婢只是想说，和其他两位小姐相比，三小姐的优势显然更甚。奴婢今天来，就是想跟三小姐说一声，明天有一位大人物将会在皇宫举办宴席，这是一个绝佳的机会，奴婢希望小姐不要错过。"

"皇宫宴席？什么名头？"

李玉莲摇头："具体情况奴婢也不知道，不过，为了能让小姐在人前出彩，奴婢连夜给您缝制了一套体面的衣裙。"

说着，她打开随身带来的小布包，就见一条桃粉色的丝质长裙映入眼帘。

饶是慕紫苏对身外之物要求不多，当这条华丽的衣裙以一种高贵典雅的姿态呈现在自己眼前时，她还是在心底惊叹了一声。

这条裙子不但颜色明丽动人，就连面料也十分昂贵。

当然，最吸引人的还是裙子的款式，宫装设计，宽大华丽的荷叶长裙，裙摆处以鱼尾的形状拖地展开，衣襟处绣着精致的花纹，外面罩着一层薄雾般的浅粉色轻纱。

慕紫苏有些意外地看了李玉莲一眼："这条裙子是你亲手缝制的？"

"是啊！三小姐，您身材高挑，五官标致，再配上这件衣裙，定会在人群之中成为众人瞩目的焦点。"

事出反常必有阴谋！

慕紫苏可不相信李玉莲送给自己这么一条漂亮的裙子，是真的希望她能在名媛圈中站稳脚跟。

打发了李玉莲之后，她对这条长裙进行了仔仔细细的盘查，本以为那个不怀好意的女人会在裙子上做手脚，结果检查下来发现，这真的就是一条漂亮而夺目的裙子而已。

果不其然，第二天一早，家丁奉老爷之命过来通传，让她将自己打扮得体面一些，今天宫中有宴会，慕青流将带着府中的三个女儿去宫中宴饮。

当慕家其他两位小姐看到原本就倾城倾国的慕紫苏，穿着李玉莲送给她的那条桃粉色的华丽长裙时，两个人眼底流露出浓浓的嫉妒之意。

不过很快，坐进同一辆马车中的两姐妹，便喜笑颜开地对她展开各种称赞。

"三妹妹这条裙子可真好看。"

"不是三妹妹的裙子好看，是三妹妹绝代风华，穿什么都好看。"

"是啊是啊，放眼望去，那些大户人家的千金小姐，有谁能比得过三妹妹的美貌！"

"三妹妹这样耀眼夺目，咱们两个当姐姐的也与有荣焉呢……"

慕紫苏像看跳梁小丑一样看着慕若晴和慕若灵当着自己的面说着违心之言，面上不动声色，心底却冷笑连连。

她倒是要看看，这慕家到底在搞什么鬼，这么急着将她往外推销，该不会想趁这个机会将她送上黄泉路吧？

第四章 奉天殿 惊魂血案

看了慕家两姐妹演了整整一路虚情假意的戏码，侍郎府的马车总算在晃悠了半个时辰之后，抵达皇宫门前。

顺着车窗望去，今天来参加宫宴的人不在少数。

因为皇宫门口已经停了好多辆马车，许多穿着体面、打扮精致的千金小姐，都在长辈的陪同下过来。

慕若晴和慕若灵两姐妹先后下车。

一路上没怎么搭理这二位的慕紫苏，提着长长的裙摆尾随而至。

结果她双脚刚踩到地面，就听人群中传来一阵惊呼。

不知是谁高喊一句："有刺客，快躲开……"

从小习武的慕紫苏神情警惕地看着周围，就见一道黑影非常嚣张地从宫墙上飞身而下，此人轻功极好，脚程飞快，犹如一只训练有素的猎豹，挥舞着长剑，一边斩杀着防守的侍卫，一边拼命躲着侍卫们的追杀。

这惊天动地的一幕算是彻底将在场的众人给吓蒙了。

尤其是那些娇生惯养的千金小姐，哪里见过这么血腥又残暴的场面。

眼看几个倒霉的侍卫当场毙命，现场那些姑娘无不被吓得失声尖叫，形象全无。

慕若晴和慕若灵两个人也被吓得蹲在地上，尽可能降低自己在人群中的存在感。

唯有慕紫苏，先是慢条斯理地将累赘一般的裙摆随手系了一个结，然后在众人的惊叫声中，她飞身而起，踩着如飞雁般轻盈的脚步，三下两下追上那个黑衣人。

此时，黑衣人已经跳到树上。

慕紫苏飞身上树，然后在男人错愕的眼神中，抬起长腿，对着男人的胸口狠狠踹了下去。

动作之狠戾，速度之迅捷，简直让人瞠目结舌，不敢置信。

当黑衣人反应过来时，整个人已经垂直落地。

他在地上利落地打了一个滚就想逃走，慕紫苏岂能如他所愿？她飞身而下，在男人身体蹿出的那一刻，回身一个螺旋踢，简单而粗暴地将他像风筝一样一脚踹飞。

也不知这一脚究竟使出了多大的力道，当男人摔落在地时，一口鲜血喷涌而出，整个人毫无预兆地昏死了过去。

这时，一个锦衣华服的俊美少年带着几十名大内侍卫追随而至，看到的就是黑衣人被一个身穿粉衣的漂亮姑娘当场踹晕的画面。

"漂亮！实在是太漂亮了！"

锦衣少年忍不住拍手为慕紫苏降伏黑衣人的动作大声喝彩，他先是命人将昏死过去的黑衣人五花大绑地带走，随即走到慕紫苏面前称赞道："姑娘真是好功夫，短短几个招式，竟然就将朝廷钦犯给活捉了。"

慕紫苏面无表情地看了眼前这个身穿月白色锦衣华服的少年一眼。

这少年身姿挺拔，五官俊美，浑身上下散发着一种贵族公子的气息。

再看他袍摆处用金线绣着精致的龙纹，腰间佩戴的昂贵玉佩，相信此人十之八九是皇族子嗣。

未等慕紫苏应声，慕青流急吼吼走过来行礼打招呼，顺便不着痕迹地将慕紫苏挡在了自己的身后："臣见过三殿下，三殿下万福金安。"

其他人看清俊俏少年的长相，无不露出恭维的神色。

尤其是那些打扮得花枝招展的千金小姐，看到年轻俊美的皇子殿下，简直比路上捡到银子还要高兴。

之前她们一个个还被黑衣人的出现吓得像个鹌鹑似的龟缩在原地，现在全都如孔雀开屏般抖了起来，抬头挺胸，尽一切所能，想要将最好的一面展示给三殿下看。

可惜三殿下对旁人的目光压根儿不予理睬，他直勾勾地看着慕青流身后的慕紫苏，这才发现，那个徒手制伏朝廷钦犯的姑娘不但功夫上乘，就连五官样貌也精致绝美到令人窒息。

贵为皇子，从小到大见得最多的就是各种绝色美人，但美到慕紫苏这种超凡出尘地步的，天地间仿佛再也找不到第二个人。

此时的她，就像高贵的神祇，傲慢而又慵懒地站在人群中，显示出她的鹤立鸡群。

别的姑娘在看到他时，无不向他投来或惊喜或紧张的目光。

偏偏这位粉衣姑娘目光清冷，表情平淡，那傲睨天下的眼神就像一个天生的王者，仿佛世间所有的一切在她眼中都如同蝼蚁。

她越是这样冷傲矜贵，便越有一种夺人心魄的魅力和气质。

于是，三皇子就这么赤裸裸地无视了众人，略带几分讨好之意地走到慕紫苏面前："不知这位姑娘如何称呼？"

慕青流当然不会给两个人直面接触的机会，赶紧接口道："这是臣府上最小的女儿，芳名紫苏。"

"哦？居然是慕家的小姐？可是据本王所知，慕家不是只有两位小姐吗？"

慕青流道:"幼女身体不好,很小的时候就被送到外面静养,几天前才派人将她接回府中。"

三皇子恍然大悟:"原来如此!"

三皇子对慕家小姐表示出强烈的好奇,让那些眼巴巴看着他的姑娘们无不露出嫉恨的表情。

尤其是慕若晴,她从小到大最大的志向,就是有朝一日能够嫁进皇宫,成为皇子妃。

而三皇子是所有皇子中最有前途,也是最有机会被封为太子的一位,京城多少名门千金抢破了头,都要嫁给三皇子。

结果三皇子眼中根本没有其他人的存在,只一门心思地对慕紫苏产生了浓厚的兴趣,这岂能不让别的千金心生怨怼?

"殿下,人已抓获,刑部那边正等着您前去问案。"

这时,三皇子身边的侍从在他耳边低语几句,让还想再和慕紫苏多接触一会儿的俊俏少年郎颇为惋惜。

不过公事要紧,可不能在众目睽睽之下失了分寸,于是只能依依不舍地对慕紫苏道:"本王还有要事去做,等日后有机会,定会亲自上门答谢慕三小姐。"

从头到尾,慕紫苏连理都没理三皇子,她正在心里琢磨着,既然今天是皇家盛宴,为何刚刚那个自称三殿下的小子没有一同前来参加?

既然是皇宴,难道不是所有皇家人都要出场吗?

直到三殿下扬长而去,慕青流才抹了一把额头的薄汗,对面无表情的慕紫苏道:"皇宫到了,你先随为父去一个地方。"

说着,他冲慕若晴和慕若灵两姐妹使了个眼色,两个姑娘暂时收起愤愤不平的目光,点了点头,向另一边走去。

慕紫苏尾随在慕青流身后,不解地问:"父亲这是要将我带去哪里?为何两位姐姐不一同前来?"

慕青流心虚了一下,忙回答道:"是这样的,你之前从未来过皇宫,按照宫里的规矩,没进过宫的人,要去内务总管那里呈递一份身份凭证,有了这个凭证,才有资格正式踏进皇宫大门。"

想了想,他又问:"紫苏,你会功夫?"

"略学过一些!"

"与何人所学？"

"山野村夫，不值一提。"

慕青流深深看了她一眼，想说什么，最终还是将话咽了回去。

说话间，两个人来到一个类似后门的地方。

门口处守着四个小太监，慕青流上前道明自己的来意，不多时，一个有些身份地位的老太监从里面走出来，不怎么高兴道："慕大人，可就差你们一家了。"

慕青流急忙解释："刚刚宫门口发生了一起小小的意外，还请张公公莫要见怪。"

张公公随意看了一眼慕青流身边的粉衣姑娘："这位就是你们慕家的小姐？"

"是的，这是我家三姑娘，名叫慕紫苏。"

老太监兴味盎然地打量了慕紫苏一番："慕大人可真是有心了。"

说完，他冲慕紫苏道："跟我走吧！"

慕青流轻轻推了慕紫苏一把，吩咐道："跟着，切记，凡事都要听张公公安排，切不可惹是生非，胡作非为。"

慕紫苏隐隐意识到事情不对劲，直到慕青流转身离开，她才试探着问那个老太监："不知公公要带我去什么地方？"

老太监语气严厉道："自然是去你该去的地方。"

说话间，他已经领着慕紫苏走进了一个宽敞的房间。

进了门才发现，里面人声嘈杂，好不热闹，几个年纪不大的小太监和小宫女穿梭于人群之中忙来忙去，还有几十个穿着打扮十分华贵的少女，一个个愁容满面地坐在属于自己的位置上，像是在等待着死亡的降临。

"张总管，这位是……"

一个眉眼讨喜的小太监见张公公又领了姑娘过来，忙上前打探。

张公公冷冷地看了一脸茫然的慕紫苏一眼："这位是兵部侍郎府的慕三小姐，给她安排一块手牌。"

小太监花了好一番功夫，才从慕紫苏那张惊为天人的面孔上移开视线，他将一块写有号码的银白色手牌递了过来："慕三小姐，收好您的手牌。"

慕紫苏下意识地将手牌接到手中，上上下下打量了一眼，牌子是用并不怎么值钱的玉石打磨而成，长方形，上面刻着一组号码——三十六。

张公公这时对众人道："还有一炷香的时间便是吉时，各位姑娘抓紧时间准备一下，待会儿进了奉天殿，切莫在主子面前失了礼仪、乱了分寸。宫中可不比你们各自的府邸，这里规矩森严，礼仪繁复，别怪我没提醒各位小姐，真在主子面前出了差错，挨打挨骂事小，掉脑袋丢性命那才真是得不偿失……"

直到张公公趾高气扬地训了半天话，带着一群小太监扬长而去，把玩着手牌的慕紫苏也没能从疑惑中找到答案。

看着那些容貌精致、穿着华丽的姑娘一个个愁眉苦脸、暗自垂泪，她径自走了过去，颇为虚心地问："谁能告诉我，这到底是怎么回事？"

一个身穿绿色长裙、长着一张娃娃脸的小姑娘泪眼婆娑地看向慕紫苏："你……你不会连自己今天是来干什么的都不清楚吧？"

慕紫苏见"娃娃脸"姑娘长得十分讨喜，便主动在她身边坐了下来："听说今天宫中将会举办一场奢华的宴席……"

"奢华宴席？"

"娃娃脸"像是被这几个字给刺激了一下："谁告诉你今天有宫宴举办？"

慕紫苏理所当然道："我父亲啊。"

瞬间，"娃娃脸"向她投去一记怜悯的目光："看来你在府中的地位，比我们这些姑娘还要低下。"

"哦？"

慕紫苏颇为玩味地挑了挑眉："此言何意？"

"啧！"

这时，"娃娃脸"旁边一位紫衣姑娘冷笑了一声："你该不会是个傻子吧，居然连这么愚蠢的问题都问得出来？"

慕紫苏向紫衣姑娘瞥去一眼，就见这姑娘和在场的其她姑娘相比，略有几分与众不同。

其他姑娘虽然容貌清秀、衣饰华贵，骨子里却透出一股没怎么见过世面的小家子气。

反倒是这位紫衣姑娘，无论是身材长相，还是与生俱来的气质，都散发着一种骄矜孤傲、与众不同的清高之感。

"娃娃脸"听紫衣姑娘将话说得那么过分，忍不住圆场道："大家一同身处险境，顾小姐又何必用这种讥讽的方式去侮辱一个连状况都搞不清楚的可怜之人？"

被唤作顾小姐的紫衣姑娘轻哼一声，懒得再与"娃娃脸"计较，转身朝另一个方向走去。

看着紫衣姑娘的背影越来越远,"娃娃脸"长长叹了口气,这才对满脸迷茫的慕紫苏解释:"刚刚那位顾小姐名叫顾清荷,虽然是国公府庶出的小姐,但长相才情各方面样样不输给嫡出小姐。京城里所有未出嫁的姑娘都盼着能够嫁给三皇子为妻,这位顾小姐自然也有这方面的心思。奈何圣命难违,京中五品以上的官员,家中有女儿的,必须送一位小姐过来,供明王殿下过目挑选。许是顾小姐心有不甘,刚刚才会对你恶言相向吧?"

这下,慕紫苏听得更糊涂了:"供明王殿下亲自挑选是什么意思?还有,明王是谁?"

"娃娃脸"瞪圆双眼,不敢置信道:"你真对自己现在的处境一无所知啊?"

慕紫苏摇了摇头,很快又换来"娃娃脸"更加同情的目光:"我以为我已经够倒霉了,没想到你比我还要倒霉十倍。今天是明王殿下选妃的日子,屋子里这些姑娘,都是供明王挑选的牺牲品。"

"牺牲品?"慕紫苏迷惑了。

"娃娃脸"苦笑:"对,牺牲品。因为这位明王殿下自从被废了太子之位,性情大变,残暴无比。听说每天死在他手里的家丁仆役不计其数,整个明王府处处可闻血腥之气。说是明王,外界却偷偷送给他一个绰号'冥王',也就是地狱之王的意思。"

直到这一刻,慕紫苏才略微厘清一些思绪。

如果她没猜错,慕青流这次以慕老太太的病情为由将她召回京城,探望病危中的祖母只是一个幌子,真正的目的是让她代替慕若晴或慕若灵,来参加这个什么见鬼的选妃仪式。

难怪之前在马车上,那两姐妹拼命在她面前说好话,原来都在这儿等着她呢。

呵呵!

好一个慕青流!

好一个孙静婉!

好一个李玉莲!

好一个兵部侍郎府!

"娃娃脸"还沉浸在对未来的惶恐之中,难过道:"说到底,这里的姑娘又有谁不可怜呢?能被爹娘狠心以这样的方式送进皇宫,相当于是家族彻底遗弃的一枚棋子。就算我是尚书的嫡出小姐，可我娘死得早，父亲娶了二房，又生了讨他欢心的弟弟和妹妹，我这个所谓的长女，自然会成为家族的牺牲品。这是命，人是对抗不过命运的……"

慕紫苏有些不解："既然你们一个个都不想让那位明王殿下选中，只要在他挑选的过程中，尽可能在他面前表现出拙劣的一面，不是就可以逃过这场劫难？"

"娃娃脸"悲怆摇头："哪有你说的这么简单？从我们被家族送到这里供明王挑选时，就已经没有了属于自己的未来。被明王选中，好歹还能成为风光一时的明王妃。一旦落选，不但会臭了自己的名声，还可能会给自己的家族招来恶名。总之，这就是一个两面不讨好的选择。"

就在"娃娃脸"自怨自艾时，门外忽然传来小太监的高喊："吉时已到，请各位姑娘速速前往奉天殿。"

一声令下，那些胆小的姑娘再次黯然垂泪，悲伤至极。

可就算她们心中对即将迎接的命运再怎么排斥和反抗，也改变不了已经发生的事实。

身为家族弃子，要么去履行弃子最后的使命，要么唯有结束自己的性命。

总算搞清楚自己目前处境的慕紫苏倒是没有那些姑娘悲观的情绪，从懂事之后，她就没体会过什么叫惶恐和惧怕。

不过就是像货物一样被传说中冷血残酷的王爷千岁当众挑选，别说未必选得上，就算真选上了，以她慕紫苏的能力，难道还会惧怕那些被宠坏了的皇族子弟吗？

所以，当其他姑娘带着奔赴刑场的心情一步步沉重地走向奉天殿时，慕紫苏却颇有兴致地欣赏着皇宫的美景。

经过长长的回廊，总算抵达了庄严肃穆的奉天殿。

等待被挑选的众位姑娘按照各自的身高被排列成整齐而有序的两大列。

个子小的走在前面，个子高的走在后面。

两列姑娘在太监的引领下鱼贯而入，踏进奉天正殿时她才发现，这里不愧是富丽堂皇的深宫内院，处处显示着皇家的体面与富贵，区区兵部侍郎府和这里相比，简直没法看！

本以为来到奉天殿，便可以目睹传说中的明王殿下究竟是何等三头六臂的厉害人物，结果慕紫苏东张西望了半晌，只看到两旁的宫女太监一个个低眉顺眼，像鹌鹑似的站在原地，动都不敢动。

奉天殿的主位空无一人，也就是说，这里根本就没有什么明王殿下。

不过慕紫苏注意到尽管主位上没有人影，主位后面却有一道耀眼夺目的琉璃珠帘，想必珠帘后面应该别有洞天。

这时，一个长相比较精明的太监走到珠帘附近，恭恭敬敬道："王爷，吉时已到，各府送来的小姐也已经全部到齐，选妃仪式可以正式开始了。"

直到这时，众人才意识到，不是明王不在，而是人家根本就懒得露面。

珠帘后面传来一道略带冷意的哼声。

负责禀报的太监不敢怠慢，对殿中各位等待的姑娘道："虽然祖上有严苛的选妃规定，但王爷今日身体欠安，不便在人前露面，所以按照王爷的要求，今天的选妃仪式以一种全新的方式展开。各府小姐手中都有一块皇家御赐的手牌，手牌上写着号码。据统计，今天来参加选妃的小姐，一共三十六人。王爷会根据每个人手中号码的顺序来对各位小姐进行询问和筛选。话不多说，现在，请一号小姐出列。"

随着话音落定，就见一个身材娇小的姑娘，畏畏缩缩地从人群中走了出来。

她恭恭敬敬地对着琉璃珠帘的方向跪倒在地，一副受到惊吓的声音道："臣……臣女苏有容，给明王殿下请安。"

珠帘后毫无动静，看来那位架子十足的明王殿下根本都懒得搭理这位苏小姐。

明王不理，不代表代他出言的太监不理，他居高临下地看着跪在地上的苏有容："先自报家门，介绍一下自己的情况吧。"

也不知这位苏小姐进宫之前，究竟听了多少关于明王殿下"残暴不仁"的传闻，此时还没看到对方的长相，就已经被对方的大名吓得瑟瑟发抖，连讲话都带着几分颤音："臣女苏有容，年方十四，在府中排行第五，父亲苏长安，任职于工部侍郎府。今日臣女受皇家恩泽，有幸进宫参见明王殿下，乃……乃祖上积福，圣宠……圣宠……"

"废话真多，赶下去！"

珠帘后，传来一道低沉的讥讽。

负责传话的太监得了主子的命令，冲苏有容做了个噤声的手势："好了，你先下去，下一位。"

苏有容战战兢兢地冲珠帘的方向磕了个头，大气不敢喘一声，规规矩矩退回自己之前的位置，脸上所流露出来的复杂情绪，不知是被弃选的狼狈，还是回到家族之后可能会面临的绝望。

第二个过来的姑娘胆子显然比那位苏小姐还要小，双膝还没着地，就因为受惊过度，当着众人的面狠狠摔了一跤。

她好不容易爬起来，赶紧跪在地上，拼命磕头道歉。

这下，不用珠帘后面的明王殿下亲自下令，传话的太监便冲她挥了挥手："千岁爷面前失仪，不够参选资格，下一位。"

于是，第二位参选者连自我介绍这一步都没进行，直接就被赶了下去。

慕紫苏饶有兴味地在旁边看了半天热闹，忽然觉得今天这场所谓的选妃仪式也挺有意思的。

看着一个个妙龄少女被当成货物一样供同一个男人挑选，她们既渴望自己的表现能够在人前出彩，又隐隐害怕一旦被明王选中，不得不面对"腥风血雨"的未来。

这种进退两难的局面，让这些被家族选为弃子的姑娘惶恐不安，却又对她们所面临的处境无能为力。

而那位从仪式开始便连面都懒得露一下的明王殿下呢？

她忽然觉得对方的处境并不比这些姑娘好多少，身为皇家子弟、千岁之尊，到头来，却要在一堆弃子中寻找生命中的另一半，他到底是得罪了哪尊大神，竟然被逼着去面对这么可笑的局面？

就在慕紫苏看热闹看得兴致勃勃时，终于轮到那个浑身散发着清冷气质的紫衣姑娘上场了。

和之前那些或胆小，或内向，或犯蠢的姑娘相比，国公府这位顾小姐的仪态和气度就像一道亮丽而抢眼的风景线。

她不卑不亢地走到大殿正中，用极其标准而又优雅的姿态翩翩跪倒在珠帘前面。

"臣女顾清荷，年方十六，来自镇国公府，拜见明王殿下。"

她咬字清晰，态度从容，言语之间流露出孤傲之态。

虽然她双膝着地，用卑微的方式跪在一个连面都不肯露的男子面前，可充斥在她眉宇间的不服输之意，却出卖了她骨子里隐藏的清高。

长眼睛的人都看得出来，这位镇国公府出身的顾小姐，并不甘心屈服于这样一场被选择的局面之中。

她脸上的傲气以及眼底闪现出来的不屑，仿佛在昭告众人，让她卑躬屈膝的是不可反抗的皇权，而不是那个可以决定她性命的明王殿下。

珠帘后毫无动静，负责传话的太监却觉得这位顾小姐和别的参选者相比，略有那么几分与众不同。

于是，他从桌案上拿起参选者的资料看了一眼，不由得说道："资料上记载，顾小姐虽是镇国公府庶女出身，却因生母早逝，从小在国公夫人身边被教养长大，且学了一身的好才艺，尤其是古筝弹得极好。正好奉天殿为迎接各位小姐的到来事先做好准备，不如让顾小姐给王爷弹一段古筝，调节一下现场的气氛吧。"

这位负责传话的太监此时也很郁闷，明明应该是一场喜气洋洋的选妃仪式，可现场的气氛严苛肃穆得犹如一场批判大会。

瞧瞧之前被王爷嫌弃的那些姑娘，哪个不是被骂着赶下去的？

好不容易遇到顾清荷这种各方面都非常出挑的姑娘，希望可以借她之手，来吸引王爷挑剔的双眼。

结果当两旁宫女将事先准备好的古筝抬到顾清荷面前时，她倔强而又倨傲地说道："恐怕要让明王殿下失望了，臣女今日状态不佳，弹不出优美的琴音来讨王爷欢心。"

此言一出，满堂哗然。

用这种明目张胆的方式来挑衅明王殿下，顾小姐她是活得不耐烦了吧？

连慕紫苏在这一刻都忍不住对顾清荷刮目相看，她可以清晰地感受到，这位国公府的顾小姐，是真的在用自己的方式来反抗着眼前的一切。

这时，珠帘后面传来一道讥讽的冷笑："既然不想弹，以后就永远都不要再弹了。"

随着这记令人心生寒意的警告过后，一柄匕首飞也似的从珠帘后面甩了出来，不偏不倚，正好劈向顾清荷面前的古筝。

眨眼间，紧绷的琴弦以一种可怕的力道弹飞出去，正好崩向顾清荷那葱白细长的手指。

随着鲜血的喷射而出，再看顾清荷的十根手指，在琴弦的崩打下流血不止，虽然没有齐根断掉，却还是看得在场众人触目惊心、惶恐不已。

而之前还保持着高傲姿态的顾清荷，被手指处突然袭来的剧痛吓得尖叫出声。

她再勇敢、再坚强，到底是深宅里养出来的娇小姐，哪里想到有朝一日会面临这么血腥又残忍的场面？

而那些早就听说明王殿下冷血残暴的围观者，经此一事，算是彻底见识到了明王的可怕之处。

仅仅因为顾小姐拒绝为他弹琴，就要废掉人家的十根手指，这样的明王，该是多么嗜血又狠戾？

见明王殿下发怒，奉天殿所有的人瞬间跪了满地，唯有慕紫苏没有任何反应，依然挺直身躯，像一棵松柏，傲然地站在原处。

"血案"发生的下一刻，紧闭的珠帘忽然开启，一个坐着轮椅的俊美少年，像一匹刚刚啃完猎物尸骨的头狼一样，以一种极其危险的姿态出现在众人的视线之内。

少年十六七岁的模样，身穿一袭紫黑色的蟒袍，如果不去看他那双残掉的腿，这个容貌俊美的少年绝对可以用"惊为天人"来形容。

即使这已经是慕紫苏第三次看到这张面孔，还是忍不住惊叹少年那张仿佛被上天厚待过的绝世容颜。

之前两次相遇，少年虽然穿着华丽，不掩尊贵，在没有那身紫黑蟒袍的衬托下，整个人的气势还是略弱了几分。

可是今天，他以千岁之尊出现在众人面前，那种毫不掩饰的王者气势，逼得在场所有的人都忍不住对他产生屈膝下跪的念头。

呵呵！这可真是有趣！

慕紫苏想过千万种再度与这位少年相遇的场面，却怎么也没料到，那个被她当成"不懂事的熊孩子"接连欺负了两次的轮椅少年，真正的身份居然是明王殿下。

当赵维祯拨开珠帘，堂而皇之地出现在众人眼前的那一刻，就见所有的人都被他周身散发的戾气吓得伏跪在地，唯有一抹桃粉色的身影如同雪中寒梅，以一种耀眼夺目的方式吸引了他的视线。

他不否认那个身材高挑、容貌倾城的姑娘是他有生以来见过的最漂亮的姑娘。

可真正让他缩紧瞳孔，露出玩味笑容的主要原因，是他煞费苦心寻找了多日的猎物，居然自动上钩了。

与此同时，慕紫苏也发现对方向自己投来的那抹"你死定了"的邪笑，她心下一凛，脑海中做出的第一个决定就是转身逃走，绝不能给对方抓捕自己的机会。

可这一次，她注定要以失望收场，因为赵维祯在她转身逃跑之前，迅速对奉天殿的侍卫做出指示："速关殿门，明卫暗卫做好准备，给本王活捉那个丫头。若她有任何反抗，当场处决，不留活口！"

所有人都被这突如其来的指令搞得措手不及，尤其是那些不明状况的姑娘，好端端的选妃仪式，怎么眨眼间就成了这种局面？

慕紫苏知道此时再逃已经没了退路，于是她放弃跑路的念头，转过身，装出满脸无辜的模样："王爷这是什么意思？"

赵维祯见她死到临头还敢装傻，嗤笑道："你以为你换上一身女装，本王就认不出你了？"

说完，他不给她回嘴的机会，咬牙切齿地吩咐手下："绑上，抓起来，关进王府地牢。至于其他人，全部滚蛋，一个不留！"

事情发生得过于突然，别说其他人被这个变故整得有些措手不及，就连慕紫苏也颇为郁闷自己目前的处境。

大清早还打扮得花枝招展，自以为会借着宫宴这个机会闯进京城的名媛圈，结果眨眼之间，她就被当成了囚犯，被无情地关进了明王府的地牢。

没错，就是明王府地牢。

原来明王府与皇宫之间只有咫尺之遥，听说那位"残暴不仁"的明王殿下之所以不在他的明王府进行选妃仪式，是不想让那些他看不上眼的参选者踩脏了他明王府的青石砖。

这个人得多狂傲不羁啊？

看着眼前这个将自己囚禁起来的阴森牢房，慕紫苏颇为无奈地叹了口气，以她的本事，逃出这个见鬼的地方简直轻而易举，可想到逃掉之后她将面临的局面，却让她感到力不从心。

她可以不将区区兵部侍郎府的前途放在眼中，却不能不将师父交给她为外公翻案的使命放在眼中。

所以……此时的她，只能像一只待宰的羔羊，等着上天安排她接下来的命运。

眼看夕阳渐渐落下，牢房外传来一阵脚步声。

循声望去，就见几个训练有素的侍卫推着轮椅上的明王殿下，出现在牢房门口。

从明王那恨不能将她撕碎的阴狠目光中不难看得出，这位位高权重的王爷此时一定是恨死了她。

"说吧，事到如今，你还有什么临终遗言？"

赵维祯做事向来干脆利落，也不跟牢中之人废话，但凡有胆子惹到他的，下场只有死路一条。

慕紫苏倒是没被他的话给吓唬住，只是隔着牢房大门似笑非笑地看着他："真想杀我，又何必大费周章地将我关起来？既然大家已经是老朋友了，我觉得用这种待客之道来招待我，于情于理都有些说不过去！"

赵维祯冷笑："老朋友？你还真是不知死活！当你在忘溪镇用那种卑劣方式戏耍本王的时候，就该想到有朝一日，你定要为你愚蠢的行为付出代价。想活下去，不如试着用最卑微的姿态跪下来恳求本王。说不定本王一时心软，会饶你不死呢！"

"求你？"

慕紫苏像是听到一个天大的笑话，即使恢复一身女装，嘴边仍挂着一抹邪气的坏笑，她隔着牢房铁门的空隙，胆大妄为地点了点赵维祯的胸口："当初在忘溪镇是谁挑事在先，你我心知肚明，用权力和地位来欺负我这样一个弱女子，你的良心都不会痛吗？"

赵维祯没想到她都已经被关进地牢了居然还如此大胆，刚要伸手去捕捉她罪恶的手指，就被慕紫苏抢先一步躲了回去。

她负着双手，居高临下地看着轮椅上的他："我慕紫苏虽然不是什么良善之人，却也不会平白无故去招惹不必要的是非。那天的事情我做得是有些过分，但你不如检讨一下自己的行为，若非你将事做绝，我又岂会出手反击？"

"好大的口气，死到临头居然还不肯认清现状。既然你如此冥顽不灵，本王就让你体验一下什么叫彻底的绝望。"

说着，他冲下属打了一记响指，不多时，就见一个侍卫模样的男子提着一个鸟笼，出现在牢房门口。

"紫紫，救我！"

鸟笼中出现的赫然正是翠花，虽然和其他鹦鹉相比，它拥有堪比人类的智力，但"鸟算"不如人算，当一群身手高超的侍卫闯进馨雨阁，将它视为头号目标进行捕捉时，它还是没能逃脱，且落得一个笼中囚的下场。

看到自家鹦鹉惨遭"毒手"，慕紫苏充满自信的脸上终于有了一丝松动。

她没有理会翠花的求救，直接将目光落在赵维祯的脸上："明王，不如咱们来谈个条件？"

一连吃了她好几次闷亏的赵维祯冷笑道："凭你之前的不良信誉，你以为本王还会给你谈条件的机会？"

慕紫苏回道："你会给的，因为你心里很清楚我有值得你利用的价值。"

"你很天真!"

"并非天真,而是自信。如果你真的想杀我,完全可以在奉天殿的时候让你身边那些侍卫结束我的性命。既然你当时对我手下留情,便能证明你我之间还没到兵戎相见的地步,也不会拿慕翠花的性命对我做出这种威胁。"

赵维祯眉头一挑,做了个询问的表情:"慕翠花?"

慕紫苏用下巴指了指笼中可怜兮兮的鹦鹉:"这傻货的名字。"

赵维祯面无表情,倒是他身边的几个侍卫被这么一个可笑的名字给逗得忍俊不禁。

"你怎么知道本王不是想要利用这只傻货整得你求生不能、求死不得?"

慕紫苏哼笑:"就算你把我整得再惨,也改变不了你中毒和残了双腿的事实。"

这下,赵维祯的脸色终于变了,怒道:"你说什么?"

慕紫苏无视他那双慑人的双眼,向他逼近了几分,压低声音道:"早在忘溪镇的时候我就说过,天底下只有我能改变你的命运。你若信我,咱们可以联手合作;若不信我,可以现在就送我去见阎王。"

赵维祯被她那自信的模样给气乐了:"联手合作?就凭你?一个只有十五岁的臭丫头?"

慕紫苏睨了他一眼:"看你的年纪不也是乳臭未干的臭小子?"

"大胆!"

两旁侍卫警告:"王爷面前,岂容你如此无礼?"

慕紫苏完全无视侍卫的警告,看着赵维祯,一字一句道:"虽然有些话说出来可能会让你觉得不甚中听,但我还是要告诉你,一旦我死在你的手里,你将会成为别人手中的一柄利刃和工具,不过是帮那些人除去我这个心头之患。"

赵维祯挑眉不解:"什么意思?"

慕紫苏道:"你以为我今天为何会出现在奉天殿,你的选妃仪式上?长眼睛的人都看得出来,那些参选的少女,在家族中扮演的都是弃子的角色。为了活下去,她们不得不受制于自己的家族,硬着头皮踏进奉天殿任你挑选。而我,则是被慕家人联手骗到那里去的。"

赵维祯嘲讽道:"真没想到你也有蠢到这种地步的一天。"

慕紫苏不在意地回了一句:"堂堂王爷,若真沦为被区区侍郎府利用的地步,你又比我强到哪里?"

赵维祯无视她的挑衅，反唇相讥道："做人做到连自己家人都想要谋害你的局面，你这是有多失败？"

慕紫苏寸步不让："贵为千岁，选妃却只能挑选各个家族不要的弃女，你这又是有多失败？"

赵维祯面色微动，半晌，挤出几个字："好一张利嘴！"

慕紫苏淡淡一笑，回他几个字："彼此彼此！"

见她小小年纪油盐不进，赵维祯忽然对她生出了几分兴味，这么有意思的丫头如果就这么轻易赐死，再想找像她这么有趣的人，恐怕会有很大的难度。

于是，他一改之前冷硬的态度："现在来说说，你的价值是什么？"

"哦，王爷这是肯答应与我谈了？"

赵维祯道："先拿出你的筹码，让本王看看你究竟够不够资格谈条件！"

"想谈可以，必须换个地方，毕竟这里的风景不太美，说不定会影响我谈判的兴致。"

"你以为还有资格同本王讨价还价？"

"王爷难道还怕我跑了不成？"

"想跑，你也得有那个本事才行。"

说着，赵维祯对提着翠花的侍卫道："将这个小东西给本王带下去严加看管。"

直到翠花求救的声音渐行渐远，赵维祯才下令将慕紫苏从牢房中放了出来。

有"鸟质"在手，他倒不担心这丫头敢在自己面前耍什么花样，于是将她带到了王府正厅，两个人正式开始谈判。

慕紫苏见他表现出十足的诚意，也没继续偷奸耍滑。

在做出和他谈条件的决定之前，她迅速在心底权衡利弊，与其招惹上明王这种王孙贵胄，不如想办法将其拉拢。

这小子的名声虽然差了一些，至少皇权加身，寻常人不敢轻易得罪。

于是，慕紫苏有了一番计较之后，很快亮出自己的筹码："想必王爷应该听说过虞广白这个名字吧？"

"虞广白？"赵维祯蹙了蹙眉，"当年因弑杀皇祖父而被斩首的那位以医术闻名于天下的平远侯？"

"没错！既然王爷能在将我关起来的第一时间派人去兵部侍郎府将慕翠花抓来威胁我，想必短时间之内已经将我的身世背景摸清了。虞广白是我外公，不管当年他因何而死，具有超凡的医术这是天下人皆知的事实。"

赵维祯眯起双眼，冷笑着反问道："即便他当年在医界的名声再怎么响亮，也改变不了他早在十几年前就已经死掉的事实。慕紫苏，如果你想拿你外公的名声来做你与本王之间谈判的筹码，那本王觉得这次的谈判没有任何实质意义。"

"我话还没说完，你急什么？"

赵维祯怒视着她："那还不快说！"

慕紫苏冲他翻了个白眼，继续道："身为当年赫赫有名的医学泰斗的传人，我的医术并不比我外公逊色多少。"

"你？一个只有十五岁，连毛都没长全的臭丫头？"

面对赵维祯那一脸鄙视的神情，慕紫苏面不改色道："用年纪来衡量一个人的能力，王爷不觉得自己目光过于短浅吗？先不说之前在仁医堂门口，王爷已经见识过一次我治病救人的本事；就拿我们慕家的老夫人来说，我回京之前，她已经被病魔折磨了两年。王爷只要稍微派人打探一下就会得知，祖母病情危急，就连宫中的太医都对此束手无策。而我的出现……"

她自负一笑："却令她转危为安，这样的筹码，王爷难道觉得还不够吗？"

赵维祯没有立刻回应她的话，而是将目光落到心腹侍卫的脸上，侍卫会意，低下头在他耳边低声道："侍郎府那位慕老夫人不久前的确传出性命垂危的消息，不过属下等人今天奉命去侍郎府抓鸟的时候，受到惊吓的慕老夫人曾带人阻止过。从慕老夫人目前的身体状况来看，倒并不像是病入膏肓之兆。"

这些侍卫都是赵维祯身边最信得过的心腹，所说之言，自是经过事实的证明才得出的结论。

虽然他已经对自己残掉的双腿不再抱有任何希望，但哪怕有一线生机都要再博一番。

沉吟片刻，他终于对慕紫苏投去一记包含几分信任的目光："你对本王的情况了解多少？"

早在忘溪镇的时候，慕紫苏就通过血灵戒的提示，发现对方真正的病因出在何处，此时也就没继续卖关子，直言道："我要是没猜错，导致王爷双腿不良于行的真正原因是中毒吧？"

闻言，赵维祯的表情一下子变得警惕起来。

自从他双腿残废之后，见过的大夫不下数百人，每个大夫，包括从江湖中找来的那些医术高超之人，探过他的脉象之后，所得出的结论都只有一个，就是他双腿出现严重骨折，这辈子都不可能再有重新站起来的机会。

至于中毒这种说法，他闻所未闻。

慕紫苏看出他心底的疑虑，问道："方不方便说一说当年事故发生的大致情况？"

虽然对赵维祯来说，这是他心底永远无法抹去的阴影，但面对慕紫苏诚挚的双眸时，他还是回了一句："两年前，本王奉命带五百精兵去围剿一批山贼，结果一时大意，中了对方的算计和埋伏，导致长达三天的昏迷。再醒来时，双腿已废，彻底失去了行走能力。"

如果有可能，赵维祯这辈子都不想再回忆起这段经历。

从出生起就被冠上太子之名的他，曾经是多么风光与荣耀。小小年纪屡立奇功，一次又一次在各种场面中独领风骚。

他曾凭借十二岁稚龄，亲赴战场，与那些胆敢冒犯天启王朝的敌人玩心机，耍战术。

对天启王朝很多当权者来说，"赵维祯"这三个字就像是一则神话，曾几何时，令人闻风丧胆，谈祯色变。

可所有的荣耀，全部终止在他十四岁那年。

残了双腿，被夺去至高无上的太子之尊，如今的他，只能像个废物一样躲在明王府，忍受着外界在背地里对他的种种奚落和讽刺。

慕紫苏看出他压抑在眼底的不甘和悲痛，没说多余的宽慰之言，直截了当地问道："也就是说，你昏迷之前究竟发生了什么事，你已经完全没印象了？"

赵维祯沉重地点点头。

慕紫苏满是同情地看了他一眼："你对自己的病情了解多少？"

她接二连三询问自己隐私的行为，让赵维祯的眼底积了些许怒意："本王要是知道病因在哪里，又何至于拖着一双残腿与你交涉？"

慕紫苏也不生气，继续追问："是不是所有为你检查过的大夫给出的结论都是一个，双腿骨折，再无治愈的可能？"

赵维祯冷冷瞥了她一眼："这么明显的事实，难道还要本王重复吗？"

"事实？什么事实？"慕紫苏冷笑着反问，"你连自己腿残的病因都找不到，就将那些庸医给出的答案视为最后的结论。真不知该说你糊涂还是愚蠢？"

"你……"

赵维祯刚要发火，就被慕紫苏不客气地打断："你双腿残废的原因并非是骨折引起，而是中了一种名叫折翼的剧毒。"

见赵维祯等人纷纷将目光投注到慕紫苏脸上，她接着一字一句道："折翼，是天族毒蛊一脉研制出来的一种奇毒。毒如其名，中毒之人，将会失去行动能力，沦为永久的废人。"

"天族？"

赵维祯身边的一个下属忍不住接口："这个族落不是早在很多年前就已经在世间彻底消失了吗？"

慕紫苏看了那个侍卫一眼："消失不代表消亡，那些能人异士，总会以他们自己的方式存活下去。而我之所以断定王爷的腿疾和毒性有关，这其中要涉及两大特征。第一，中了折翼之毒的患者，瞳色会变得略显发红。"

侍卫们齐齐看向自家主子，发现主子的眼瞳较之常人的确散发着一种不正常的血红。虽不明显，却不难发现。

"第二个特征……"

慕紫苏接着道："中了此毒之人，性情会变得躁郁狂怒，时常因为一些鸡毛蒜皮的小事，而无法控制自己的情绪，甚至做出伤人伤己之事。"

这一点，再次得到了众侍卫的一致认同。

自从主子受伤腿残之后，脾气变得有多暴躁，他们这些近前伺候的人可是比谁都清楚。

虽然主子已经在极力压抑他的情绪，却还是不可避免地因为一些不起眼的小事而酿成过人命惨案。

还以为这一切都是主子接受不了自己变残之后的发泄行为，没想到真正的原因，却是被折翼之毒所害。

"可是本王双腿骨折，这是不争的事实……"

虽然赵维祯潜意识里已经渐渐接受慕紫苏的说法，但折翼之毒这种说法，还是让他有些难以相信。

慕紫苏无比同情地看着他："对，你双腿骨折是不争的事实，但只要遇到医术高明的大夫，用续骨膏来帮你接骨，这其实并非难事。不过有了折翼这种剧毒的加持，你的处境就会变得十分难堪。首先，无论多好的续骨膏都无法与折翼抗衡；其次，你每次发脾气，都会加剧毒素的蔓延；最后，再不解毒，你的生命力将会急速流逝，缩短到只剩三年。也就是说，如果不是你命好遇到了我，你将活不过二十岁！"

一记又一记的重磅炸弹投掷下来，砸得赵维祯等人有些应接不暇。

侍卫们脸色大变，急切道："这怎么可能？"

慕紫苏摊了摊双手："所以我才说你们家王爷可怜啊，被人害残了双腿已经够惨，居然还给他下了折翼这种可怕的剧毒，想要慢慢将他折磨至死。这种深入骨髓的仇怨，想来不是对你恨到极点之人，怕是下不得这样丧尽天良的毒手。"

赵维祯的脸色此时已经不能用"难看"来形容，铁青中透着股森寒。

侍卫们不忍心再听下去，干脆问："慕三小姐，你直说吧，王爷这病，你能不能治好？"

慕紫苏笑着反问："你们觉得呢？"

侍卫没有回答，而是看了自家主子一眼，半响，侍卫才小心翼翼道："其实，主子之前去忘溪镇，表面是去寻神医鬼见愁为他治疗腿疾，实际上……"

话说到这里，侍卫顿了一下，询问似的看向主子，见主子没有反对，才接口说道："实际上，主子听说荣祯皇帝的棺椁被埋在忘溪镇，所以才借着鬼见愁的名义前去一探。"

慕紫苏眉头一耸，不解地问："荣祯皇帝？"

侍卫急忙解释："慕三小姐难道没听说过吗？荣祯皇帝轩辕容锦，与他的皇后凤九卿当年所统治的黑阙皇朝，盛极一时。荣祯帝英年退位，将皇位传给当年只有十六岁的荣德皇帝。不管是荣祯还是荣德，都堪称黑阙朝最霸气的两位统治者。史上关于这两位皇帝的记载以及野史不计其数，同时，身为这两位皇帝的终身伴侣凤九卿皇后和洛千凰皇后，也一一被记在史册之上。而这两位统治者之所以会成为后人争相议论的人物，是因为他们的妻子都不是凡人。洛皇后拥有驭兽之能已经堪称世间少见，凤皇后的天赋更为诡异，听说她可以扭转乾坤，创造奇迹。凤皇后之所以威名远扬，盖因她手中拥有一个至尊法宝，是佩戴在她左耳的一枚耳饰。世间关于这枚耳饰的记载神乎其神，只要寻到凤皇后这个遗物……"

话刚说到这里，就被慕紫苏打断，她不敢置信地看向赵维祯："你该不会将治疗腿疾的希望寄托在一个早在几百年前便作古的皇室的传说上吧？"

关于黑阙皇朝的传说，慕紫苏自然有所耳闻。

同时，她也从一些民间野史中看到过荣祯、荣德两位皇帝，以及他们的妻子凤九卿和洛千凰的一些记载。

但是，早在几百年以前，黑阙皇朝就已经退出了历史舞台，随着时光的变迁，黑阙的历史已经成为永久的过去式，世上究竟有没有可以驭兽的洛皇后或是扭转乾坤的凤皇后，说不定都是后人杜撰出来的故事。

赵维祯脸色阴沉地说道："不管那个传说是真是假，只要能找到荣祯帝的皇陵，寻到凤九卿陪葬的那枚耳饰，说不定我的双腿真的会有被治愈的可能。"

慕紫苏哈哈大笑："与其将希望寄托在一个传说上面，你不如来求求我。我的医术，一定不会让你失望。"

赵维祯没再揪着荣祯皇帝的墓穴不放，他紧紧盯着她道："说出你的交换条件！"

慕紫苏也不跟他客气，竖起三根手指："条件有三个，第一，放了我家慕翠花。"

赵维祯轻哼一声："本王还不至于下作到去为难一只傻鸟，第二个呢？"

"第二，今天这场无聊的选妃仪式就此作废。"

赵维祯再次哼笑："本王也没打算让某些碍眼的女人与本王扯上半点儿关系，所以就算你不说，本王现在也没有纳妃的打算。第三？"

"第三……"

慕紫苏不客气地指向他的鼻子："身为堂堂王爷，你必须在适当的时候利用你的身份维护我。我初到京城，势单力薄，万一不小心被人欺负了，你得拔刀相助，护我性命。"

这下，赵维祯彻底被她的话给气着了："本王贵为千岁，你竟然让本王给你当保镖？"

"对啊！"

慕紫苏的语气很是无赖："和你的性命相比，这三点要求，我提得并不过分吧？"

她那理所当然的态度气得赵维祯哭笑不得："等你让本王真正见识过你医术，再来索求你想要的报酬。"

"好，那合作一事，咱们就这么愉快地决定了！"

赵维祯强忍住翻她白眼的冲动，冷着声音道："一个月！一个月之内你的治疗如果毫无起色，你和那只傻鸟到阴曹地府给本王谢罪吧！"

第五章 为利益联手合作

解决了不太好惹的赵维祯，慕紫苏最终带着被吓得不轻的慕翠花重返侍郎府。

因为赵维祯之前派侍卫来侍郎府抓捕慕翠花一事引起全府上下的恐慌，所以当全家人看到慕紫苏安然无恙回到府中的时候，无不露出震惊和意外的表情。

尤其是孙静婉和她的两个女儿，她们通过一些小道消息打听到明王突然终止选妃仪式，甚至下令对慕紫苏进行全面围捕，于是纷纷猜测慕紫苏注定会丢掉性命，将噩耗传至府中。

岂料到了傍晚，这个在她们脑海中已经被断定为一个死人的丫头，居然活生生地重新出现了。

"紫苏，你……"

慕青流也是满脸诧异，奉天殿的事情，他多多少少也略有耳闻。

一边担心这丫头是不是得罪了明王而给慕府招来灾难，一边又盼着明王能够对她另眼相看，千万不要将选妃的目光投在自己另外两个宝贝女儿的身上。

总之，和一心盼着慕紫苏早点儿去死的孙静婉相比，慕青流的担忧和考虑还是更多一些。

见众人纷纷向自己投来疑惑的目光，慕紫苏回了众人一记冷笑："你们费尽心思将我从凤凰山叫回京城，为的就是将我当成祭品，送到明王那里来替你们消灾解难吧？"

被揭穿真面目的慕青流脸上闪过一丝尴尬，为了挽回一家之主的形象，他还是故作姿态地解释道："为父知道这件事没有事先跟你打招呼有失妥当，但用'祭品'两个字来形容自己的身份，未免有些过分。皇上膝下子嗣不多，除了之前在宫门口看到的三皇子外，只有明王殿下在朝中的势力最为雄厚。虽然他由于身体原因不良于行，但只要能得到明王的青睐，对咱们慕家的前途还是很有好处的。"

慕紫苏讥讽地看他一眼："既如此，你怎么不将慕若晴和慕若灵两个女儿推荐给明王？"

孙静婉赶紧接口："明王殿下身份尊贵，慕家当然要将一个各方面都很优秀的姑娘推荐过去。"

"哦？也就是说，在孙姨娘眼中，慕若晴和慕若灵其实是两个扶不上台面的小姐？"

孙静婉被戗得面色一白，怒道："她们好歹也是你的姐姐！"

"姐姐？"

慕紫苏像看小丑一样在慕若晴和慕若灵的身上扫视了一眼，嘴边勾起邪气的弧度："你也不问问她们究竟配不配！"

慕青流厉声喝道："慕紫苏，你还有没有规矩？"

慕紫苏语带戏谑地回道："当你亲手将我交到张公公手中的那一刻，你已经没资格再和我谈论'规矩'这两个字！"

"你这个逆女，真是好大的胆子……"

"是啊！我的胆子当然够大，若非如此，怎么可能会从杀人不见血的明王手中脱身而出？父亲，你今天可是让我走了一遭鬼门关哪！"

"鬼门关"三个字，将慕青流吓得浑身一抖，顾不得再摆出严父的姿态，忙问："究竟发生了何事？选妃仪式为何终止？明王为何下令抓你？又为何派人来府上大闹了一番？"

面对慕青流接二连三的询问，慕紫苏懒得理会，只留下一句"自己去查"，便带着心情仍旧难以平复的翠花扬长而去。

一场惊心动魄的变故除了让慕青流、孙静婉等人十分不解之外，正在调养的慕老太太自然也是受到了莫大的惊吓。

当老太太得知小孙女居然被自己的儿子和那个心如蛇蝎的孙氏联手骗去给明王选妃时，整个人都吓出了一身冷汗。

明王是谁，慕紫苏不知道，在京城生活这么多年的慕老太太可是一清二楚。

那可是曾经风光一时的太子殿下，继承皇位的不二人选。

自从两年前发生了一起重大变故，明王残了双腿，性情大变，从此以后，他就被冠上"地狱阎罗"的绰号，成了人人唯恐避之不及的人物。

儿子和孙氏为了保全慕若晴和慕若灵的将来，不惜将慕紫苏当成牺牲品献出去，这等于是用最残酷的方式彻底断了他们父女之间最后一点儿亲情。

老太太气得不轻，拎起拐杖就要和那两个不争气的东西理论。

好在慕紫苏拦得及时，哄骗老太太自己和明王之前略有交情，选妃本非明王所愿，今天的仪式不过是象征性地走个过场，没老太太想的那么严重。

至于明王派人来府上抓鸟，纯粹就是闹着玩，无伤大雅。

安抚了慕老太太，慕紫苏派蓝月和绿梅将差点儿间接把自己送进黄泉路的李玉莲给带到馨雨阁。

两个婢女得知自家小姐险些遭了歹人的毒手，对李玉莲恨之入骨，不给她半点儿解释的机会，劈头盖脸就是一顿毒打。

两个丫头都很聪明，虽然李玉莲被打得惨叫连连，表面却让人找不到任何伤处。

李玉莲直到被收拾得奄奄一息，只剩下了一口气时，才意识到三小姐这是对自己起了必杀之意。

"三小姐，您大人大量，饶了奴婢一条狗命吧。自从小姐去世之后，奴婢和房里其他伺候的丫头在慕家就彻底没了地位。为了活下去，奴婢不得不昧着良心去做事，只有这样，才能换得一息苟延残喘的生机，奴婢也是活得不易啊……"

慕紫苏冷道："这样的苦衷，并不构成你被原谅的理由。"

李玉莲满是绝望地咬了咬下唇："只要小姐饶奴婢一命，奴婢愿意以一个您绝对想不到的秘密作为交换！"

"哦？秘密？"这个提议，倒让慕紫苏生出了几分兴味。

李玉莲用力点头，忙不迭地道："其实小姐当年并不是病死的，而是被孙静婉下毒害死的。"

"你说什么？"

听到这话，慕紫苏蓦地从椅子上站了起来，疾步走到李玉莲面前，一把提起她的衣领，眯着眼道："你何出此言？"

李玉莲哭道："这个秘密被奴婢藏在心中整整十年，之所以从未对人提起过，是因为就算奴婢说了，也不可能改变孙静婉在慕家的地位，因为奴婢拿不出任何实质性的证据。"

见三小姐狠狠瞪着自己，她忙不迭地继续接口："当年为了和小姐争宠，孙静婉使尽浑身解数。而侯府出身的小姐，因为自幼没接触过后宅的争斗，在抢夫君这方面，自然不是孙静婉的对手。那段时间，小姐经常因为孙静婉和老爷吵架。每次吵完，老爷就会去孙静婉那里喝酒解闷。就算孙静婉那边有老夫人盯着，但面对孙静婉的数次勾引，老爷又怎么能坐怀不乱？久而久之，老爷的心就慢慢偏了。孙静婉自以为得手，却忘了一件很重要的事情，只要老夫人在世一天，她便永远没有出头之日。为了上位，孙静婉使出下作手段，偷偷在小姐的吃食里下了慢性毒药。久而久之，小姐的身体便每况愈下，直到三小姐出生之后没多久，便重病不治，离开了人世。"

慕紫苏紧敛眉头："这些事，你是如何得知的？"

李玉莲怯怯地看了她一眼，小声道："有一次，奴婢无意中听到孙静婉吩咐她身边的心腹，用同样的方法对付老夫人，才偶然得知，小姐当年之死，原来并非偶然。"

"也就是说，孙静婉现在对付祖母的手段，和当年对付我娘的手段一模一样？"

"可以这么说！"

慕紫苏强忍住心底的怒意，眯着眼问："我如何相信你这番话？"

李玉莲哭道："奴婢死到临头，难道还敢糊弄三小姐不成？猛然得知这件事的真相时，奴婢也很想将孙静婉的罪行昭告天下。可老爷对她言听计从，老夫人又性命垂危，不久于人世……奴婢也是没有办法，才苟且偷生，在夹缝中生存。"

慕紫苏不甘道："如果这些事都是孙静婉所做，我一定会从她那里寻找到证据！"

李玉莲摇头："三小姐长达十年不在慕家生活，对孙静婉这个女人恐怕了解不多。这个女人极不简单，做任何事情，都不会给自己留下后患。奴婢与她打过数次交道，对她这种谨慎周密的行事作风非常了解。在没有任何证据的情况下，三小姐若贸然指出她的罪行，非但动摇不了她的地位，反而会招来老爷对三小姐的不满。"

虽然李玉莲这番话的可信度有待推敲，她意欲谋害自己的行为也十分可气，但这时候将李玉莲活活弄死，的确不会给慕紫苏带来任何好处。

于是她垂头看了满脸狼狈的李玉莲一眼，道："说说你以后的打算吧！"

李玉莲知道这是三小姐肯给她一个改过自新的机会，忙表忠心道："只要三小姐饶了奴婢，奴婢保证从今以后一切都听从三小姐的安排。"

慕紫苏也不和她多说废话，掏了一粒药丸递到她面前："这是忠心丸，吃了之后，只要你再做任何背叛我的事情，都会暴毙而亡，死无全尸。想赢得我的信任，就将这粒药丸马上给我吃下去。"

"这……"李玉莲到底还是被"死无全尸"这四个字给吓到了。

"怎么？害怕了？"

"不不！"

为了活命，李玉莲一把接过药丸，便吃进了肚子里。

慕紫苏见她还算聪明，便交给她一项重要的任务，让李玉莲潜伏在孙静婉身边，做双重卧底。

李玉莲活到这把年纪，自然知道双重卧底意味着什么。

而且眼下，除了答应之外，她已经没有其他选择。

直到李玉莲和蓝月、绿梅两个丫头全部被打发了出去，一直没作声的翠花才小声抱怨了一句："明明只是一粒普通的药丸，你非要吓唬她们是什么忠心丸，就不怕有朝一日，你的谎言会被揭穿吗？"

此时的慕紫苏，仍沉浸在娘亲是被孙静婉毒杀的悲痛之中，面对翠花的询问，她回了一记冷笑："很多时候，心理上的威胁，比身体上的威胁，会更令人恐惧万分！"

明王殿下的选妃仪式，在一场堪称惊心动魄的围捕行动中诡异收场。

虽然很多群众不明真相，但令人闻风丧胆的选妃仪式就这么离奇结束，着实让那些不想和明王发生半点儿联系的姑娘长长松了一口气。

至于在选妃仪式上以被抓捕的目标在众人面前露了一回脸的慕紫苏，则成了围观者眼中的一个不解之谜。

很多人都在私下里猜测，这位突然出现在京城的慕家三小姐与明王殿下究竟有什么仇什么怨？为何明王见了她之后会大张旗鼓地派人围捕？

就算慕三小姐和其他姑娘相比，容貌身材样样优秀，也没必要用这种极端的手段将人抢进明王府吧？

总之，那天之后，慕家三小姐便"一捕"成名，在京城上流圈中掀起了一股小小的风潮。

慕紫苏对外面关于她的种种传闻倒是没什么兴趣，自从李玉莲将自己亲生母亲是被孙静婉毒害一事供出来后，心里对慕家越发不满了。

她很想立马惩治孙静婉这个杀人凶手，为母亲申冤报仇，但她知道，在一没证据、二没把握的情况下，非但没办法给孙静婉定罪，反而会过早地让自己陷入危险的局面。

她曾尝试通过煎药房每天送给慕老太太的药来调查孙静婉的罪证，可事实就是血灵戒能够提醒她汤药有毒，但反复检查那些药材，却查不出任何被投毒的迹象。

所以就算她已经将孙静婉视为头号仇家，眼下能做的也只是按兵不动，静观其变。

经过之前对她的那场算计，已经被慕老太太劈头盖脸骂了一顿的慕青流，以为这个女儿一定会对他恨之入骨。

没想到只过了一晚，慕紫苏就一改先前嚣张跋扈的态度，仿佛什么事情都没发生过一样，与众人谈笑风生。

这突如其来的转变，倒让慕青流有些意外。

正所谓虎毒不食子，就算他对这个孩子再怎么不待见，对方身体里流淌的好歹也是自己的血液，到底不忍心眼睁睁看着亲生女儿就这么没命。

清晨，一家五口聚在饭厅用早膳，为了表现出慈父的模样，慕青流难得对慕紫苏露出温和的面孔，询问她这些年在凤凰山过得如何，如今回到侍郎府，生活饮食方面有没有哪里不习惯。

"只要父亲从今以后不再克扣我这位嫡出小姐的月银，对我来说，便不会有任何不习惯存在。"

即使换下昨天那身华丽的衣裙，拥有倾世之容的慕紫苏，在普通衣裙的衬托下，依旧光彩夺目，美得让人移不开视线。

可从她口中说出的字字句句，却总能如利刃一般刀刀见血，将身边的人挤对得一无是处。

慕青流轻咳一声，故作威严道："你将为父当成什么人了？为父怎么可能为了区区二十两银子亏待自己的亲生女儿？"

"哦？"慕紫苏似笑非笑地将目光移到孙静婉头上，"既然此事与父亲无关，那便是孙姨娘的主意了？"

那句"孙姨娘"，让孙静婉的脸色瞬间变得难看起来。

慕青流低斥："紫苏，静婉已经是慕家的女主人，从今以后，你不要再对她用'姨娘'这样的称呼。身为慕府的小姐，你应该像你两位姐姐一样，尊称她一声'母亲'。"

"母亲？"

夹了一口菜正准备送入口中的慕紫苏，像听到了什么不可思议的事情般停顿了一下，她一本正经道："我母亲在十几年前已经仙去，父亲，这么重大的事情，您该不会不记得了吧？再说了……"

不给慕青流开口的机会，她接着又道："'姨娘'这个称呼是我从小就叫习惯了的，很多深埋在骨髓里的东西，实在不是一朝一夕就改变得了的。孙姨娘作为长辈，应该不会为了区区一个称呼，就要故意为难我这个小辈吧？"

孙静婉此时很想一巴掌抽死慕紫苏这个小贱人，可在夫君面前，她不得不装出一副大度的模样，强颜欢笑道："不会，当然不会！我怎么可能会跟你一个小姑娘家一般见识呢？"

慕若晴不忍自己的母亲一次次被慕紫苏刁难，故意将话题转到别处："再过几天，便是皇家书院招生的日子，不知父亲对这件事可有什么安排？"

慕青流果然被这个话题吸引了注意力，仔细琢磨了一下，认真点了点头："是啊！要不是若晴忽然提起这件事，为父差点儿就要忘了，再过几日便是皇家书院招生的日子。紫苏一回来，咱们府上便有了三位适龄的小姐，到时候进了书院，你们可要为慕家争气啊！"

慕若晴戏谑地看了脸色有些茫然的慕紫苏一眼，笑着对慕青流道："父亲莫不是忘了，皇家书院可是有门槛限制的。虽然朝中五品以上官员家的子女都有资格踏进书院大门，但书院还要分三六九等。那些资质天生不好的学生，就算进了书院，也不会有什么作为。三妹妹是慕家的一员，按理说，自然有足够的资格进入皇家书院。可这些年三妹妹一直生长在凤凰山那种僻静清幽之地，诗词歌赋、琴棋书画这方面的本事，怕是从未接触过吧？"

如果慕紫苏听到这里，还听不出慕若晴挑起这个话题的用意，她可就白白活了这十五年。

孙静婉也听出长女口中暗藏的深意，笑着道："既如此，这皇家书院，紫苏还是别惦记了。"

咽下最后一口饭的慕紫苏充满挑衅地回了孙静婉一句："惦记不惦记，可不是你一个当小妾的有资格在这里评论的。哦，抱歉，我忘了两年前，你已经从卑贱的小妾被抬成了正室。既然你的身份较之从前已经大有不同，希望下次再说出这种不负责任的话之前最好用用脑子。真正在慕家当家做主的，现在可还不是你。"

一口气说完，不理会孙静婉气得涨红的脸，慕紫苏放下手中的碗筷，对众人道："我吃饱了，各位继续！"

"皇家书院？"

此时说出这四个字的不是别人，正是素有"地狱冥王"之称的明王殿下。

吃过早饭，慕紫苏便带着小跟班翠花，以治病为由，直接来到了明王府。

既然已经正式与赵维祯建立合作关系，为了表示自己的诚意，慕紫苏倒是没等人三催四请，很主动地带着一些治疗的器具和药材，决定在赵维祯面前露上一手。

想在京城这个地方站稳脚跟，没有点儿人脉和靠山，简直寸步难行，无处下手。

几经思量，她将身患重疾的明王殿下，当成第一个被她选中的合作帮手。

慕紫苏来得这么快，倒让赵维祯有些诧异，还以为这丫头昨天故意用给他治病的筹码来提出合作，只是供她脱身的借口。

没想到才过了一晚，她就大大方方出现在明王府，甚至有模有样地拿出一套据说叫九曲还魂针的东西，将他早已失去知觉的双腿，扎成了马蜂窝。

行针时，慕紫苏很虚心地向他询问关于皇家书院的事情，这倒一时之间把赵维祯给问住了。

"怎么？身为曾经的太子、当朝的千岁爷，你该不会对这个皇家书院一无所知吧？"

她眼底那毫不掩饰的嘲弄和鄙视，气得赵维祯哭笑不得："本王当然不可能对那个什么见鬼的皇家书院一无所知。不过，那种地方于本王来说有什么值得一提的必要？说是皇家书院，无非就是一群官宦子女像一只只可笑的花孔雀般，拼命用开屏的方式来展现自己。在本王眼中，皇家书院那种地方的学生，和跳梁小丑没什么区别。"

施好针，坐在一边跷着二郎腿和翠花分吃同一个苹果的慕紫苏默默地看了他一眼。

再怎么说，那些有资格踏进皇家书院的公子小姐都是朝中大臣家中的子女，结果人家当眼珠子般疼爱的孩子，到了明王口中，就成了可笑的跳梁小丑。

"别用那种怪异的眼神来打量本王，皇家书院隶属朝廷，每三年，朝廷会从书院中挑选一批表现优异的学子委以重任。被挑中之人，可以不必参加科考，直接被选入朝廷，成为朝中的中坚力量。"

慕紫苏听得啧啧称奇："这么做，对民间那些真正有才能的人来说，岂不是很不公平？"

赵维祯嗤之以鼻："这个世界本来就没有什么公平可言。"

"可我还是不明白，朝廷想借皇家书院来培养中坚力量，为什么那些官家小姐也有入学的资格？难道天启朝还有女子当官的先例吗？"

赵维祯送给她一个"你很白痴"的眼神："自古以来，男子想入朝为官，女子想嫁入豪门之人比比皆是。皇家书院不仅想培养出可受朝廷重用的优秀人才，同时也会通过这种形式，对那些官员家的小姐进行各种评级和筛选。能在众多名媛中脱颖而出者，自然有更多的机会为自己选择一门合适的亲事。毕竟没有男子不恋权，没有女子不贪势。"

慕紫苏将咬剩一半的苹果递到吃得上蹿下跳的翠花面前，调侃道："听王爷这语气，你好像对那些贪慕权势之人充满不屑。翠花，没人和你抢，你吃慢点儿。"

"本王只是看不起那些喜欢借用家族权势来证明自己的蠢货。"

说着，他用下巴指了指从进门起便不停地站在桌面上吃个不停的翠花："你喂它吃了这么多食物，就不怕它一不小心被撑死吗？"

"咳咳咳！"

正努力消灭最后一只苹果的翠花听到"撑死"两个字，用自以为凶悍的目光瞪了赵维祯一眼："你才撑死，你全家都撑死！居然敢用'撑死'两个字来形容小爷，告诉你，小爷可不是好惹的……"

当翠花口无遮拦地说完这番话，才意识到自己好像在不经意间惹下了大祸。

出门前，紫紫严重警告过它，外人面前，千万不要暴露自己的聪明才智。

可刚刚它吃得太过满足，一时间忘了紫紫的警告，这才噼里啪啦乱说了一通。

赵维祯整个人都有些目瞪口呆。

他看了看比他还震惊的翠花，又看了看无奈抚额的慕紫苏。

半响，他才憋出一句："那只傻鸟，居然一口气说了那么多话，而且很溜！"

慕紫苏先是狠狠瞪了闯下大祸的翠花一眼，才冲赵维祯投去一记装傻的笑容："你说什么呢？"

"你别装傻！"

赵维祯可不是好糊弄的："虽然本王没养过宠物，却也知道宠物这种东西都是被当成摆设一样豢养在家里。你肯在出门的时候将这么一个小东西随时带在身边，甚至为了救它性命，不惜与本王谈合作。这些足以证明，这只鸟在你心中的地位非比寻常。慕紫苏，还记得当初在忘溪镇，你给本王测字的那件事吗？你当时亲口说，本王最讨厌的事情是被人欺骗。既然你与本王已经建立合作关系，就该将你底细交代清楚。有件事从你进门的时候本王就想问你，当年你被慕家送到凤凰山时，据说体带胎毒，智力不足。为何十年过后，你身上会发生如此巨大的变化？还有这只会讲人话的鸟，又怎么解释？"

自知惹祸上身的翠花急忙扯着娇嫩的嗓音装傻道："恭喜发财，红包拿来！恭喜发财，红包拿来……"

"闭嘴!"

赵维祯重哼一声:"再装傻,休怪本王现在就命人将你拎去厨房给生炖了。"

翠花大惊,飞扑到慕紫苏的怀里哭号:"紫紫救我,这个小哥哥好可怕。"

由于翠花体形过于肥大,饶是慕紫苏是个练家子,被它飞撞过来的那一刻,还是重心不稳地差点儿摔倒。

见赵维祯频频向自己这边投来质询的目光,她先是在翠花肥胖的屁股上掐了一把,才皱眉解释:"好吧,我承认,翠花和普通鹦鹉相比,智力上的确是略有几分不同。至于它为什么会变成这个样子,还要追溯到十几年前。当年我被慕家丢弃的理由,和我本身病情有很大的关系。既然你已经派人查到一些关于我当年的个人情况,就该猜到我会发生这样的变化,和我外公有扯不清的关系。"

"又是你外公?"

"当然!你别忘了,我外公当年可是天启朝无人匹敌的医学泰斗,虽然最后落得一个被斩首的下场,他在医术方面的造诣却无人能及。当年我被送去凤凰山时,被天竺寺的一位俗家僧人收作徒弟。我这位师父对医术一窍不通,却是一个很聪明的人。他通过外公留给我的医学手札,配制出一个可以给人开智的药方。至于翠花……"

她看了龟缩在自己怀中的傻鸟一眼:"为了证明智慧丸的药效,师父在凤凰山逮到了一只刚出生没多久的小鹦鹉,用它来给我做试药的牺牲品……"

话说到这里,赵维祯已经明白了大半:"也就是说,这只傻鸟在吃了你口中所谓的智慧丸之后,就变成了现在这副话痨的模样?"

翠花很不满地辩解道:"人家才不是话痨,小哥哥,你不要在人家头上乱扣罪名!"

赵维祯再次震惊:"它还是个母的?"

翠花炸毛:"小爷是男的,是男的!"

这次,赵维祯真是被它给逗笑了:"你一只鸟,有什么资格说自己是男的?就算一定要判定你的性别,最多也就是一只公鸟。不过,既然是公的,怎么会叫慕翠花这么可笑……咳,这么女性化的名字?"

慕紫苏这次答得十分淡定:"翠花这个名字由师父所取,久而久之,就这么叫了下来。"

赵维祯乐了一阵,忽然又问:"既然你说的这个智慧丸如此神奇……"

"你不用想!"

赵维祯话未说完，就被慕紫苏打断："我知道你心下何意，但智慧丸的配方中有一味药材世间难求，师父当年也是花费了很大一番力气才凑齐了配方，勉强制作出世间仅有的两枚智慧丸。其中一枚被翠花这个试验品吃掉，另一枚……"她指了指自己，"已经在十年前归我所有，当年我娘怀我的时候身体孱弱，为了保命，喝了不少补身的汤药，以至于我生下来时体重过轻，被不少人戏称只有二两重，虽然我那时的体重根本不止二两，但智力低下、较同龄人愚笨是不争的事实。王爷，我之所以肯对你坦白这一切，并不是畏惧你的威胁和权力。我只是想向你证明，外公留给我的医术传承，绝对达到了你想象不到的地步。"

这一刻，赵维祯终于收起了玩笑的心思："虽然本王对平远侯印象不深，却并不否认他当年在朝廷立下的功劳。"

"所以……"慕紫苏的语气忽然变得十分凝重，"这次回京，除了探望病中的祖母，我还会想尽一切办法，为当年被稀里糊涂斩首的外公，平反冤案！"

"你说什么？"

饶是赵维祯冷静自持，此时也被慕紫苏的话给吓了一跳。

慕紫苏笑了一声："王爷，不会连你也以为我外公是谋杀先帝的凶手吧？先不说我外公数次在危急时刻救过先帝的性命，就是先帝当年在平定天下之后，也是强行将平远侯这样的爵位强加于我外公身上。对我外公而言，金钱和权势并不是他人生追求的终极目标。他是一位医者，毕生追求的，不过是医术上更深的造诣。"

赵维祯据理力争："不管你对平远侯此人有何看法，都改变不了他当年弑君的事实。更何况，当年那起案子已经定案，事情过了十余年，你现在想要翻案，无非是以卵击石，自寻死路。朝廷顾及平远侯身上的功勋，当年判案的时候并没有对虞家斩草除根。不然，这件事一旦被牵连九族，你以为你们慕家还有机会在那起事件中全然脱身？"

慕紫苏冷笑："你说的这些都是盖棺论定，真正如何，当年还是孩童的你又知道多少真相？"

"你这是在质疑本王？"

"我只是在诉说事实！"

"事实就是，平远侯弑君罪名成立，论罪当诛！"

"天底下冤案无数，你凭什么说这起案子没有隐情？"

"你……"

赵维祯刚要反驳，扎满银针的双腿忽然传来一阵剧痛。

他原本精致俊美的面孔被这突如其来的痛意折磨得十分扭曲，面如白纸，额冒冷汗，整个人就像在遭遇某种严苛的酷刑，求生不能，求死不得……

慕翠花小声在慕紫苏耳边提醒："紫紫，小哥哥好像很难受的样子。"

因为慕紫苏要求在治疗的过程中不许旁人打扰，所以此时偌大的房间中只有两人一鸟。

慕紫苏无视赵维祯那一脸痛苦难耐的神情，径自走到他轮椅边，居高临下道："世间除我之外，再没人能让你的双腿重新恢复。王爷，现在摆在你面前的有两条路：第一，助我给外公翻案，我帮你重新站起来；第二，合作取消，从此桥归桥、路归路，互不相干。"

已经被滔天剧痛折磨得快要昏过去的赵维祯怒道："你没看到本王现在状况不对？"

慕紫苏环着胸道："看到了啊。"

"既然看到，还愣在那里做什么？快帮本王止痛啊……"

慕紫苏冷笑："王爷，你莫不是傻了吧？你怎么不好奇，明明已经失去知觉的双腿，为何会有这么强烈的痛意出现？"

轻描淡写的一句话，直接将赵维祯问愣了。

是啊！他怎么就忘了，这双腿两年前就已经彻底没了知觉，为何此时此刻，他居然会感觉到这么明显的痛意？

他一时被痛得死去活来，一时又被这种失而复得的感觉喜得难以言喻。

难道说，这几根不起眼的破针扎下去后，真的会出现这么惊人的效果？

慕紫苏可没工夫理会他心中的想法，继续居高临下地说："你还有半炷香的考虑时间。"

"什么？"

赵维祯总算意识到她刚刚那番话并不是在跟自己开玩笑，她居然利用手中的医术，逼他帮平远侯翻案？

慕紫苏郑重道："今天这套针法下去，虽然会让你的双腿暂时恢复知觉，却并不能将你的病情彻底治愈。当然你也可以说，让太医院的大夫用同样的方法帮你继续治疗，如果你想这样做，我劝你最好还是打消这个想法，因为天底下能够驾驭九曲还魂针的除我之外再无他人。只要你答应与我合作，我可以保证会在最短的时间内，让你重新站起，恢复自由。"

赵维祯一边惊喜着，一边又痛恨不已，他咬牙切齿道："本王昨天不是已经答应与你合作了？"

"哦，昨天那个啊？那个不算，那只是我带着慕翠花从你这里脱身使出的一些小伎俩而已。"

"你……"赵维祯真要被这个臭丫头给气死了，"你真是好大的胆子！"

"是啊！没点儿胆子，怎么敢和王爷谈条件？"

"你就不怕本王现在答应了你，事后反悔，直接下令将你处死？"他现在就很想处死她。

"这么说，咱们是没有合作下去的必要了？"

说完，慕紫苏带着已经被吓傻了的慕翠花转身要走，走至门口时，被赵维祯厉声叫回："站住！本王有说不答应吗？"

这辈子没吃过这么大闷亏的赵维祯，忽然觉得慕紫苏这丫头生来就是克自己的。

为了治好自己的双腿，强硬如他，也只能暂时低头妥协："本王答应你的请求，会想办法帮你在暗中重新调查平远侯一案的真相……"

慕紫苏邪气一笑："你早这么合作，咱俩之间又何必闹到这种地步？来来……"

说话间，她一改之前的嚣张冷傲，迅速换上一副甜美的笑容，顺便从袖袋中掏出一张字据摆到赵维祯面前："这是咱们正式合作的条款，我已经将合作的具体要求明明白白地写在上面了，你按个手印，咱们之间的合作即刻生效。"

"什么？还有字据？"赵维祯险些被气吐血。

"那当然，没有规矩，不成方圆！你放心，我的提议并不过分，除了帮我调查外公一案之外，你只要在我要你出手帮忙的时候挺身而出，在我急用银子解决难题的时候倾囊相助，在你治好双腿之后对我感恩戴德，在你有生之年保我一世无忧、长命百岁、富贵荣华，就再没其他了！"

这次，就连慕翠花都听不下去了。

身为一只鸟，它深深为赵小哥哥的命运表示担忧，谁不好惹，竟然惹到了它家紫紫头上。

至于赵维祯，他已经找不到更多的形容词来形容自己此时的心情，被她耍了一次又一次，现在竟沦落到不得不受她牵制的地步。

他多想厉声下令，让自己的下属将这个臭丫头拖出去千刀万剐。

可他不能。

他残了整整两年的双腿，无数大夫都束手无策，这丫头只随意在腿上扎几根针，就让他在如此短暂的时间里恢复知觉。

如果说前一天他还在怀疑她的医术，此时却不得不对她的能力生出了三分忌惮。

她若真的能医好自己的双腿，帮她查案，保她荣华，又有何难呢？

思及此，赵维祯强忍着心底的怒意点了点头："好，全都依你。这次，你不会再反悔了吧？"

慕紫苏得意一笑："放心，我这个人最大的优点，就是言而有信、绝不食言！来来，只要你按下手印，从今以后，咱们就正式结为盟友了。"

"紫紫，你这样做，会不会让那位小哥哥觉得你太缺德了？"

直到一人一鸟踏出明王府的大门，翠花才斗胆发表自己的言论。

想起紫紫利用小哥哥的病情来威胁小哥哥时的各种画面，身为一只鸟，它深深觉得紫紫这种行为简直可以用"乘人之危"和"不择手段"来形容。

慕紫苏却毫无愧疚道："缺德？我哪里缺德了？各取所需，互惠互利，这才是正儿八经的合作关系，不然你以为我为什么要冒着被他发现秘密的危险去帮他治病？一旦血灵戒的秘密被传扬出去，你我的处境就会变得十分危险。在风雨欲来之前，我必须为自己找一座强大的靠山，才能在京城支撑下去。"

"可我还是觉得那位小哥哥好像不太好惹的样子，他真的能帮你调查你外公的案情？"

"就算他到时候不肯出手相帮，等我医好他的双腿，让他重新恢复行走时，想必也会给这座皇城带来一番新气象。到那时，谁还敢漠视平远侯留下的一手精湛的医术？"

"所以你真正的目的，是想借给小哥哥治病帮你在医术上造势？"

慕紫苏点头："一举多得，我聪明吧？"

一人一鸟畅谈正欢之际，就见街对面一处三层建筑物门口，车轿成群，人潮涌动。

身为一只鸟，翠花对凑热闹这种事向来乐此不疲，忙招呼慕紫苏："那边聚集了好多人，咱们过去看看吧。"

到了人群聚集地才发现，云集在此处的人多数穿着富贵又出手阔绰。

仔细一看三层建筑的牌匾，上面工工整整写着三个字：一品堂！

"慕三小姐，你也在啊？"

这时，一道略有几分熟悉的声音从不远处传来，循声望去，就见一个娃娃脸姑娘一蹦一跳地从对面跑来。

"周小姐？"

待慕紫苏看清对方的长相，一下子认出"娃娃脸"的身份，正是之前在奉天殿有过一面之缘的尚书府千金。

"娃娃脸"名叫周宝儿，与自己同龄，是个心思单纯、对人友善的小姑娘，至少给慕紫苏留下的第一印象极佳。

"咦，这只漂亮的鸟，是你养的吗？"

打过招呼，周宝儿一眼就被慕紫苏肩头上那只身材魁梧、体形肥壮，并拥有一身五颜六色羽毛的巨型鹦鹉所吸引。

这倒不是说周宝儿没见过世面，而是像翠花这种个头儿庞大的鸟类，在市面上极其少见。

慕紫苏冲周宝儿笑笑："是啊，它的名字叫慕翠花，是从小与我一起长大的小伙伴。"

说完，她又对翠花道："翠花，快跟人打招呼。"

翠花很听话地表现出乖巧的样子，扯着娇嫩的嗓音道："小姐姐，你好。"

"哎哟喂！"

周宝儿兴奋得大叫："这只鸟不但长得漂亮，名字可爱，居然还会说话？"

慕紫苏笑着道："是啊，因为它的品种比较特殊，不但寿命堪比人类，经过调教之后，还可以说一些简单的句子，是个很有意思的小玩意儿。"

周宝儿满脸欢喜地用手指轻轻在慕翠花漂亮的羽毛上摸了几把，赞叹道："它真可爱。"

翠花很虚荣地昂了昂小脑袋，讨好道："小姐姐也很可爱！"

这下，周宝儿更乐了，直夸翠花聪明讨喜、机灵有趣，好听的话简直就像不要钱似的一筐一筐往外倒。

"对了，周小姐，今天什么日子，这里怎么如此热闹？"

周宝儿这才将注意力从翠花身上拉了回来，解释道："你初来京城，对这边的一些情况可能了解不多。每月初八，一品堂都会举办一场隆重的拍卖大会，吸引京城不少有权有势之人来这里凑个热闹……"

正说着，周宝儿忽然想起一件很重要的事情："慕三小姐，你怎么会来这里？我记得那天在奉天殿……"

接下来的话，周宝儿不知该从何问起。

直到现在她都忘不了初见明王殿下时心底生出的那种恐惧和害怕的情绪有多么强烈，当时在场的许多人都能看得出来，当明王看到慕三小姐的那一刻，简直要将她生吞活剥。

还以为慕紫苏死定了，没想到事隔两日，她竟然又完好无缺地出现在自己面前。

慕紫苏当然知道周宝儿话中的含意，笑着解释："之前在奉天殿的事情只是我和王爷之间的一场小小的误会，大家闹着玩而已，现在已经没事了。周小姐，你最近还好吧？"

周宝儿没再纠结之前的事情，连连点头道："明王选妃忽然终止，短时间内，应该不会有什么灾难性的事情发生。当然还要感谢一下我的舅舅，忘了和你说，我舅舅在军中略有些实力，前些日子拖家带口定居京城。我爹和继母不敢明目张胆地当着舅舅的面欺负我，所以从今以后，家里人应该不会再利用我大做文章了。"

说着，她自来熟地拉起慕紫苏的手臂："既然来了，咱们结个伴，一起进去瞧个热闹。"

慕紫苏也正有此意，在周宝儿的讲解下，渐渐对一品堂的拍卖规矩有了一些粗浅的了解。

原来一品堂之所以会招那么多权贵来此，是因为一品堂的老板每次拿出来的拍卖品都十分稀有罕见。

京城这种地方最不缺的就是有钱人，就算那些被拿出来的东西并不被人真正喜欢，为了拼财力和面子，还是有无数人在这里争财斗势。

今天来这里消费的客人不在少数，好多富贵人家的公子和小姐在慕紫苏现身的第一时间，就被这个拥有绝世容貌的姑娘给吸引去了目光。

实在是慕紫苏的容貌生得过于耀眼，加上她肩膀上那只五颜六色的大型鹦鹉也十分抢眼，以至于那些客人一时忘了来此的目的，纷纷朝慕紫苏这边投来好奇和打量的目光。

"宝儿，这位姑娘是谁啊？你们认识？"

踏进一品堂之后，几个和周宝儿年纪相仿的姑娘笑着迎了过来，显然她们也是被慕紫苏和她肩上的鹦鹉所吸引，所以借着和周宝儿打招呼的机会，顺便过来凑个热闹。

看得出周宝儿平时在京城名媛圈的人缘不错，相继为慕紫苏介绍了几个人的身份和名字。

这些和周宝儿玩得来的姑娘都算不得什么名门出身，但人品不错，尤其是对慕翠花这只漂亮的鹦鹉很有好感。

当几个小姑娘得知翠花不但长得漂亮，而且能与人进行一些简单的交流，便彻底将翠花当成了焦点，一个个争先恐后地逗它讲话。

翠花也很给面子，一路"小姐姐""小姐姐"地叫个不停，把这些小姑娘逗得忍俊不禁。

"小姐姐头上的珠子很好看，求送求送！"

翠花可不是一只简单的鹦鹉，装傻充愣地逗了一群小丫头片刻，便起了几分敛财的念头。

这些姑娘头上插着漂亮的珠钗等华丽首饰，每一样都晃得翠花眼花缭乱。

"哎呀，我的天……"

那个被夸头上珠子好看的姑娘惊喜万分道："慕三小姐，你家这只鸟简直神了，居然连这么好玩的话都说得出口。来来……"

这姑娘也不是个小气的，一把拔下头上的珠钗，双手献到翠花面前："送你送你，你要什么我都送你。"

翠花兴高采烈："小姐姐真好，小姐姐将来定会嫁个如意郎君，享尽富贵荣华。"

这下，不但送珠钗的姑娘兴奋得小脸通红，围观的姑娘们也纷纷摘下头上的首饰，争先恐后地要送过来。

慕紫苏被这一幕气得哭笑不得，忙将姑娘们送来的首饰挡了回去："各位小姐快快收回自己的首饰，可千万别宠坏了这只贪得无厌的小东西。不瞒诸位，我家翠花除了会与人进行一些简单的交流，最大的特点就是贪财，所以千万不能让它看到金光闪闪的东西，免得被它索要成功，得了便宜。"

"哎呀！慕三小姐，你这话说得可就见外了，咱们乐意将自己的首饰送给小翠花，那都是咱们自愿的，你可千万别拦着……"

"是啊是啊,这只是一个见面礼,等以后有机会,咱们再送些更名贵的过来……"

翠花乐得合不拢嘴,收了礼物之后,各种好听祝福的话就像不要钱似的往外砸,直把一群姑娘给哄得眉开眼笑、花枝乱颤才算罢休。

"你这只鸟多少钱?开个价,我买了!"

就在几个姑娘围着一只鸟兴奋得难以自控时,一道突如其来的声音,打破了这边的气氛。

几个人循声望去,就见一个身穿水粉色宫装罗裙的漂亮姑娘,在几个千金小姐的簇拥下,径自向慕紫苏这边走了过来。

"呀!是国公府的大小姐顾清漪!"

周宝儿低声在慕紫苏耳边提醒了一句。

慕紫苏眉头一挑,低声问:"她和之前那个顾清荷是什么关系?"

"她是嫡女,顾清荷是庶女,别看只有一字之差,在国公府的地位却是天地有别。"

两个人低声说话的工夫,这位国公府的正牌千金也在众人的簇拥下走了过来。

她就像一个发号施令惯了的上位者,用高高在上的语气对慕紫苏道:"只要你愿意,价钱随你开。"

顾清漪的到来,让之前还叽叽喳喳说个不停的几个姑娘生出了些许畏惧。

虽然这些姑娘都是豪门出身,但豪门与豪门之间也是有阶级的,像周宝儿这种身份的姑娘,在国公府嫡出小姐眼中,是连近前说话的资格都没有的。

周宝儿等人也不是傻瓜,就算心里不待见顾清漪那嚣张的态度,却也不敢在这时候多说什么。

慕紫苏可没闲工夫在这里权衡阶级与阶级之间的利害关系,面对顾清漪嚣张跋扈的提议,她不冷不热地问了一句:"你想花高价买我的鸟?"

顾清漪投给她一记"我肯给你这个机会,你就该感激涕零"的笑容:"我对你的鸟很有兴趣,想养来玩玩。"

慕紫苏在翠花的头上轻轻摸了两下,声音略低哑道:"恐怕你买不起!"

"你说什么?"顾清漪似乎没想到在京城这个地界,居然有人敢如此不给她面子。

"我说,这只鸟,你买不起!"

慕紫苏拔高声音，用在场所有人都能听得到的音量道："这次听清楚了吗？"

顾清漪脸色在一瞬之间变得十分难看，但想到旁边还有其他人围观，她还是尽可能保持着国公府大小姐的清高与娇贵："区区一只畜生，本小姐有什么买不起的？"

那声"畜生"，不但把周宝儿几个姑娘叫得心里直窝火，就连翠花也是气得大发雷霆，扯着嗓咙便咒骂了一句："蠢货，你才是畜生！"

虽然和慕紫苏的脾气相比，翠花相对柔和了许多，却并不代表它能容忍别人用难听的字眼侮辱自己。

人群中有不少看热闹的人在听到这句话时，全都忍俊不禁，偷偷笑出声来。

如果这句话是从慕紫苏口中直接骂出，国公府小姐或许还可以利用身份地位发难于人。

可骂出这句话的偏偏是一只鸟，而且是一只你不能跟它较真儿的鸟，这可就让顾清漪非常难堪了。

而事实上，顾清漪确实很难堪，在这么多人面前被一只鸟当众羞辱，这让她国公府小姐的面子往哪儿放？

她很想骂回去，但和一只鸟斤斤计较，难免会让人觉得她这位国公府的小姐没有教养。

于是，她强行压住心中的怒火，对慕紫苏道："看来你这只鸟很没教养，继续对它放任不管，说不定有朝一日还会被它招来杀身之祸。慕三小姐是吧？我可以不计较你之前的无礼，但我希望你尽快开个价，由我来亲手帮你调教这只鸟该懂的规矩。"

"行啊！"

慕紫苏笑着接口："只要你拿得出百亿两黄金，这只鸟你现在就可以从我手中拿走！"

顾清漪眯起双眼，冷哼道："这个玩笑开得有点儿大吧？"

"怎么？"慕紫苏挑高眉头，眼中闪过一抹嘲弄，"你很穷？出不起这个价钱？"

不给顾清漪发火的机会，慕紫苏很快接口："区区百亿黄金都拿不出来，以后还是别在这么多人面前来炫耀你的无知了。你不丢人，我都嫌你丢人……"

"哈哈哈，有趣，真是有趣……"

一阵爽朗的笑声从人群后面传来。

就见一个身材高大、容貌俊美的锦衣少年出现在众人眼前。

少年的出现，让原本陷入僵持之中的众人面色微变，尤其是那些姑娘，一改之前的剑拔弩张，一个个拼命在俊美少年的面前展现出自己最美好的一面。

就连大大咧咧的周宝儿也是一反常态，又是整理衣襟，又是去抚额前的发丝，生怕哪个地方没有做好，给这位爷留下不好的印象。

端着国公府小姐架子的顾清漪在看清来人后也是一怔，她迅速敛去眼底的怒容，眨眼之间恢复了千金小姐的高贵模样，并扯着柔嫩好听的嗓音道："三殿下也来了？"

这个俊美少年不是别人，正是之前在皇宫门口，曾和慕紫苏打过一次交道的三皇子赵维瑾。

面对众位千金小姐频频投来的爱慕眼神，赵维瑾就像没看到她们存在一般，踏着大步，径自走到慕紫苏面前："慕三小姐，真巧，居然会在这里遇到你。"

慕紫苏对这个三殿下实在是没什么印象，见对方自来熟地过来和自己打招呼，她象征性地点了点头，然后对周宝儿道："这里没什么意思，我先走一步，有空再去找你玩！"

说完，她转身就要走，却被赵维瑾拦了下来。

"慕三小姐既然踏进了一品堂，就该知道这里拿出来拍卖的东西都是世间少有，拍卖的时间马上就到了，不如留下来看看有什么物件儿是你喜欢的，我拍下来，将它送你如何？"

这下，慕紫苏总算抬头看了这位三殿下一眼。

说实话，眼前这个少年生了一张和明王赵维祯有六七分相似的面孔，虽然在精致程度上略差了那么一两分，但整体比较，三殿下俊美无俦，绝对是翩翩佳公子的不二典范。

反倒是残了腿的赵维祯在病情的摧残下变得阴郁而狂躁，甚至还被人冠上一个"地狱冥王"的绰号，使他的形象大打折扣。

难怪和赵维祯相比，这位三殿下更受姑娘们的爱慕和青睐。

不过这些对三殿下跃跃欲试的姑娘并不包括慕紫苏，不是她对三殿下有意见，而是单纯地对此人没有好感，事实上迄今为止，能让她产生好感的人寥寥可数。

所以面对三殿下眼中那殷切的目光时，她不冷不热地回道："不必了，这里不但没有让我看得上眼的东西，还有让我看不上眼的人。继续留在这里，只会徒增彼此的不快罢了。三殿下，告辞！"

嚣张的语气、傲慢的态度，丝毫没把在场的众人，包括三殿下赵维瑾放在眼中。无视顾清漪难看的面孔，慕紫苏扬长而去。

周围的姑娘对她真是又羡慕又嫉妒，三殿下可是天底下所有姑娘争破了头都想要巴结的目标。

结果一向眼高于顶的三殿下，竟一反常态，主动去亲近一个区区侍郎府的小姐，最后还被人家给直接无视了，这得让多少人为此伤心欲绝、心有不甘啊？

尤其是顾清漪，她还没从慕紫苏对她的奚落她中醒过神，就亲眼看到自己爱慕的王爷当着她的面，对另一个姑娘大献殷勤……

侍郎府的三小姐吗？

看着慕紫苏渐渐走远的背影，顾清漪狠狠将这个名字烙印在心底，并发誓，有朝一日，她定会让那个姓慕的后悔今天对自己的所作所为。

至于被拂了面子的赵维瑾，却没有旁人想象中那般难堪。

非但没有难堪，反而对那个两次没怎么认真搭理过自己的漂亮姑娘生出了浓浓的兴味。

这么漂亮又有趣的姑娘，错过了，那就真是太可惜了。

慕紫苏可没闲工夫理会那些人对自己抱持着什么想法，回到慕家，她先是将翠花打发回了馨雨园，又亲自来慕老太太房中探望她的病情。

自从通过施针的方式利用血灵戒帮慕老太太解毒之后，老太太的身体状况几乎是以肉眼可见的速度在迅速恢复。

至于每天被准时送来的那些药，不知老太太使了什么手段，从那天之后，就再也没人来送了。

在后宅斗争方面，老太太也算是个中高手，知道利用长辈的身份没办法再压制孙静婉，便暂时躲在这个小院子里休养，让那些在暗处等着她死去的人干着急，却又拿她毫无办法。

"皇家书院这样的地方，你要是进得去，祖母自然希望你能在这方面努努力。毕竟那是一条通往上层世界的捷径。能在皇家书院闯出个名堂，无论男女，将来都会有一个不错的前程。"

这是慕老太太对慕紫苏是否进皇家书院的一些看法。

"至于国公府那位叫顾清漪的小姐……"

当慕紫苏简单将近几日发生的事情说给老太太听时，老太太也给出了一个中肯的建议:"她家世不凡、名声在外,在京城大家闺秀的小姐圈中那也是数一数二的人物。你或许还不知道,明王殿下出事之前,和这位顾大小姐曾建立过一段长达十年的婚姻契约……"

"什么?"

听到这里,慕紫苏的眉头一下子皱了起来:"顾清漪是赵维祯未过门的媳妇?"

老太太在慕紫苏的手臂上轻轻打了一下,笑骂:"千岁爷的名姓,怎么敢直接唤出?以后在外面,你要谨守这方面的规矩,免得被人挑了错处,招来祸患。至于明王和顾小姐之间的婚约,这可要追溯到很久以前。别忘了明王从前的身份可是太子,而顾小姐又是镇国公府唯一一位嫡出的小姐。这两个人年岁相当,又门当户对,所以很小的时候就在双方长辈的安排下定了亲事。只可惜明王命运不济……"

慕老太太叹了一口气:"两年前他双腿受伤,废了太子之位,就传出这位顾小姐因伤心过度而身患重疾的消息。据说,顾小姐那时人已经不行了,家里人甚至连棺材都为她准备妥当。老镇国公一把鼻涕一把眼泪地进宫面圣,以不想耽误明王终身大事为由,求皇上解除这段婚约。于是,皇家与国公府的这段婚事,就这么稀里糊涂地取消了。"

慕紫苏敛眉:"顾清漪现在活蹦乱跳,哪里有半点儿生病的迹象?"

慕老太太神秘一笑:"傻丫头,你还真相信这位顾小姐病了啊?国公府在朝中的地位非比寻常,岂能让好不容易培养出来的嫡出的小姐嫁给一个废掉的太子?他们国公府的心大着呢。只不过这些门道大家心知肚明,却没人肯摆在明面儿上说而已。"

第六章 书院招生起争端

在众人的翘首期盼下，终于迎来皇家书院招生的日子。

京城五品以上官员家的子女，无论嫡庶，只要被载入家族族谱，皆有资格参加这场招生仪式。

作为兵部侍郎府嫡女出身的慕紫苏，自然是当之无愧的报名者之一。

当然，今天和她一同出现在这里的，还有她的两位姐姐，慕若晴和慕若灵。

孙静婉对她这两个女儿充满期待，为了让双胞胎姐妹花成为众目睽睽之下的焦点，她几乎将家里压箱底儿的好东西一股脑儿地往两个女儿身上招呼。

慕家两姐妹本来就因承袭了父母身上所有的优点而在京城备受关注，如今经过孙静婉一番精心装扮，出场时的气势简直可以用"光彩夺目、艳压全场"来形容。

"紫苏，你那两个姐姐究竟怎么回事？今天是书院招生的日子，可她们却搞得像进宫选妃一样。这排场，这气势，害我差点儿以为自己走错了场地。"

和慕紫苏有过几次交集的周宝儿，已经熟络到和她以闺名互称。

虽然大清早出家门的时候，慕紫苏和她那两个花孔雀般的姐姐同乘一辆马车，但到达凝心堂之后，便远远甩开那"耀眼夺目"的二人，假装彼此互不相识，她真心丢不起那个脸！

凝心堂，是皇家书院专门用来举办招生仪式的地方。

面对周宝儿的调侃，慕紫苏不置可否道："在她们眼中，皇家书院招生，和入宫选妃应该是同一个意思。你看那边那些姑娘，虽然穿着打扮方面没有我那两个姐姐高调，也差不多和开屏的花孔雀没啥两样了。"

周宝儿闻言大笑："你不说我还没注意，经你这么一提醒才发现果然如此。唉，真是亏大了，早知如此，我也该把家里压箱底的宝贝往身上招呼，就算不能一鸣惊人，至少也要以光鲜照人的一面在人前露脸。这要是在招生选拔上闯出个名堂，没准儿就能入了三殿下的青眼呢。"

"嗯？三殿下？关他何事？"慕紫苏满脸不解。

"你居然连这个都不知道啊？"周宝儿一脸兴奋地解释，"三殿下今年也会成为皇家书院的一员哟！"

慕紫苏挑眉："像他们那种皇家子嗣，不是应该有专门的文武太傅亲自教导？"

"本来是这样没错，而且一直以来，三殿下在宫中也有专门的文武太傅。不过上个月已经年满十六岁的三殿下正式出宫建府，虽然皇上还没有给三殿下任何封号，但只要他表现优异，下一任太子人选，相信非三殿下莫属。"

提到太子，慕紫苏忽然又想到了赵维祯，那家伙可是从出生起，就被冠上太子光环的幸运儿，没想到却因为一场意外，就这么失去了光环的庇佑。

倒是这个三殿下颇有几分耐人寻味，听说他只比赵维祯小几个月，生母是颇受当今皇上宠爱的瑶贵妃。

这位瑶贵妃很有来头，父亲是手握兵权的霍振霆霍老将军，在天启王朝，霍振霆绝对称得上是一位呼风唤雨的大人物。

慕紫苏不了解过多的细节，却可以从三殿下选择进皇家书院这个举动看出，这小子很有几分野心。

表面来看，他是自降身份，以皇子之尊进了皇家书院。实际上，他却可以利用这个机会和朝中大臣家的子女打成一片，顺便在这些学子之中培养自己的心腹。

这么一想，她终于明白那些姑娘为何会跃跃欲试地表现自己。能入了皇朝下一任继承人的青眼，无疑与最高权力又接近了一步。

这就可以很好地解释，慕若晴和慕若灵为何会将今天这场招生仪式，当成太子选妃仪式一般来对待了。

"紫苏，你和三殿下是不是很早以前就认识？"

周宝儿的声音拉回了慕紫苏的冥想，她摇了摇头，一本正经地答道："不认识！"

周宝儿惊讶："可上回在一品堂，一向心高气傲的三殿下竟主动跑来和你打招呼。你都不知道，我们这些围观者当时有多羡慕你的好福气，那可是三殿下啊，多少人趋之若鹜想要巴结的人物，你倒好，话都没留一句，就那么扬长而去……"

慕紫苏轻哼道："我留了！临走之前，我向他说了'告辞'！"

周宝儿好笑又好气地白她一眼："天底下大概只有你敢如此怠慢三殿下了。"

慕紫苏觉得周宝儿这话十分可笑，别说三殿下并不是什么了不得的人物，就算他是，她也没兴趣在这么一号人物面前马首是瞻。

周宝儿并没有看出慕紫苏眼中对三殿下的不屑，喃喃自语道："可惜三殿下是书院内定的人物，不用跟我们一样必须参加这场招生仪式。不然，倒是可以借这个机会在三殿下面前露露脸……"

在周宝儿的碎碎念中，所有报名的学生已经全部聚集到了凝心堂。

凝心堂占地不小，容纳几百人完全没有问题。

当然，京城里够年龄又够资格的公子小姐们并没有那么多，此次报名的人全部加在一起，也就三四十人。

之前在一品堂和慕紫苏因为一只鸟而发生冲突的国公府大小姐顾清漪，自然也在报名的阵容之中。

而所谓的招生仪式，就是给这些公子小姐提供一个展示他们才能和天赋的机会，书院派出了几位德高望重的夫子对这些学生进行评选。

"评选？选什么？"

慕紫苏对皇家书院招生的流程一概不知，当几个上了些年纪的夫子来到凝心堂宣布评选规则时，她忍不住小声向周宝儿打听这里面的门道。

周宝儿也没藏私，小声回道："当然是根据众人的优劣采取适当的分配。表现好的将有机会被分配到紫云轩，表现差的就只能进红竹阁了。"

见慕紫苏仍是满脸不解，周宝儿诧异："你不会连紫云轩和红竹阁是啥意思都不明白吧？"

慕紫苏一脸淡然道："你可以说给我听。"

周宝儿哭笑不得："你可是我见过的最没心没肺的一个姑娘了，既然决定来皇家书院报名，就该将书院的情况打听清楚一点儿嘛。说起紫云轩和红竹阁，就好比黄金和白银，有着巨大的等级之分。有资格被紫云轩选中的学生，将享受到书院给予的最高规格的教导，毕竟夫子与夫子之间也是有能力之分的嘛。"

慕紫苏点了点头："原来如此！"

两个人说话的工夫，已经有急于表现自己的学生从人群中走出来施展自己的才艺。

对方是来自内阁大学士府的一个年仅十五岁的小公子，生得眉清目秀，斯文俊朗，他当众表演的是一套干脆利落的剑法，别看这少年身材瘦弱，个子不高，耍出来的这套剑法却让夫子们连连点头，拍案叫好。

有了这位小公子带头，其他想要表现自己的公子小姐们也就不再矜持和含蓄了。

有人弹琴，有人跳舞，有人写字，有人画画，每个人都在用这种自荐的方式将自己最优秀的一面呈现在众人面前。

不愧是被孙静婉一手培养出来的两个好女儿，以双生姐妹花著称的慕若晴和慕若灵，联手演绎的一场琴舞也获得了夫子们的称赞。

周宝儿在慕紫苏耳边说道："你这两个姐姐很有两下子嘛。"

慕若晴弹了一手好琴，慕若灵跳了一段好舞。

琴声优美,舞姿飞扬,不愧是京城独一无二的双生姐妹花,即使她们的出身并不是这些人中最高贵的,却绝对称得上是这些人中最亮眼的。

支着下巴看了半晌热闹的慕紫苏微微打了一个呵欠,无精打采地点了点头:"凭她们现在的水准,去香兰院倒是能争来个头牌花魁!"

周宝儿目瞪口呆:"香兰院可是咱京城最有名气的一家青楼,你拿你两位姐姐的才艺和香兰院的姑娘相比,会不会……有些不太合适啊?"

慕紫苏嗤笑:"合适不合适我不清楚,我只知道各大青楼选拔头牌花魁时惯用的手段就是载歌载舞,和她们展现的没啥两样。对了,宝儿,你今天准备了什么节目?"

"呃……"

周宝儿一时语塞,她忽然发现,慕紫苏说的话虽然狠毒了一些,却并没什么不对。

那些身处烟花之地的姑娘,为了吸引生意上门,的确会加强才艺方面的锻炼,可不就和眼前的场景大相径庭吗?

她本来也是准备了一些歌舞来表现自己,经慕紫苏这么一提醒,顿时歇了心思:"不了,我还是继续留在这里看热闹吧。反正书院也没有明文规定,要求前来报名的学生必须要献上才艺。况且以我的资质,就算上去出风头,也没信心会被分配到紫云轩,大不了我就在红竹阁混着呗。"

周宝儿是个很有自知之明的姑娘,虽然她也和其他千金一样对三殿下抱有一丝不该有的幻想,却十分清楚,凭她的出身和能力,根本不可能被心高气傲的三殿下当回事。

与其将时间浪费在无望的等待上,不如识相一些,做她真正该去做的事情。

周宝儿看得明白,现场不少姑娘也看得明白,因为挡在她们面前的阻碍不计其数,她们拼不过慕家姐妹花的花容月貌,也学不来才女们的出口成章,更敌不过一出生就被内定为皇家妇的高门贵女。

顾清漪就是这些高门贵女的典型代表,身为国公府的大小姐,京城小姐圈中的领头羊,顾清漪不但人长得漂亮,呈现在众人面前的能力也让人十分叹服。

她文能作诗写词,武能与敌对打,琴棋书画、歌舞女红也是无一不会,样样精通。

由于天启王朝民风开化,就算多数人家仍延续着重男轻女的习俗,对于闺阁小姐的要求，却并没有过分到强迫她们大门不出、二门不迈。

尤其是一些势力和财力雄厚的家族，很喜欢调教女儿往文武双全方面发展。

所以当初慕青流在宫门口看到慕紫苏身怀武艺时，只是略显诧异，却并不惊奇。

许多大户人家都会花重金聘请武夫，教女儿学习一些防身的本事，在天启朝，文武双全的姑娘，比只懂得守在后宅中缝缝补补的姑娘更受欢迎。

顾清漪就是文武双全的代表，她一出场，就将自己多年所学发挥得淋漓尽致，简直堪称凝心堂中最耀眼的一道风景线。

就连周宝儿都小声赞叹："这位顾小姐果然有骄傲的资本，凭她今天的表现，就算没有国公府给她撑腰，紫云轩这种地方也是非她莫属。"

"花拳绣腿而已，真到应敌的时候，凭她这三脚猫的功夫，恐怕不到十个回合就会败北。"

这倒不是慕紫苏有意讽刺顾清漪，她只是就事论事，说出事实。

结果在人前大放异彩、获得无数掌声的顾清漪忽然将目光落到躲在人群中的慕紫苏脸上："听说慕三小姐精通武艺，要不要过来与我切磋一下？"

随着顾清漪话音一落，众人齐齐将视线集中到慕紫苏的脸上。

虽然兵部侍郎府这位慕三小姐目前还是个名不见经传的小人物，但坊间关于她的种种传言被流传了几十个版本。

顾清漪也是事后从旁人口中打听到，三殿下之所以会对慕紫苏另眼相看，是因为不久前朝廷捉拿通缉犯时遇到了一些小麻烦，幸亏慕紫苏出手相帮，助三殿下解围，才对她念念不忘，颇怀好感。

自幼习武的顾清漪对此很不甘心，自那天在一品堂接二连三地吃了慕紫苏好几个哑巴亏，便将这个人恨上了。

她刚刚努力在人前展示自己的天赋，就是要用实力告诉众人，除了她顾清漪，没人有资格成为今天的主角。

面对顾清漪的当众挑衅，慕紫苏只是抬了抬眼皮，用怠慢而又慵懒的语气回道："不好意思，我对欺负弱小实在没什么兴趣！"

欺负弱小？

多么自负而又狂妄的一句话，竟然堂而皇之地出自一个姑娘家之口，这位慕家三小姐，还真是一次又一次给众人带来震惊啊！

顾清漪被气得花容失色，冷笑道："你若怕了可以直说，没必要用这种卑劣的方式来抬高你的形象。"

慕紫苏淡然一笑："我的形象就算不抬也十分高大，这点无须你来替我操心。"

众人再次狂汗，他们见过狂妄自大的，不过狂傲到慕三小姐这种地步的绝对称得上世间少有。

顾清漪简直要被慕紫苏的自负给气笑了："好，既然你不敢上台与我切磋，我暂时可以放你一马。不过，作为报名皇家书院的一分子，你不想借这个机会在人前露个脸吗？"

慕紫苏坦然迎接众人频频向她投来的目光，非但不见半点儿局促，唇边反而勾出一记完美的弧度："像我这种集美貌与才华于一身的奇女子，即使是随随便便坐在这里，也可以成为被众人注目的焦点。"

说着，她冲众人摊了摊手："你们看，此时此刻所有人的目光都集中在我身上，这难道不是最好的证明？"

这次，就连周宝儿都找不到合适的话来形容自己此时的心情了。

顾清漪这辈子大概还没见过像慕紫苏这么狂妄不羁的人，她不怒反笑："慕三小姐，你该不会是个草包，什么本事都没有吧？"

"恰恰相反！"

慕紫苏伸出食指，当着顾清漪的面气人地摇了摇："你们会的我都会，你们不会的我也会，天底下只有你们不知道的，却没有我慕紫苏做不到的，这就是你和我之间的差距，所以我劝你还是趁现在华丽收场，别再用这种幼稚的方式自取其辱。"

"你……"

饶是顾清漪脾气再好，此时也被慕紫苏这番话给气到吐血。

负责参加评选的夫子们有些看不过去，其中一个年纪较大的夫子皱着眉对慕紫苏道："皇家书院隶属朝廷，可由不得你一个小姑娘家用这种轻浮的心态来对待。"

慕紫苏看了那夫子一眼，笑着反问："请问哪个地方让夫子觉得我对这里不够重视？"

夫子被问得一愣，顿了片刻，说道："其他学生都在努力展示自己的特长，而你，却只会坐在那里空口说白话。"

"夫子对我产生这样的误会真让人心里难过，但有一点我必须澄清，我句句属实，绝无妄言。"

夫子怒道："既然句句属实，你倒是表现出来啊！"

慕紫苏满脸无辜："有明文规定前来报名的学生必须像顾小姐那般上蹿下跳……呃，这个词用得有些不恰当，我其实是想说，有必要像顾小姐那般在人前肆意卖弄吗？"

顾清漪岂会听不出她是故意用"上蹿下跳"来形容自己是个跳梁小丑？

被反问的夫子却在犹豫片刻后摇了摇头："虽然没有，可……"

话未说完，慕紫苏便奉上笑容："既然夫子也承认没有，那就是没有了！"

这都什么跟什么？

众人被慕紫苏一番话绕得七荤八素，顾清漪这个本该受万众瞩目的千金大小姐，也在慕紫苏三言两语之下被数落得一无是处。

最重要的就是，书院的确没有规定，前来报名的学生必须当众载歌载舞。

想不想表现自己，全凭自愿，不想在人前出风头的，只要像慕紫苏一样躲在人群中看热闹就好，强迫人家上台露脸，这本身就不在书院的规定范畴之内。

于是，这场由顾清漪挑起的争端，就这么轻而易举地在慕紫苏完全不应战的状态下悄然落幕。

而经此一事，不但顾清漪眨眼之间成了众人眼中的笑柄，就连与慕紫苏同为姐妹的慕若晴和慕若灵二人也受到牵连，成为被人说三道四的首要目标。

回到慕家，姐妹花迫不及待地将慕紫苏今天在皇家书院的"表现"，一状告到慕青流面前。

得知女儿不但招惹了国公府的大小姐，还在众目睽睽之下捅下那么大的篓子，饶是慕青流对这个女儿还存有几分愧疚之心，此时也被她的一番胡作非为给气到了。

"你这些年在凤凰山那荒郊野岭待傻了吧？知不知道皇家书院对朝廷来说意味着什么？居然连夫子都敢当众顶撞，慕紫苏，你究竟有没有将慕家放在眼中？还有那位顾大小姐，那可是京城首屈一指的千金小姐，岂容你肆意折辱，出言顶撞？岂有此理！真是岂有此理！"

慕青流气得在屋子里直转圈，见挨骂的慕紫苏打从进门听训起，就摆出一副无所谓的姿态，根本没把自己的训斥当回事，更是懊恼得重重拍了一下桌案："明天就给我去国公府负荆请罪，不求得顾小姐的原谅，就别回慕家来丢人现眼……"

慕紫苏挨骂，最高兴的非孙静婉莫属。

自从这死丫头进了慕家的大门，她就没过上一天消停日子。

当初叫她回京，本以为可以替两个女儿消灾解难，结果明王选妃的事情被无限期地搁置下来，这死丫头再存在下去已经没什么意义。

于是，孙静婉趁机插嘴，假意劝道："老爷息怒，紫苏只是一个不懂事的小孩子，与若晴、若灵相比，她没有太多在京城生活的经验，无意之中得罪了贵人，这也是在所难免。眼下她得罪了国公府小姐，再留在京城，不但对咱们慕家不利，恐怕对紫苏本人也没有好处。不如这样，先派人将紫苏送回凤凰山避上一避，等国公府那边渐渐忘了这件事，再接紫苏回京也不迟……"

孙静婉现在是一天都不想和慕紫苏这个可恨的丫头待在一起，既然这丫头不识好歹地得罪了国公府小姐，不如趁这个机会将她送回凤凰山自生自灭，也解决了她的心头大患。

结果这番话还没等来慕青流的回应，就见慕老太太在两个小婢女的搀扶下进了正厅大门，她厉声喝道："哪个不知死活的东西如此大胆，敢将我小孙女逐出慕家的大门？有什么事情冲我这个老不死的来，别仗着长辈的身份去为难一个多年来受尽冷落的可怜孩子！"

慕老太太的出现，着实把慕青流和孙静婉吓了一跳。

尤其是慕青流，自从老太太病情好转，他是全家最高兴的一个人。他贪恋权势，舍不得兵部侍郎这个位置。

可万一母亲去世，他就要面临丁忧的局面，一年过后，侍郎的位置还保不保得住，恐怕就是个永远的未知数。

当然，除了保官位之外，慕青流对这个从小辛辛苦苦把自己拉扯大的母亲也是充满敬意。

慕家是书香门弟，并不富贵，慕青流五岁的时候，父亲因病过世，留下他们孤儿寡母，守着微薄的家业艰难度日。

直到当年的平远侯在京中站稳脚跟，慕家的情况才略有好转。

平远侯和慕青流的父亲年轻时相交甚笃，慕父去世这些年，平远侯对慕老太太母子照顾有加，后来甚至还成全了慕青流和虞泽兰的婚事。

总之，慕青流虽然在情感上负了虞泽兰，对母亲多年来的养育之恩是从来不曾忘记的。

此时见慕老太太拖着病体闯了进来，他忙不迭地迎了过去："母亲，您身体还病着，不留在房中休养，怎么过来这边了？"

慕老太太一把挥开慕青流伸过来搀扶的手，怒道："我不来，我孙女就要被你这个没良心的爹给欺负了。真是胡闹，亲疏远近都分不清楚，你问问你自己，这个爹到底是怎么当的？"

"母亲……"

孙静婉见老太太骂得中气十足，忍不住插口想说什么，却被慕老太太一个冷厉的眼神给杀了回来："闭嘴，这哪有你讲话的地儿？怎么？你还要拦着我教训儿子是不是？"

孙静婉被骂得不敢抬头，只能忍气吞声道："媳妇不敢！"

"哼！媳妇？这两个字，你说得还真是顺口啊，想当我们慕家的媳妇，首先要守慕家的家规，连正妻留下的女儿都容不下，你这个继母做得是不是太黑心了？"

慕青流赶紧解围："母亲，您误会了，都怪紫苏这丫头……"

"关紫苏什么事？"

老太太根本不给慕青流说话的机会："她现在年满十五，按天启王朝的律例，已经到了可以谈婚论嫁的年龄。这时候你还想着把她送走，她的前途呢？婚姻呢？未来呢？你只想着慕若晴和慕若灵两个女儿，可曾想过紫苏也是你的孩子？还有你们两个……"

慕老太太又将火力转移到慕若晴姐妹二人身上："身为姐姐，不在外人面前照顾久未归家的妹妹，反而在父母面前告妹妹的黑状。紫苏初到京城不懂规矩，你们从小就在京城长大，难道也不懂规矩？你们完全可以在去皇家书院报名的路上将该注意的事情认认真真地讲给紫苏听，可你们呢……"

老太太指着目瞪口呆的姐妹二人："只顾着自己在人前露脸，可曾想过你们的妹妹身处于什么立场！最下作的人就是你……"

不给姐妹花解释的机会，老太太再一次将目光落到孙静婉脸上："都是慕家的女儿，你看看这三个孩子区别有多大？自己生的两个女儿就被打扮得花枝招展，别人生的女儿你就不管不问，理都不理。今儿可是皇家书院招生的日子，别人府上的姑娘哪个不被打扮得漂漂亮亮，可紫苏呢，连件像样的衣裳都没有……这得亏泽兰当初给慕家生的是个闺女，要是个继承家业的儿子，还不被你这个恶毒后母给生吞活剥了？"

老太太这番诛心之言，算是彻底把孙静婉母女三个人给踩个彻底。

这让本来还想以父亲的身份教训慕紫苏一顿的慕青流左右为难，不知所措。

最后，为了安抚老太太的情绪，慕青流又是求饶又是道歉，顺便逼着孙静婉和姐妹花当面赔罪，总算有惊无险地将"病情不稳"的老太太给请了回去。

而唯一没受到波及的慕紫苏，在欣赏了一场热热闹闹的家庭伦理大戏后，便在孙静婉母女三人哀怨的目光中成功脱身。

经此一事，孙静婉终于意识到，慕紫苏的归来，非但没有如她所愿地替慕家消灾解难，本该被阎王爷接走的慕老太太也因祸得福，暂时没了咽气的迹象。

想到老太太劈头盖脸责骂自己的画面，她就按捺不住胸口的怒意，急迫地想要找到办法摆脱这样的困境和局面。

嫁妆！对了，为了两个女儿的前程和未来着想，她必须尽快将虞泽兰当年留下的那些嫁妆据为己有，就算不能得到全部，至少也要为两个女儿争取到大半。

可嫁妆的单子和置放虞泽兰嫁妆的库房钥匙都在老太太手里，就算自己现在掌管着慕家的总库房，没有那枚钥匙，想得到虞泽兰的东西也是难如登天。

于是，孙静婉将李玉莲又叫了过来，向她询问虞泽兰当年嫁进慕家的时候，虞家都陪送了哪些贵重的财物。

自从上次在三小姐那里吃了大亏，李玉莲就学聪明了，面对孙静婉的质问，她答得诚恳，而转过身便偷偷溜到馨雨园，将孙静婉最近可能要打虞泽兰嫁妆主意的事情提前向三小姐通了个气。

这突如其来的消息，倒让慕紫苏有些措手不及。

她原本并不担心孙静婉有胆子动自己娘亲留下的东西，但眼下孙静婉似乎有些狗急跳墙，万一她趁自己不注意，偷偷让人想办法打开小库房的大门，她娘留给她的那些东西，岂不是要被孙静婉这个仇人给夺走？

可以她现在的立场，就算手中拥有嫁妆清单和库房钥匙，也必须在孙静婉这个慕家女主人的同意之下，才能顺理成章地打开总库房的大门。

也就是说，只要孙静婉不点头，就算慕老太太都没办法强行逼迫。因为早在两年前，慕老太太便由于身体原因，不得不将掌管家宅的权力交到孙静婉的手中。

闺阁小姐在出嫁之前，是没办法实际拥有自己的财物的，除非她已经定了亲事，有婚约在身，那么在议亲之前，夫家那边有权对未过门的妻子的个人财产情况进行过问。

思及此，慕紫苏忽然想到一个人。

"什么？你让本王下聘娶你为妻？"

第二天一大清早，慕紫苏便来到明王府，三言两语，说出了一个让赵维祯极为震惊和意外的提议。

看着这位明王殿下一副深受打击的模样，慕紫苏自来熟地坐在他身边，安抚地拍了拍他的肩膀："先不要那么大惊小怪嘛，你至少听我把来意讲清楚再做决定。你也知道我在慕家的处境究竟有多艰难，父亲不慈，继母恶毒，姐姐算计，唯一对我还算不错的祖母还在榻上与病魔缠斗……"

"你扯这些谎言的时候，良心不会痛吗？"赵维祯满脸冷笑地打断她的话，"从你踏进慕家大门的那一刻，整个兵部侍郎府就被你搅得天翻地覆，家无宁日。凭你这刁钻泼辣的性子，不欺负别人就已经很不错，哪个活得不要命了又敢来欺负你？"

慕紫苏毫不愧疚地笑了两声："看来你倒是把我的情况调查得十分清楚。"

"知己知彼，方能百战百胜。"

"瞧这话说的，好像咱俩有不共戴天之仇似的，别忘了咱们可是同盟战友，一荣俱荣，一损俱损……"

"你会不会太把自己当盘菜了？还一荣俱荣、一损俱损？脸皮快厚过城墙了！"

慕紫苏哈哈大笑："脸皮薄吃不着，脸皮厚吃不够，这么经典的至理名言你怎么能没听过呢？"

赵维祯已经彻底被她的厚颜无耻给闹得没脾气了，干脆闭上嘴巴，对她视而不见。

"喂喂，你别不理我啊。"

慕紫苏又凑了过去，继续游说："你看看我啊，文能提笔安天下，武能上马定乾坤，貌若倾城，身姿娉婷，聪明伶俐，医术高明。总之，遇到像我这种提着灯笼都找不到的绝世美人，你真是捡到大便宜了……"

"你还能更……"

"我知道你想说，我还能更不要脸一些吗，但这跟要不要脸没关系，我只是在谈一个对你对我都有绝对好处的合作计划。想想你现在的处境，连婚姻都沦为他人谋划的牺牲品，否则也不会有奉天殿被迫选妃这种事情发生。与其坐以待毙，何不主动出击，让那些躲在背后搞小动作的人打消这个念头？"

赵维祯白了她一眼，反问："你怎么知道本王答应去奉天殿选妃，不是在用这种方式去打那些人的脸？"

他不但有，而且这么做了，慕紫苏亲眼所见，还真是无法辩驳。

"好吧，就算你已经强大到不用借婚约之名去堵别人的嘴，但有一点你不要忘了，咱俩之间可是签过协议的。我现在找你帮忙的目的是借婚约之名顺理成章地要回我娘留给我的遗产，目的达到之后，可以随便找个什么理由毁掉这份婚约……"

赵维祯挑眉："说提亲就提亲，说毁婚就毁婚，你就不怕这么一闹腾，连同你的名誉也被毁掉？"

"名誉？那是什么东西？"

慕紫苏像是听到了天大的笑话，满脸不在意道："对本小姐来说，活在世上最大的乐趣是怎么让自己开心，而不是想尽办法讨别人欢心。仅仅为了那莫须有的名声就让自己活得像个笑话，这和脑袋被驴踢了有什么区别？"

"扑哧！"

饶是赵维祯冷静内敛，不苟言笑，此时也被她这番话给逗得忍俊不禁。

不过很快，他收回嘴边的笑意，故作严肃道："休想用这种歪理来说服本王，你做人没下限，不代表本王亦如此。"

慕紫苏有些不太乐意，很不客气地用手戳了戳他的胸口："你到底不满意我哪一点？"

赵维祯一巴掌拍开她的手指，气不打一处来道："你有哪点让本王满意？"

"像我这种集美貌和智慧于一身的……"

"废话就别拿出来说了，本王看的是内涵，而不是你这招蜂引蝶的外表。"

慕紫苏豪迈地大笑了两声："你也承认本小姐的美貌天下无敌吧？"

赵维祯此时连白眼都欠奉了，她绝对是他有生以来见过的最厚脸皮的一个丫头。

慕紫苏却没有因为他的漠视而感到半分沮丧，反而很大气地说："你可以先考虑看看，我不逼着你现在就给我答案，毕竟你之前已经被国公府的大小姐悔了一次婚，如果再来第二次，的确会给你的威名带来折损……"

"你说什么？"赵维祯的语气忽然冷了下来。

慕紫苏挑眉看他："难道我不小心说了什么戳你心窝子的话？"

不给赵维祯应声的机会，她了然地点了点头："毕竟你当初的身份可是太子殿下，却因为双腿受伤被未婚妻嫌弃，最后还被人家找了一个可笑的借口将这门亲事给退了。这么不光彩的事情被我肆无忌惮地说出口，倒是我考虑不周，说话的时候没有顾及你的心情。"

赵维祯轻抚额头，按捺半晌，才咬牙切齿道："你今天到底是干吗来了？"

慕紫苏一本正经道："向你提亲啊！"

她还真说得出口！赵维祯已经被她气得彻底没了脾气，只能耐着性子道："经过几次治疗，本王对你的医术深感信赖，但在做人方面，你简直……"

"话又说回来，当初你被退亲的时候，心里是不是很难过啊？"

慕紫苏根本没理会他的话，自顾自地问出心底的好奇。

赵维祯面无表情道："这和你有什么关系？"

"没有直接关系，但有间接关系。既然你的消息那么灵通，应该知道国公府那位大小姐一连在我面前吃了好几个闷亏。眼下她倒是没什么机会来找我麻烦，却不保证将来她不会利用我和她之间的私人恩怨给我下绊子。你也知道我可不是什么良善之人，万一她真的不识好歹来惹我，那我肯定要不遗余力地报复回去。不过念及咱俩之间的合作关系，真把你的前未婚妻给欺负得狠了，她直接扑到你面前来哭鼻子，你说我是继续欺负下去，还是给你面子，放她一马？"

已经彻底对她厚脸皮免疫的赵维祯哼道："你若真有本事惩治她，本王绝对会袖手旁观，不予理睬。"

慕紫苏不怀好意地笑道："王爷这是因爱生恨了吧？"

赵维祯反问："爱是什么？"

慕紫苏勾唇："这么深奥的问题你可别来问我，我这个人啊，最讨厌和人去谈情情爱爱这种事情了。师父说，情缘是上辈子留下的孽债，牵扯其中，便是自寻烦恼。想逃出孽缘的最有效方法，就是独善其身，不去招惹这方面的是是非非。"

这番话，倒让赵维祯略感诧异："你将来总要嫁人。"

慕紫苏一脸坏笑："我这不是上赶着跑来要嫁给你吗？"

见赵维祯的俊脸又阴了下来，她豪迈道："瞧把你给吓的！放心吧，我不会强人所难，你真不乐意，我难道还能拿刀架你脖子上逼你不成？只是我初到京城，相熟之人实在太少，若非如此，我也不会将这个主意打到你的头上……"

"也就是说，本王并不是被你提亲的唯一一人？"

慕紫苏像是听到了什么有趣的笑话："那当然了！"

赵维祯的脸一下子又沉了下去，没好气道："赶紧滚吧！"

"你这人怎么说翻脸就翻脸？我明明已经将你身上的毒解得差不多了……"

"滚！"这一次，赵维祯加重音量，就差没招呼下属将这个讨厌的丫头乱棍打走了。

慕紫苏也不在意，临走前还不忘扯着喉咙喊："你好好考虑啊，考虑清楚了就派人给我知会一声。别忘了咱们现在是合作关系，各取所需，互惠互利，先走一步，回头再见！"

一口气说完，她乐呵呵扬长而去，留下赵维祯独自坐在轮椅上生闷气。

就连他自己也不知道，他究竟是在气她的玩世不恭，还是气自己并不是她心中的那个唯一。

两天后，皇家书院那边传来消息，当初参加报名的学生，分配结果已经正式公布。

那些期盼可以被分到紫云轩的公子小姐抢在第一时间赶到皇家书院，看到院墙上贴示的公布结果，真是有人欢喜有人忧。

和往年一样，有资格踏进紫云轩的学生，要么在招生仪式上表现得尤为突出，要么拥有不凡的出身。本以为可以凭借双生姐妹花的优势被选进紫云轩的慕家两姐妹，最终很是失望地在红竹阁的名单上看到了她们的名字。

虽然对那些连皇家书院大门都没资格踏入的学生来说，能成为红竹阁的一员已经让人心生羡慕，但有紫云轩这个大招牌在那里摆着，红竹阁到底还是略逊一筹。

好在这次被分配的名单中，有几个在京城颇有名气的风流才子也在其列，这多多少少填补了慕家两姐妹心底的那份屈辱和不甘。

身为镇国公府的大小姐，顾清漪当之无愧地成了紫云轩中备受瞩目的核心人物，不少趋炎附势之人纷纷围在顾清漪身边吹嘘捧场，生怕哪句话说得不好，从此给这位顾大小姐留下坏印象。

周宝儿也是在得了消息之后便跑来书院查看结果，毫无意外，像她这种连风头都不敢出的姑娘，自然成了红竹阁的一员。

"紫苏，我怎么没在红竹阁的榜单上看到你的名字？"

几次相处下来，周宝儿对慕紫苏起了几分结交的想法，也是真心希望能够和这么一位志同道合的姑娘成为好伙伴，一起在红竹阁好好扶持下去。

结果当周宝儿从头到尾又从尾到头地在红竹阁的名单中寻找半晌后，十分确定，红竹阁的名单里并没有慕紫苏的名字。

"难道你被分去了紫云轩？"

当这种想法在周宝儿脑海中形成时，忙不迭地小跑到紫云轩的榜单上继续寻找慕紫苏的大名。

结果还是一无所获。

"怎么会是这个样子？"

没等慕紫苏有任何反应，周宝儿先急得跳了起来："只要是京城五品以上官员家的子女，皆有资格进皇家书院读书。就算那天在凝心堂你表现得不尽如人意，这也不能成为被取消入书院资格的理由。可是现在，你的名字非但没有出现在紫云轩，就连红竹阁都好像把你给漏掉了……"

"紫苏，情况不对劲呢。"

随慕紫苏一同来看榜单的翠花也意识到了事情的不对劲，忍不住小声在慕紫苏耳边碎碎念。

相较于周宝儿的大惊小怪以及翠花的种种担忧，慕紫苏倒是颇为淡定地在两边的榜单上随意看着。

紫云轩也好，红竹阁也罢，对她来说，都没那么重要，她当初报名皇家书院，纯粹就是来凑个热闹。

"天哪！怎么会出现这种情况？"

这时，人群中忽然传来一道惊讶的喊叫声，就见有人不敢置信地指着一处不显眼的位置道："黑槐殿！慕三小姐的名字，居然出现在了黑槐殿！"

"什么？黑槐殿？这个地方不是在很多年前就已经被废弃了吗？"

"到底是怎么回事？黑槐殿又重新开放了？那可是整个皇家书院最耻辱的一处存在……"

"这位慕三小姐真是可怜，居然被分到了黑槐殿，进了那种地方，将来势必再无出头之日了。"

"我之前还为没机会踏进紫云轩伤心欲绝，现在很庆幸，能够进入红竹阁对我来说有多么幸运……"

随着人群中的议论声越来越大，慕紫苏终于在一个极其不起眼的角落中看到一张不起眼的小榜单。

说是榜单都有些夸张，其实就是一张类似告示的东西，上面只写了六个字——黑槐殿，慕紫苏。

跟在慕紫苏屁股后的周宝儿哭丧着脸，不解道："怎么会这样？这个地方明明已经被废弃了啊，为何今年重新开启，而且只针对你一个人？"

说到这里，周宝儿的脸色忽然变得十分惊恐，她小声在慕紫苏耳边道："我想起来了，负责分配榜单的几位主要决定者，都是镇国公的门生。紫苏，上次在凝心堂你当众羞辱了顾小姐，会不会是她怀恨在心，才用这种方式报复于你？"

翠花在慕紫苏肩膀上直跳脚："紫紫，怎么办？怎么办？"

慕紫苏没理会焦躁的翠花，揉着下巴看了看黑槐殿榜单上自己那孤零零的名字，十分不解地问："这黑槐殿有什么可怕的传说？"

周宝儿用力点头："黑槐殿是皇家书院专门收留各大家族弃子的地方，一旦进了那里，这辈子都别想再有出头之日。"

慕紫苏挑眉："既然是弃子，干脆将他们锁在深闺后宅避不露面，又何必多此一举地非要成立这么一个黑槐殿，这不是明摆着在砸皇家书院的招牌吗？"

周宝儿紧锁眉头道："具体是怎么回事我也不清楚，不过据我所知，黑槐殿已经有好些年不曾对外开放，近些年也没有哪个家族的族长，会狠心将族中的子女送到那种暗无天日的地方……"

"慕紫苏，你这次可真是把咱们慕家的脸都给丢尽了！"

当慕若晴两姐妹发现慕紫苏竟然以这么丢人现眼的方式成为众人口中的谈论目标时，她们心中真是喜忧参半。

喜是因为，慕紫苏这个不知天高地厚的丫头居然沦为名声低劣的黑槐殿一员。

忧是因为，慕紫苏好歹也是慕家的一员，如今进了黑槐殿，难保不会影响到整个慕家在京城的名誉。

慕若灵也在旁边帮腔："早知如此，你当初就该听从我娘的劝告，别不自量力地报名皇家书院。现在可好，丢人现眼的事情全都让你做尽了，我们慕家的名声也毁在了你的手里。"

慕家姐妹花劈头盖脸地一顿责骂，再一次让慕紫苏成为人群中的焦点。

看来这位慕三小姐还真是有制造话题的好本事，回京仅数日，便接二连三地在人群中出风头。

周宝儿有些看不过去，呛声道："你们两个怎么这样？紫苏可是你们的妹妹，就算不是同母所出，在这么多人面前诋毁自己妹妹的名声，对你们二人也没任何好处吧？"

"名声？"

慕若晴被周宝儿这话给气着了："她都成了黑槐殿的一分子，将来还有什么名声可言？我就奇怪，凭我和若灵在凝心堂的表现，不至于会被分配到红竹阁。可眼前的事实告诉我，我和若灵本该登上紫云轩的榜单，都是拜她所赐，才落得今天这么一个下场。"

未等慕紫苏应声，翠花拔高声音喊了一句："闭上你的臭嘴，吵死了！"

有不少曾见识过翠花小聪明的人听到这话，纷纷掩嘴偷笑，觉得慕三小姐这只鸟实在有意思，总能在关键时刻说出一些惊人之语，让人哭也不是，笑也不是。

被一只鸟当众斥责的慕若晴气得花容失色，她对着翠花大嚷："该闭嘴的是你才对，真是上梁不正下梁歪，什么样的主子，就能养出什么样的鸟。"

这该死的臭鸟已经不止一次在人前说一些口无遮拦之言，偏偏被它奚落之人又拿它毫无办法。

这时，自带光环的顾大小姐在一群狗腿子的簇拥下朝这边走了过来，她故作不解道："发生了何事？这里好像很有趣的样子？哟，这不是慕三小姐吗？你这只价值百亿两黄金的鹦鹉该不会又给你招惹祸端了吧？"

一直保持着看热闹心态的慕紫苏面对顾清漪的挑衅，淡然回道："我这只价值百亿两黄金的鹦鹉只是替我出口教训两个上不得台面的东西，至于招惹祸端什么的，恐怕要让顾小姐失望了。"

"慕紫苏，你说谁是上不得台面的东西？"慕家双生姐妹花显然是被这个形容给气疯了。

慕紫苏冲两个人掀了掀眼皮："外人面前公然诋毁自家姐妹的名声，你们来给我说说，这种行为上得了台面吗？你们若对我有任何不满，完全可以私下与我理论。可是现在……"

她挥手指了指在场围观的众人："京城五品以上官员家的公子小姐们全都在场，你们不极力维护我的利益也就罢了，居然还在这么多人面前指责我败坏慕家的名声，这就是你们从小学到大的好教养？"

向来看重面子的慕若晴，最是容忍不了别人拿教养来评价自己。

她指着慕紫苏怒道："我说你败坏慕家的名声难道有错？当初你之所以被送到凤凰山，还不是因为你智力不足，天生呆傻？你口口声声说我们姐妹二人当众诋毁你的名声，怎么不敢承认当日国公府大小姐在凝心堂向你挑战的时候，你连面都不敢露？像你这种资质不足、天生残缺的人，根本就没资格来书院报名……"

"哟，真没想到，大名鼎鼎的慕三小姐，曾经还有那么一段不为人知的过往。"

顾清漪就像是听到了什么有趣的事情，兴致勃勃道："我就说嘛，一只不起眼的破鸟，居然敢开价到百亿两黄金，这哪里是自负？这分明就是脑子有病。亏我之前还将你当个人物来看，如今才知，你此前所说的每一句自负之言，恐怕都是你臆想出来的，真像是一场笑话。"

有人跟风落井下石道："是啊！可不就是一场笑话吗？"

另一个人跟着取笑道："脑子是个好东西，可是病了也得治。"

"脑子，首先她得长了这个东西才行啊。"

"哈哈哈，有道理，有道理，她恐怕是连脑子都没长，就出来丢人现眼了。"

面对群嘲讥讽，慕紫苏始终表现得像一个事不关己的旁观者，任由这群人用不堪入耳之言将自己奚落得一无是处。

周宝儿就算再怎么够义气，也没胆子跟这么多大大小小的人物针锋相对。

翠花气得直抖翅膀，声嘶力竭道："浑蛋！全是浑蛋！紫紫，你说话啊，骂回去啊，他们都在欺负你……"

慕紫苏看着眼前那一张张尖酸刻薄的嘴脸，淡定自若道："有什么好骂的，你看这些人多像一群急于邀宠的小狗，一个个上蹿下跳的模样太好笑了。"

如此轻描淡写的一句话，瞬间在人群之中炸了锅。

这些公子小姐的来头可都不小，慕紫苏原本就在京城没什么人气，身后给她撑腰的，也不过就是区区四品侍郎府。

像她这种要靠山没靠山，要背景没背景的姑娘，随随便便哪家公子小姐就有本事将她像蝼蚁一样踩在脚下。

就在众人义愤填膺地想要用口诛笔伐的方式给不识好歹的慕紫苏点儿教训时，明王殿下的到来，让原本喧哗的场面瞬间安静下来。

这些人可以不将慕紫苏放在眼里，却没人敢无视明王殿下。

当今天子膝下目前只有两位成年的皇子，虽然不少姑娘暗中喜欢着三殿下，但和没有被封王的三殿下相比，赵维祯才是正儿八经的千岁爷。

不愧是大名鼎鼎的明王殿下，每次出场的方式都高调到让人难以忽略他的存在。

身穿紫黑色蟒袍的赵维祯，即使腿患重疾，无法站立，在几十名侍卫的簇拥下，依旧可以以王者的形象在人前立威。

只是让众人不解的是，自从残掉双腿之后便很少在人前露面的明王殿下，为何会突然出现在这个地方？

坐在轮椅上被侍卫一步步推过来的赵维祯面无表情地看着之前那一张张嘲笑过、讥讽过慕紫苏的面孔，语气阴冷道："本王不喜欢仰视别人。"

翠花看到这样的场面，站在慕紫苏肩膀上嘚瑟："说你们呢，还不快给王爷千岁跪下磕头！"

被一只鸟给挤对了，众人真是哭也不是，笑也不是。

但明王殿下的身份在那里摆着，就算他们再怎么不甘，也不敢触犯皇家威严。

于是，众人在一瞬间呼啦啦跪了一地，唯有顾清漪在看到赵维祯时，神色略有几分复杂。

从小就被当成未来皇后培养的自己，曾经也用仰慕的心情期待着有朝一日嫁给太子殿下后当是怎样风光无限。

可以说，那时的自己是骄傲的、自豪的、被无数人所羡慕的。

就算在成长的过程中，她与赵维祯这个未来夫君并没有过多在一起相处的机会，但每次听说太子殿下为朝廷立下一个又一个功勋，她都与有荣焉，无比满足。

直到传来太子殿下双腿残疾，被夺储位时，她从小被灌输构想得完美无缺的世界，终于在那一刻彻底坍塌了。

所以她不得不躲、不得不逃，哪怕冒着得罪皇家的危险，也绝不能让自己再跟这个人扯上半点儿关系。

"王爷，真是好久不见……"

顾清漪想要借这个机会与赵维祯打个招呼，结果赵维祯根本懒得理她，转身对慕紫苏道："听说你被分配到了黑槐殿？"

现场除了顾清漪之外，慕紫苏是第二个没给赵维祯行跪拜大礼的人。

她膝盖尊贵着呢，可不是谁都有资格受她一跪，好在赵维祯根本就没在意这一点，只一门心思询问事情的经过。

慕紫苏用下巴指了指墙壁上贴着的那张不起眼的榜单，笑着点头："好像是有这么回事。"

赵维祯哼道："你可真给本王长脸，沦落到这么丢人现眼的境地犹不自知，你居然还笑得出来？黑槐殿是皇家书院的耻辱，可不是你用来玩乐的地方。既然你是本王要关照的人，本王决不允许这种事情发生。想在皇家书院玩，就去紫云轩吧！"

什么叫千岁之威？赵维祯这种一言堂的行事作风就叫作千岁之威。

凭他在天启朝的身份和地位，插手这样的事情可谓大材小用，不过他并不在意，这丫头虽然讨人厌了点儿，却也轮不到别人来欺负。

顾清漪听了这话之后，整个人都变得不淡定起来。

想当初她可是赵维祯名正言顺的未婚妻，虽然最后落得一个解除婚约的下场，但当年身为太子殿下未婚妻的自己，可从未被赵维祯如此出面维护过。

慕紫苏她凭什么？

无法咽下这口气的顾清漪忍不住出言反对："王爷，每个人该被分配到什么地方，这是书院经过集体商议得出来的最终结果。您贸然改变书院的决定，于情于理……"

话未说完，就被赵维祯无情打断，他冷冷看向顾清漪："本王说话，岂有你多嘴的余地？"

顾清漪面色难堪了一下，小声解释道："王爷误会了，我只是想说，有些规矩，是不能被随意更改的……"

"说到规矩……"

赵维祯的声音依旧很冷："凭你的身份，见到本王，难道不该下跪磕头？"

顾清漪被斥得面色一红，想要开口说什么，却发现在这个事实面前，她所有的辩解都是苍白无力的。

看到慕紫苏也像她一样不跪而立，她终于找到发泄的出口："既然王爷拿身份说事，慕三小姐为何不下跪？"

赵维祯冷笑："这里所有的人，本王就看她最顺眼，怎么，你有意见？"

翠花适时接口嚷道："你这贱婢，还不给王爷跪下！"

翠花的声音尖细嘹亮，在这个别人大气都不敢喘的地方喊出这几个字，简直让顾清漪狼狈到了极点。

惧于皇权，饶是顾清漪骨子里再如何清高，此时也不得不弯下膝盖，像条狗一样卑微地屈服在赵维祯的脚边。

当顾清漪跪下的那一刻，慕紫苏成了所有人中唯一一位站立的"王者"。

她就像一尊俯瞰世间的神祇，倨傲而又自负地看着之前那些嘲笑过、讽刺过她的人，此时如同蝼蚁般，只能匍匐在她的面前卑躬屈膝。

赵维祯冲她挑眉，问："还记不记得刚刚都有哪些人出言辱骂过你？"

慕紫苏勾唇："自然记得！"

"想不想报复回去？"

刚刚那些只图一时痛快的人听到这话，一个个趴伏在地，吓得全身颤抖，战栗不已。

他们可以不将慕紫苏放在眼里，却不能不忌惮以"杀人为乐"的明王。

明王要是看谁不顺眼，打一顿骂一顿那都得挨着受着。谁敢反抗明王，就等于是反抗皇权，而反抗皇权的下场只有一个，就是株连九族，永无翻身之时！

慕紫苏饶有兴味地问："我想怎么报复都可以？"

赵维祯点头："只要给他们留口气，随你折腾。"

自从患病之后，他变得阴晴不定、喜怒无常，就连皇上对这个曾经宠爱万分的儿子都毫无办法。

只要不闹得太过分，皇上都会睁一只眼闭一只眼地不去理会。

久而久之，众人都不敢去触明王的霉头，甚至极尽可能地在明王面前降低自己的存在感，生怕一个不小心，被明王当成出头鸟，丢了性命。

而之前那几个趋炎附势的狗腿子这下是真的被吓疯了，一个个拼命磕头，求饶不止。

慕紫苏笑着对那几个拼命磕头的人道："你们说说，我家翠花怎么样？"

之前骂过慕紫苏没脑子的一个小公子急忙回道："天下神鸟，绝无仅有。"

"哦？这样的神鸟如果让你们开价，你们觉得它价值多少？"

那个人急忙又回道："百亿黄金，绝非虚价。"

慕紫苏闻言大笑，被迫跪在地上的顾清漪却深深意识到，慕紫苏故意搞了这么一出，分明就是给她难堪的。

"顾大小姐……"

慕紫苏径自走到顾清漪面前，居高临下地看着她："你都听到了，连你的拥护者都说，我家翠花价值百亿黄金，现在你总该相信我并没有夸大其词了吧？"

不得不用卑微的姿态跪在她脚边的顾清漪差点儿咬碎一口银牙，她怒不可遏地瞪向慕紫苏，想说什么，最终却碍于赵维祯的威严，只能忍气吞声，咽下了这口恶气。

慕紫苏见这些人被自己吓唬得差不多，才转身对赵维祯道："我这个人一向宽宏大量，不爱与人计较，所以报复什么的就算了吧。我看这里环境挺好的，不如四处转转，欣赏欣赏皇家书院的风景……"

说话间，她已经从侍卫手中接过赵维祯的轮椅，无视身后那群被明王吓傻了的众学子，落落大方地扬长而去。

提到这座皇家书院，确实被修建得富丽别致，让人颇有几分欣赏的兴致。

随着身后那群人被甩得不见了踪影，慕紫苏才笑着问道："你怎么来了？"

赵维祯一改之前的威严，没好气道："本王还想问你，为何会混进了黑槐殿？"

慕紫苏答得漫不经心："大概是得罪了某些心胸狭窄之人遭来的报复！"

赵维祯嘲讽："你的嚣张跋扈呢？本事能耐呢？心机手段呢？"

慕紫苏语气慵懒："对我来说去哪里都一样，何必为了这种不值一提的小事斤斤计较？"

赵维祯气极："本王专程为了你来这个鬼地方打抱不平，你就用这种无所谓的态度来回报本王？"

慕紫苏挑了挑眉："你真是特意为我而来？甚至不惜为了我，当众羞辱你的前未婚妻？"

赵维祯翻她一个白眼："别总用'前未婚妻'这几个字来恶心本王，她自己把自己当盘菜，本王可从未将她当盘菜。"

其实赵维祯自己也说不出来，今天为何会兴师动众地走这一趟。

当他从下属口中得知慕紫苏在皇家书院似乎遇到了麻烦时，第一反应不是幸灾乐祸，而是居然有人敢惹他赵维祯的人？

对他来说，慕紫苏是只属于他一个人的对手，除他之外，任何人都无权对她施加任何伤害，包括侮辱！

"总之，王爷今天的好意我心领了，至于紫云轩还是黑槐殿，名字之差而已，我不计较，就依书院的决定吧。"

赵维祯轻哼："你可真有出息。"

慕紫苏也不生气，忽然将自己的俏脸凑到他耳边，低声问："对了，两天前我让你考虑的事情你考虑得怎么样了？"

她突如其来的靠近，让毫无心理准备的赵维祯心跳狂乱了一阵。

从这个角度去看她的侧脸，确实可以用"惊为天人"来形容。

虽然他早就知道慕紫苏容貌生得好，但之前一直用排斥的心情与她接触，以至于忽略了她与生俱来的绝色容貌。

爱美之心人皆有之，看到光鲜亮丽的东西，任何人都会忍不住欣赏一番。

此时，两个人贴得如此之近，和那些喜欢装腔作势的千金小姐相比，慕紫苏身上散发出来的不是胭粉的浓郁之气，而是淡淡的药香。

这股药香好似有一种无形的魔力，让人不受控制地沉醉其中。

话说，她睫毛好长，肌肤如玉，唇形美好，鼻尖挺翘。好像无论从哪个角度去欣赏，她都是一个让人挑不出半点儿瑕疵的艺术品。

这样一个绝色美少女，若再长大一点儿，当是怎样一个魅惑世间的妖孽？

思及此，赵维祯一把将近在咫尺的慕紫苏推至一旁，强作镇定道："你的厚颜无耻真是越来越没下限了！"

被一把推开的慕紫苏也不生气，她懒懒地打了一个呵欠，推着他的轮椅继续向前走，边走边道："没关系，反正书院中俊俏可爱的翩翩美少年不计其数，总能挑出一两个顺眼的来帮我忙的。"

听到这话，赵维祯一把拍开她放在自己轮椅上的手，对紧紧跟在后面的侍卫道："回府！"

第七章　黑槐殿鬼影憧憧

赵维祯突然甩脸子走人的行为，在慕紫苏看来，就是不懂事的小孩子在闹脾气的一种幼稚表现。

更何况人家今天为了给她撑场子，已经兴师动众地在书院闹了一出，就算最后莫名其妙地甩手走人，慕紫苏也只当他是临时有事，不便久留。

至于被莫名其妙地分到了黑槐殿，慕紫苏也并不觉得这是什么大不了的事情。

她此次回京的目的是给外公翻案，可不像那些千金小姐一样为了嫁给权贵而去努力修饰自己。

让她意外的是，皇家书院对入选的学生有一个明文要求，凡入学者，非休沐日期间，必须住在书院安排的地方。

皇家书院占地极广，除了拥有学子们最向往的学堂之外，食宿的地方也被修建得极其华丽。

据说，书院做出这样的安排，是为了更好地培养学生们在书院的自理能力和应对能力。

天启王朝的开国皇帝是从马上抢来的江山，最看不惯那些被娇养在深宅中的公子哥和娇小姐们衣来伸手、饭来张口的骄奢行为。

想要成为人上人，如果连最起码的自理能力都没有，就不要妄图在皇家书院这种地方混日子。

所以，不管这些公子小姐从前在府中有多受宠，一旦进了皇家书院，首先要学会的就是自力更生，亲力亲为。

慕老太太得知小孙女居然被分到了声名狼藉的黑槐殿，险些被吓到吐血。

好在慕紫苏对这些事情并不在意，先是好言劝慰了一番，直到老太太见她是真的对此事毫不在意，才渐渐放下担忧。

慕紫苏住进书院，老太太这方面怕是会无暇顾及。

于是，慕紫苏建议，让老太太借养病为由，暂时住进法华寺，以避免孙静婉趁慕紫苏不在期间，再对老太太下毒手。

老太太自是欣然同意，她早就对慕家上上下下所有的人彻底失望，包括从小被她一手拉扯大的亲生儿子慕青流。

看着慕青流和孙静婉为若晴、若灵两姐妹入书院一事忙得焦头烂额，丝毫没将慕紫苏的处境放在眼里，老太太就知道，如今的慕家，对她来说已经称不上是最好的安身之所了。

与其继续留在慕家做个有名无实的老夫人，还不如趁这个机会去法华寺修心礼佛，调养身体。

就算不为自己打算，她也得留着一条老命，为这些年从未得到公正对待的慕紫苏筹谋。

安顿好了慕老太太，书院也迎来了正式开学的日子。

由于书院有明文规定，任何人不可以将贴身的婢女和小厮带在身边，所以除了简单的行李之外，慕紫苏只带了慕翠花这个小跟班，踏进了所谓的黑槐殿的大门。

负责给她引路的是书院里的一个打杂小厮，小厮年岁不大，也就十二三岁的模样，一路上闭口不语，绷着小脸，像是在执行某种神圣的任务。

起初慕紫苏还没怎么在意，毕竟像皇家书院这种响当当的地方，就算要被分成几个等级，环境也不会差到哪里。

直到她随着小厮左转右转，穿过长长的索桥，途经一个类似后山的地方，呈现在眼前的竟是一片阴森森的槐树林。

但凡有点儿风水意识的人都知道，槐树属阴，宜阴宅而非阳宅，这么一大片槐树林，为何会出现在大名鼎鼎的皇家书院？

翠花小声在自家主人耳边道："紫紫，你有没有发现这个地方很不对劲？现在明明是夏季，周遭却冷得让人汗毛倒竖……"

慕紫苏笑着调侃："身为一只鸟，你是不可能长汗毛这种东西的。"

翠花没好气地嚷嚷："我就是打个比方，你懂不懂？"

慕紫苏没搭理翠花的抱怨，她四处打量着周围的环境，放眼望去，尽是一片郁郁苍苍的老槐树，从这些树的年轮上看，它们似乎已经在这个地方存在了几百年甚至是上千年。

难怪这个地方被取名叫黑槐殿，这里简直就是槐树聚集的殿堂。

前面引路的小厮将慕紫苏带到一处山脚下，指着上面歪歪扭扭的石级道："上面便是黑槐殿的地域，那里空房间有许多，慕三小姐可以根据自己的喜好随意挑选住宿的地方。小的指路到此，恕不远送了。"

慕紫苏有些诧异："你不带我上去瞧瞧？"

小厮为难地摇了摇头："这是黑槐殿历年以来的规矩，非黑槐殿成员，禁止入内，还请慕三小姐见谅。"

说完，小厮作了一揖，转身便顺着原路走远了。

慕紫苏和翠花面面相觑，越发觉得这黑槐殿不但恶名在外，就连规矩也是如此诡异。

"紫紫，刚刚那小子该不会存了害人之心，想要趁机谋财害命吧？"

慕紫苏白了翠花一眼："咱俩一穷二白，有什么值钱的东西值得人惦记？"

翠花用力挺了挺自己的小胸脯，傲娇道："我啊，我啊，我可是价值百亿两黄金的绝世神鸟。万一那些心怀不轨之人对小爷我起了志在必得之心，小爷绝对会在偌大的天启王朝掀起一场浩瀚的腥风血雨。哎呀，这种事情真是想想都会让人觉得兴奋异常，啊啊啊……"

"翠花，醒醒，有梦想是好，无止境地沉浸在白日梦中那就是一种病态的表现。"

翠花咂了咂嘴，发出一道傲娇的轻哼。

一人一鸟接下来没再多言，顺着蜿蜒的石级一步步向前走，除了周围一眼望不到头的槐树林，蔓延在石级两旁的是从未被人修剪过的杂草丛。

好在这段石级并不算高，迈了三五十阶，就见一块写有"黑槐殿"三个大字的巨大石碑矗立在入口处。

放眼望去，除了几幢略显破旧的房屋之外，最多的居然是好几棵年岁已久的老槐树。

翠花惊叹："这里该不会是一处鬼宅吧？"

正说着，就见一道黑色的身影骤然闪过，吓得毫无心理准备的翠花惨叫一声，它抖着翅膀在空中一阵胡乱地扑棱，扯着嗓子哀号："鬼呀！有鬼呀……"

和大惊小怪的翠花相比，慕紫苏却表现得极为淡定，刚刚那道黑影的去处她看得一清二楚，当下便踩着轻功，尾随黑影消失的方向迅速追了过去。

黑影很快闪进了槐树林，慕紫苏紧随其后，慢慢拉近两者之间的距离。

仔细一看，那个被翠花当成鬼的黑影，竟是一个身穿黑衣的少年，少年身形略显瘦削，向前跑几步就回头看一眼，当他看到身后之人与自己的距离越拉越近，显然有些被吓到，致使脚步不稳，好几次都差点儿摔倒。

"喂，你别跑，我有话要问你……"

慕紫苏好不容易在这空旷又诡异的黑槐殿找到一个类似人类的活物，岂能让他就这么轻易溜掉。

被她追赶的少年像是受到了某种惊吓，边跑边喊："别过来，你会倒大霉的……"

正说着，少年脚下被什么东西绊了一下，非常狼狈地摔了一个大马趴。

慕紫苏见此时机，刚要飞身追过去，就听头顶传来一道年轻又好听的嗓音："喂，你就是黑槐殿新来的那个倒霉蛋吧？"

咦？

慕紫苏循声望去，就见不远处一棵高高大大的槐树的树枝上，坐着一个身穿白衣的俊俏少年。

少年十五六岁的年纪，白衣翩翩，眉目如画，五官生辉，风华绝代，这样一个精致俊俏的绝世美少年，倒是给这鬼气森森的黑槐殿带来了些许亮丽的色彩。

他悠闲地坐在树枝上跷着二郎腿，居高临下地打量着慕紫苏，笑着调侃道："长得倒是挺标致，就是运气差了点儿。"

白衣少年说话的工夫，之前那个因逃跑不成而狼狈摔倒的黑衣少年，已经趁这个空当，连滚带爬地溜得不见了踪影。

慕紫苏知道再追下去也没什么意思，便仰头对树枝上的白衣少年道："不知公子姓甚名谁？怎么称呼？"

白衣少年勾了勾嘴角："姓甚名谁怎么称呼你就没必要打听了，反正就算你打听到，对你来说也没什么好处。"

"哦？此言何意？"

"字面儿上的意思。"

慕紫苏觉得这白衣少年很有意思，便出言挤对道："连名姓都不敢报，你该不会是个胆小鬼吧？"

白衣少年也不在意，继续保持着慵懒的坐姿，神情中满是不在意："激将法对我来说没什么用处，我只是好心过来警告你，这黑槐殿乃是非之地，不适合你一个姑娘家出入，你要是够聪明，还是从哪里来，回哪里去，别留在这里浪费时间。"

这时，翠花扑棱着小翅膀呼哧呼哧从远处飞来，它在白衣少年身边转了几圈，好奇道："紫紫，这里有一位小哥哥。"

白衣少年大概没见过这么有趣又漂亮的鹦鹉，刚要伸手去抓，就被翠花躲了过去，它飞到自家主人身边，无比乖巧地落在慕紫苏的肩头，扬着小下巴，骄傲地和白衣少年对视。

白衣少年忽然玩味一笑，问慕紫苏："这只鹦鹉是你养的？"

未等慕紫苏应声，他又接了一句："我刚刚掐指一算，这只鹦鹉居然很不一般。"

翠花自负地接口："小爷乃绝世神鸟，尔等还不乖乖跪拜！"

"哈哈哈！"

白衣少年朗声大笑，拍手道："有趣有趣！喂，倒霉蛋，你这只鹦鹉什么价，卖给我来养怎么样？"

慕紫苏环着双臂仰头对白衣少年道："咱们就别再说废话来浪费彼此的时间了，既然你已经猜到我如今已经成了这黑槐殿的一员，不如下来交个朋友，彼此认识一下。"

白衣少年见她没有出让鹦鹉的意思，神情略显失望，面对慕紫苏的提议，他不怎么高兴道："既然你不想浪费时间，就听本公子一句劝，赶紧离开这里，有多远走多远。你也看到了，黑槐殿别的没有，最多的就是一望无际的老槐树，这些槐树已经在这个地方存活了几百年甚至是上千年，但凡有点儿风水知识的人都知道，槐树属阴，极容易招惹一些不干净的东西。白天还好，到了夜晚，整个黑槐殿就如同鬼宅般阴森恐怖。你一个姑娘家，实在不适合久居于此……"

未等白衣少年把话说完，慕紫苏便忍俊不禁地笑出声来。

白衣少年眉头一挑，不解地问："你笑什么？"

慕紫苏干脆学着他的模样，纵身跳到白衣少年对面的槐树枝上坐了下来。

此时，两个人高度相当，视线平等，当慕紫苏纵身跃到枝头的那一刻，白衣少年饶有兴味地挑了挑眉："哟，功夫不错嘛。"

慕紫苏没理会他的调侃，直言道："说吧，这么急着想要把我给吓走，到底有什么阴谋？"

白衣少年满脸认真："我没吓你，刚刚所言句句属实。你也看到了，偌大的黑槐殿除我之外，连个鬼影子都没有……"

"谁说没有，刚刚那个被我追得狼狈脱逃的家伙不就是其中一个？"

白衣少年笑笑："好，就算他是其中一个，也改变不了黑槐殿人烟稀少的事实。本来我没打算好心过来提醒你的，但大清早经我掐指一算，算出黑槐殿今天将会出现一位不速之客，我奉劝你此处乃大凶之地，不宜久留，你还是有多远走多远吧。"

"你一本正经胡说八道的样子还挺招乐的！"

这下，白衣少年终于沉下了俊容，厉声喝道："本公子没跟你开玩笑，不想把小命搭在这里，就远离这是非之地。"

说完，他一跃而下，在慕紫苏略显错愕的目光中轻飘飘地说了一句："这里不欢迎任何外来者的入侵，希望你有自知之明，赶紧滚蛋。"

"喂……"

慕紫苏还想再问出些什么，白衣少年已经头也不回地消失在一望无际的槐树林中。

"紫紫，这里该不会真如那个白衣小哥哥所说，晚上会闹鬼吧？"

身为一只鸟，翠花对鬼神这种东西还是非常敬畏的。

慕紫苏无语地看了受到惊吓的翠花一眼，面无表情道："胡编乱造出来的谎言而已，你居然还真相信了！"

面对眼前这诡异的情景，慕紫苏也有些抓狂。

像皇家书院这种教书育人的地方，怎么会有黑槐殿这么奇怪的地方？

对了，夫子！

既然黑槐殿隶属于皇家书院，总该由夫子出来主持个公道吧？

思及此，她从树上一跃而下，决定在这人烟稀少的地方寻找真正能说得上话的人来了解一下此处的情况。

这时，不远处传来一阵哀号，隐约听到一个少年声嘶力竭地在哭些什么。

慕紫苏和翠花对视一眼，一人一鸟循着声音追了过去。

远远就看到，一个小厮装扮的少年，正跪坐在地上，抱着一个浑身是血的青衣少年摇晃："公子，公子你快醒醒啊，你不要吓唬小德子，你要是有什么三长两短，小德子也就没法再活下去了。呜哇！"

一口气说完，自称小德子的小厮万分难过地痛哭起来。

慕紫苏三步并作两步地走到主仆二人身边，当她看到青衣少年那满身狼狈的模样时，神色骤然一变。

这青衣少年不但满身外伤，通过血灵戒的观察发现，他双手手筋至少断了三年以上，如今已经与废人没什么区别。

慕紫苏的到来，将正声嘶力竭哭喊的小厮给吓了一跳，他紧紧将昏迷中的主子护在身后，哆哆嗦嗦道："你……你是何人？"

慕紫苏一把将小厮拎到旁边，抓起青衣少年的手臂，在他的脉象上查探了片刻："居然是连根斩断，可真够残忍的。"

被推了一个屁股蹲儿的小厮大声问:"喂,你到底是谁?"

慕紫苏这才冲小厮瞥去一眼,问道:"这是你主子?"

小厮点头。

慕紫苏又问:"他是黑槐殿的学生?"

小厮再点头。

慕紫苏轻笑一声:"既然如此,从今以后我便是你家公子的同窗了。"

"啥?同窗?"

小厮大惊:"黑槐殿已经有好多年不曾对外开放,目前为止,这里一共就只有三名学生。"

"嗯?三个人?"

小厮的话,倒是给慕紫苏提供了一些重要的消息,她忙问:"除了你家公子之外,另外二人是不是一个喜欢穿白衣,一个喜欢穿黑衣?"

小厮点了点头,又摇了摇头,又点了点头。

翠花翻了个白眼:"到底是不是啊?"

"呀!这只鸟居然会说话……"小厮很是吃了一惊。

翠花干脆飞到小厮头顶,扯着喉咙问:"小爷在问你话,回答!快回答!"

小厮直接又被吓哭了:"公子,你快醒醒,有一只会说话的鹦鹉,太可怕了……太可怕了……"

慕紫苏被二连三的事情搞得头晕目眩,懒得再去理会小厮的哀号,迅速从腰间掏出一粒药丸,给昏迷不醒的青衣公子喂了下去。

眼看自家公子的脸色在吃了药丸之后渐渐好转,小厮终于意识到,这突然出现的一人一鸟,似乎并不是坏人。

在慕紫苏的帮助下,小厮扶着昏迷的公子回到他们居住的地方。这是一个不大不小的院子,里面几乎都是主仆二人的生活用品,小厮自我介绍名叫小德子。

从小德子口中得知,将他家公子打得头破血流、昏迷不醒的罪魁祸首不是别人,正是他家公子家族中的兄弟。

"我家公子八岁的时候就被族长送进了黑槐殿,未经族长召唤,公子连进家门的资格都没有。今天一大早,族长派人说有事情找公子回府商议,结果不出两个时辰,公子就以这副模样被家丁给扔了回来。"

慕紫苏听得啧啧称奇:"你家公子被打成这样,族长都不出面管管?"

"管什么呀？"

提起这件事，小德子满脸愤慨："每次公子被族长召回，都会被他那些丧尽天良的兄弟往死里欺负。族长对此事心知肚明，却只当没看到，任由那些人对我家公子施暴。"

"等等，你说你家公子八岁的时候就被送来了这里？"

"是啊！"小德子一本正经地点了点头，"除了我家公子之外，段公子和顾公子也是很小的时候就被送来了黑槐殿。只不过彼此之间不太熟，所以平日里几乎很少打交道。"

慕紫苏已经彻底无语了："这黑槐殿里里外外一共就三名学生，在一起住了七八年，你居然告诉我他们彼此之间不太熟？"

小德子并不觉得自己说了什么了不得的话，一本正经地解释："那两位公子都是性格怪异之人，平时很少与我家公子有交流。就算彼此不小心见了面，最多也就是点个头，连个招呼都不打。"

慕紫苏若有所思地看向小德子："据说皇家书院有明文规定，凡来此求学的学生，不得将婢女小厮这种身份的人带在身边。所以，你到底是怎么回事？"

小德子先是看了一眼床上昏迷不醒的公子，才抹了把眼泪，愤愤不平道："因为我家公子当年被送到黑槐殿的时候，被打得只剩下了一口气，没有我从旁照顾，公子就死定了。"

慕紫苏无语："你家公子还真是命运多舛啊……"

她实在找不到更合适的形容词来形容自己此时的心情，只能继续从小厮口中打探情况："夫子呢？就算黑槐殿只有三名学生，书院那边也该给这几个学生分配一个夫子来吧？"

"唔？夫子啊？"

小德子抓了抓头发："说到夫子，我已经有好几个月都不曾见到他的踪影了呢。"

两个人正说话的工夫，已经被抬到床上包扎完伤口的青衣公子悠悠转醒。

小德子见状，急忙扑了过去，哭着道："公子啊，你可算是醒了，再不醒，小德子就要陪您一块儿去了。"

说着，又指了指旁边的慕紫苏，急忙解释："公子刚刚陷入昏迷的时候，是这位慕姑娘出手救了你，也是慕姑娘帮奴才把你给扶回房里的……"

155

因为青衣公子脸上全是被暴打过的瘀青，慕紫苏一时之间倒看不出他的真正长相，可想而知，这个人此时该有多么狼狈。

青衣公子没理会小厮的哭号，缓缓睁眼，有气无力地看了慕紫苏一眼，哑着声音道："姑娘救命之恩，在下……没齿难忘……"

虽然只是短短一句话，慕紫苏却觉得，这个被打得只剩下一口气的可怜虫，绝对是自己在黑槐殿见过的唯一正常的人了。

很快便有人将慕紫苏在黑槐殿第一天的经历，如实汇报到了赵维祯那里。

自从那天他带着不满的情绪离开皇家书院，便派出人手，时刻留意慕紫苏在书院的动向。

赵维祯很生气，他气慕紫苏这个笨蛋放着自己这个大靠山不来依靠，非要听从书院的安排，去那个连鬼影子都捕捉不到一个的黑槐殿凑热闹。

更让他窝火的是，那丫头明明有求于自己，希望可以借他的名义给慕家施压，却总是表现出一副玩世不恭的样子，故意拿提亲这种事情来开玩笑。

她可能永远都不知道，当她厚着脸皮向自己提亲的那一刻，他嘴上说着不屑之言，心底却将这个提议列入了值得认真思考的范畴。

甚至在脑海中幻想，日后陪伴在自己身边的那个女子是慕紫苏的话，他的人生会不会变得更加有趣味。

结果呢，他重视着她说出的每一字每一句，她却可以毫无顾忌地对他讲，只要能达到目的，她并不介意将其他人列入候选名单。

他赵维祯，在她眼中居然只是被挑选和利用的目标之一！

这个意外的发现让赵维祯既震怒又懊恼，很想就这么对她放任不理，偏偏脑海中总会浮现出她那倾城绝美的脸。

调皮的，狡诈的，阴险的，邪气的……

她好像有很多张面孔，每一张都是那么生动有趣，活灵活现，仿佛被注入了不同的生命和灵魂，让人永远也捕捉不到哪一个是真正的她，又抓心挠肺地非要从她身上寻找出最后的真相。

活了整整十七年，赵维祯第一次对异性产生如此强烈的好奇，甚至不惜派出心腹暗卫，时刻留意着她的一举一动。

"慕三小姐在黑槐殿与几大家族被放逐的弃子相处的过程,大概就是属下以上所说的这般情形。目前为止,除了霍家公子因为被她救了一命而对她表现出些许善意之外,段公子和顾公子那边,排外的情绪十分严重。尤其是顾公子,对慕三小姐这个入侵者所表现出来的敌意最是明显。"

随着下属将慕紫苏近日在黑槐殿的一举一动汇报上来,赵维祯始终默不作声,修长漂亮的手指有节奏地在桌面上敲击出声响,似乎在节奏之中陷入了某种沉思和冥想。

暗卫见主子没有任何回应,忍不住小声提醒了一句:"主子不必担心黑槐殿那些人能够伤到慕三小姐一分一毫,虽然他们背后的势力不容小觑,但说到底,他们不过就是被各大家族故意遗弃在黑槐殿的弃子而已。"

"弃子?"

这两个字,总算让赵维祯有了些许反应,他看向自己虽然已经恢复知觉,却仍旧无法站立的双腿,自嘲道:"于皇家来说,本王又何尝不是一枚弃子!"

暗卫闻言,单膝跪地:"是属下用词不当,请王爷责罚!"

赵维祯没理会暗卫的自责,冷声道:"传本王命令,去给慕家送个口信,就说,慕紫苏的婚事,已经被本王内定。"

跪在地上的暗卫瞠目结舌地看了自家主子一眼,就见主子忽然扯出一记神秘的笑容:"这一次,该轮到本王给那小丫头一个措手不及了!"

赵维祯算计得不错,没有任何心理准备的慕紫苏,这一次,还真被他闹了一个措手不及。

自从那天她在槐树林救了那个差点儿被自家兄弟活活打死的倒霉公子之后,便再也没在黑槐殿遇到一个活物。

黑槐殿除了一望无际的槐树林之外,最多的就是被空置下来的房子。

这些房子规格统一,大小相同,除了没有人气之外,其他条件倒是让人无话可说。

慕紫苏在众多空置下来的房子中找了一处风水还算不错的院子住了下来,一直到第三天,才在一个类似凉亭的地方发现了一个面生的酒鬼。

没错,就是酒鬼!

这酒鬼的年纪在六十岁上下,胡子拉碴,满身酒气,当慕紫苏凑了过来试图同对方打招呼时,就见这老头儿一手抱着酒葫芦将自己灌得酩酊大醉,一边对着凉亭内摆放的棋盘独自对弈。

"老人家，请问一下，您知道黑槐殿的夫子住在何处吗？"

正闷头喝酒下棋的老头儿掀起眼皮看了她一眼："夫子是个什么东西？能当酒喝吗？"

说完，他豪迈地举起酒葫芦，咕咚咕咚又是几口酒灌下。

慕紫苏觉得这老头儿甚是有趣，于是在老头儿对面坐了下来，眼看老头儿喝完酒后在棋盘上落下一子，她紧随其后，挪动了棋盘上的另一枚棋子。

原本没怎么把她放在眼里的老头儿看到棋步眉头一皱，一时间竟忘了喝酒，认认真真地琢磨起下一步棋子的走向。

慕紫苏在老头儿思考的时候笑问对方："我要是没猜错，您就是黑槐殿的夫子吧？"

这次，老头儿连眼皮都懒得掀动一下，喃喃自语道："这步棋有点儿意思，倒真把我这个老家伙给难住了。"

嘴里说着难，他很快就在棋盘上找到了破解方法，落下一子，让慕紫苏在棋盘上的处境变得危险起来。

慕紫苏饶有兴味地看了一眼面前的局势，沉吟片刻后，拿起一枚棋子，淡定自若道："听说掌管黑槐殿的夫子姓楚，只是我来到这里至今还没遇到过楚夫子本人。黑槐殿人烟稀少，与寻常学堂倒略有几分不同。不过没关系，我这个人一向很喜欢挑战有趣的事情。楚夫子，下完这盘棋，我就算是正式拜在您门下了，以后，还请楚夫子在学业上多多关照！"

老头儿拒不承认自己的身份，一边喝酒，一边寻找反击的机会："什么夫子不夫子，我老头子只是这黑槐殿的一个闲人，可没工夫搭理你们这群不知天高地厚的小东西。"

慕紫苏见老头儿又落下刁钻的一子，漫不经心地笑道："是不是天高地厚，那也得相处了之后才能定论。我来黑槐殿已经三天有余，倒是见过几位性格各异的同窗。除却他们为人处世方面略显出几分与众不同外，天高地厚什么的与他们还真挂不上钩。喂喂，夫子，夫子，您输了！"

几句话的工夫，慕紫苏已经不着痕迹地对老头儿将了一军。

待老头儿看清棋盘上的局势，酒意顿时醒了大半，他仔仔细细分析了一下眼前的情况，直拍大腿道："哎呀！马失前蹄，真是马失前蹄啊！"

慕紫苏喜笑颜开道:"既然输了,还请夫子能够答应学生一个请求……"

话未说完,就被老头儿出言打断:"想求老夫,就拿酒来换!"

"不是,您还没听学生要求什么……"

老头儿语气蛮横,指着慕紫苏道:"不管求什么,没有酒来伺候,你就一边待着去吧!"

说完,不给慕紫苏再应声的机会,老头儿提着酒葫芦,慢悠悠地转身走了。

慕紫苏看着老头儿渐行渐远的背影有些好笑,却还是出言劝道:"夫子,酒多伤身,不宜多饮。"

远处传来老头儿洪亮的回声:"得即高歌失即休,多愁多恨亦悠悠。今朝有酒今朝醉,明日愁来明日愁……"

直到老头儿的身影彻底消失,慕紫苏才从紧赶慢赶飞到这边传口信的翠花口中得知,慕家出了状况,她要赶紧回去一趟。

还以为是慕老太太出了什么变故,结果回到慕家才发现,出状况的不是慕老太太,而是她自己。

明王殿下居然派心腹来慕府送了一道口信,慕三小姐的婚事,将由他直接内定。

这个负责传口信的男子是赵维祯身边的心腹之一,没有名字,只有代号,影七,就是此人对外的代号。

"影七公子,您这句话,实在让下官有些难以理解。婚事内定,这究竟是何意?"

慕青流与明王府的人虽然不熟,却也知道这个叫影七的男子是明王身边备受器重的心腹。

明王在京中的地位非比寻常,他身边的几个心腹地位甚至超越朝中一些大臣。

此时见影七大张旗鼓地带着一行侍卫来慕家传明王的命令,这让没有任何心理准备的慕青流很是惊慌了一阵。

不愧是自小就待在明王身边长大的心腹,即使这个影七年纪不大,浑身上下所散发出来的气势和威严却丝毫不辱王府的门风。

面对慕青流脸上的不解,影七好脾气地又解释了一句:"自上次在奉天殿行选妃大典,王爷便对慕家三小姐念念不忘。几经思量,王爷决定将明王妃的名份赐予慕三小姐。至于何时下聘提亲,以及之后的一些婚宴细则,待王爷那边商议妥当,自会派人来府上郑重告知。今日王爷派属下传递这个口信,只是提前跟慕大人打个招呼,在王爷的决定出台之前，慕家不可对慕三小姐的婚事再做任何安排！这么说，慕大人可明白了？"

慕青流连连点头："下官明白！下官明白！"

匆匆回到慕家的慕紫苏，一进门，看到的就是这样一幅清奇的画面。

"既然慕大人对此事没有任何意见，那么这件事就这么定了，属下还要回府向王爷回禀进展，便不在此多做停留。"

说完，影七毫不留恋地转身就走，在看到慕紫苏风风火火赶回来时，他客气而礼貌地冲慕紫苏点了点头："慕三小姐，告辞！"

直到影七带着明王府的几个人浩浩荡荡地离开慕家，慕青流才重重抹了一把额头的冷汗，对及时赶回来的慕紫苏道："紫苏，你和明王殿下究竟是怎么回事？上次在奉天殿选妃的事情，后来不是不了了之了吗？为何明王今日却派人过来，宣告已内定了你的婚事？"

从头到尾没发表过任何意见的孙静婉轻轻扯了扯慕青流的衣袖，笑容可掬道："老爷，明王殿下派人来府上提亲，这对咱们慕家来说，那可是天大的喜事啊！"

说着，她用力冲慕青流挤了挤眼，仿佛在用眼神提示着什么。

经孙静婉这么一提醒，慕青流也猛然回神，恍惚之间明白了一切。

是啊！他怎么忘了，明王的婚事一天不定下来，京城中的那些大家闺秀便一天没办法安生。

眼下明王将明王妃的目标直接锁定在慕紫苏的身上，这等于是告诉其他人，警报已经解除，不管是其他千金小姐，还是被慕青流和孙静婉寄予无限厚望的另外两位慕家小姐，从今以后，都不必再担心明王殿下会将主意打到她们的身上。

很快就厘清其中利害关系的慕青流连连点头："甚好！甚好！看来咱们慕家喜事将近，紫苏啊，能攀上明王府这样的高枝，你这次可真算得上是红运当头……"

慕紫苏岂会看不出慕青流和孙静婉这两个人心里在打什么主意？不过她现在没多余的工夫与无良父亲及恶毒后母理论这些是是非非，眼下最重要的是，找赵维祯那个家伙问清楚，他究竟在搞什么鬼。

"这叫什么话？本王还能搞什么鬼？当初是你哭着喊着扑到本王面前央求娶你为妻，现在本王大发慈悲地成全了你的心愿，你不感激涕零也就算了，居然还好意思问本王究竟在搞什么鬼？"

当慕紫苏风风火火地来到明王府打探情况时，就换来赵维祯这么几句不着调的话。

慕紫苏直接被他那句哭着喊着扑到他面前求娶的形容给气乐了："合着在王爷眼中，我就是这么一个可笑的恨嫁女？"

她那一脸气极败坏的模样，让一直在她面前吃闷亏的赵维祯心情大好，忍不住揶揄反问："说说吧，本王成全了你这一颗恨嫁的心，你拿什么来报答本王？"

慕紫苏免费送给他一记大大的白眼，不客气地在他对面坐了下来，顺手抄起他用过的茶杯，将剩下的半杯茶水灌进了自己的肚子里。

这让从小就有洁癖的赵维祯眉头一下子皱得老高："那是本王的专用茶杯……"

"放心，我不嫌你脏……"

赵维祯的火气又被这没羞没臊的丫头给勾了起来，气不打一处来道："你到底还有没有一点儿姑娘家的样子？在未来夫君面前……"

"扑哧！"

没等他把话说完，慕紫苏就笑出声来，她抛给赵维祯一记玩世不恭的笑容："什么未来夫君？先不说你还没有正式向我们慕家下聘礼，就算咱俩之间的亲事已经定了，你我心中也明白，这不过就是演给慕家人看的一场戏而已。总之，你今天派人去慕家折腾的这一出，算是给慕家那些人提了个醒，等回头我寻个合适的时机，将我娘留给我的那些东西从孙氏手中夺回来。到时候我会替你想个合适的理由，把咱们之间这场可笑的婚约给解除。"

"可笑的婚约？"

赵维祯的语气忽然间变得阴冷了几分："在你眼中，本王的婚约就是一个可笑的存在？"

慕紫苏见他脸色沉了下来，忙出言解释："凭王爷的身世和背景，将来势必要寻一个门当户对的姑娘与你共度一生。至于我，只是四品侍郎府一个地位不高的小女子，怎么能高攀得上你这位皇子出身的千岁爷？我知道你这么做，是为了报答我替你治疗腿疾的恩情。总之，你的心意我领了，但我不会自私到拿这种事情来影响你一辈子的幸福。"

她那副深明大义的样子让赵维祯气也不是，怒也不是，冷着声音道："关于你我之间婚约的事情，本王自有安排。你也知道，以本王现在的年纪，已经到了娶妻生子的时候。就算奉天殿选妃这种事暂时被搁置下来，早晚有一天，父皇还是会以另一种方式往本王身边塞女人。与其让本王和那些蠢货虚与委蛇，还不如拿你来顶包凑合。

至少……"

赵维祯戏谑一笑:"和外面那些不堪入目的庸脂俗粉相比,你这模样多少还是有些看头的。"

慕紫苏乐了:"那咱俩现在的关系就是互相利用呗?"

"嗯,你该庆幸,你至少还有一些可被利用的价值。"

"是是是!"

慕紫苏连连点头:"能得王爷另眼相看,那可是小女子我上辈子、上上辈子修来的福气。"

赵维祯嘴角微勾,故作威严道:"算你还有那么一点儿自知之明。"

慕紫苏也跟着乐:"既然咱们在这件事情上达成了初步共识,我也就不在这里打扰王爷的宝贵时间。之前给你的药你要记得按时服用,每隔七天,我会来这里帮你施针,争取让你的双腿早日恢复健康。先走一步,后会有期……"

说着,她抬抬屁股就要离开明王府,却被赵维祯一把给扯了回来:"等等,本王话还没说完。"

慕紫苏被他扯回原位,不解地问:"王爷还有什么吩咐?"

赵维祯直入主题:"这几天你在皇家书院适应得如何?"

提到皇家书院,慕紫苏的眼底闪过一抹莫测高深的光芒,若有所思道:"适应得还算不错,只不过那个黑槐殿略有些诡异。我在那里混了三天,除了第一天遇到几个怪人之外,之后的两天一直无所事事,闲得发霉。"

"本王早就提醒过你,黑槐殿之于皇家书院,是最没前途的存在。如果你当初肯听本王一句劝,也不必身处这样尴尬的局面。怎么样?要不要试着再来求求本王?只要本王一句话,皇家书院那几个地方,你可以随便挑选。"

慕紫苏摆手:"不必,虽然黑槐殿处处散发着诡异的气息,那里的环境却是非常不错。"

赵维祯有些不高兴:"像那种专门给家族弃子养老的地方,你究竟是哪只眼睛发现那里还不错?"

"养老?"慕紫苏对这两个字起了几分兴致。

赵维祯厉声质问:"你可知目前安身在黑槐殿的都是些什么人?"

不给慕紫苏应声的机会,他接着又道:"他们分别是霍家老五霍司铭、段家老二段无洛,以及顾家老七顾卿然!"

还没等慕紫苏从这几个姓名中回过神，赵维祯的声音又在耳边响起："霍司铭的祖父是辅国大将军霍振霆，官拜一品，乃京城三大家族之首。段无洛的父亲是当朝一品丞相段玉科，此人深得父皇重用，在京中的地位并不比霍家逊色。至于顾卿然……"

赵维祯瞟了慕紫苏一眼："你已经和那个叫顾清漪的蠢货打过数次交道，应该对镇国公府的来头略有了解。顾家、霍家、段家这三大家族在京城堪称三足鼎立，权势相当，地位超然，随便哪个家族拎出来，都可以给天启王朝带来影响。而黑槐殿那三位，作为这几大家族被丢弃在外的弃子，你觉得与他们厮混在一起，还能有什么前途和光明可言？"

慕紫苏饶有兴味地揉了揉下巴："看不出来，那几个小子的身后居然还有这么复杂的背景。弃子收容所吗？有点儿意思了！"

赵维祯的俊脸瞬间就黑了下来："慕紫苏，你究竟有没有将本王的劝告记在心里？"

慕紫苏淡然一笑："王爷的好意我心领了，不过从目前的局势来看，就算借你之势混进紫什么轩、红什么阁，在那些自以为是的公子小姐眼中，我慕紫苏这个被侍郎府丢弃了整整十年的嫡出小姐，恐怕早就被他们打上了和霍、顾、段三位公子一样的标签。与其在那种地方跟他们周旋，还不如在黑槐殿自在，能随意做我想做的事情。"

"你想做什么？"

"那就要看本小姐的心情了。对了，王爷，你可知黑槐殿那几个怪人，都是因何缘故被他们各自的家族给弃养？"

赵维祯送她一记白眼："这重要吗？"

"重要倒是不重要，我就是好奇想问问！"

"既然好奇，你直接去问他们本人啊！"

"那多不好意思？毕竟有些事情涉及人家的隐私，万一不小心戳了他们的心窝子，我多过意不去！"

赵维祯瞪她："你当初拿顾清漪来戳本王心窝子的时候，怎么不见你过意不去？"

慕紫苏满脸好奇："拿顾清漪说事，真的会戳到王爷的心窝子？我就说嘛，王爷与她关系匪浅，怎么可能被单方面退婚了还不恼怒？难怪那天在皇家书院，王爷要当着众人的面给她难堪。亲事不成反结仇，王爷心里一定很伤感吧？"

"伤感啥啊？"

虽然赵维祯一出生就被封为天启王朝的太子，从小到大，却是在军营那种地方和一群粗莽的汉子厮混着长大的。

之前为了维持自己千岁爷的形象，他已经尽可能地不将军中那些习气带进王府，可遇到慕紫苏后，着实又把他隐藏在骨子里的本性勾了出来。

"你给本王听清楚，虽然那个顾清漪与本王曾有过一段婚约，但在婚约生效的那些年，本王与她的交集屈指可数。说直白一点儿，过去那些年，她不过就是挂了一个未进门太子妃的虚名，后来本王因受伤被夺去了太子之位，镇国公府那些人便见风使舵，解除了这段可笑的婚约。这其中的利害关系就算本王不说，相信狡诈如你也会看得明明白白。总之一句话，不管顾清漪如何，本王对她可是没有半分想法！"

慕紫苏连连点头："王爷这么不遗余力地向我解释你与顾清漪之间的清白，真是让我好生感动。"

"谁跟你解释了？"赵维祯发现，每次和这臭丫头说话，他都能被气个半死。

"好了好了，知道您眼光清高，看不上世间那些庸脂俗粉，反正都是过去式了，咱不提也罢。王爷，来说说黑槐殿那几位的情况吧，我总不能对自己的同窗毫无了解。"

见她难得露出一脸求知若渴的模样，赵维祯缓了缓心神，冷着脸道："关于那几个人的具体情况，本王所知不多。不过外间传言，霍司铭被逐出霍家的原因，是刺伤了生母，犯下了弑母之罪。段无洛，也就是段丞相的小儿子，刚出生就克得生母离世，祖父遇难，包括段丞相在内，当年差点儿因为段无洛的出生而官途受阻，于是坊间给段无洛冠上一个扫把星的罪名，谁接近他，谁就会霉运不断……"

慕紫苏恍然大悟："难怪黑衣小子见了我就拼命逃开，原来是这么一回事。哦，说起那个姓顾的小子，他和顾清漪是什么关系？"

赵维祯也没隐瞒："堂姐弟！与霍司铭和段无洛两个人相比，顾卿然曾经在国公府的地位可是非比寻常。他乃嫡子出身，母族高贵，出生之后，就被顾家当成下一任家主来培养。后来不知发生了何事，他与国公府闹翻，被顾家族长以逆子难以管教为由，逐出了国公府，从此放任他在黑槐殿不闻不问。"

慕紫苏脑海中回想起那个刁蛮傲慢的白衣小公子的模样，真没想到，那个俊俏的小子，居然出身于镇国公府。

"最值得一提的就是黑槐殿的夫子楚博奕，据本王所知，这位楚夫子当年曾是皇祖父的伴读，皇祖父上位之后，封他为太傅，专门教导九皇叔的学业。你可能不知道本王还有这么一位九皇叔，他是父皇最小的弟弟，当年颇受皇祖父宠爱。后来不知发生了何事，九皇叔离奇失踪，杳无音信，楚博奕深受打击，从而染上酒瘾，自请去黑槐殿孤独终老，从此再未出现在朝堂之上。"

"如此说来，黑槐殿那个酒鬼夫子，曾经在天启王朝，也称得上是一位风云人物？"

"那是当然！别看他现在把自己作贱得人不人、鬼不鬼，皇祖父在世的时候，他可是非常风光的。只可惜那时本王还小，稍稍懂事之后就被母后送进了军营历练，没能亲自领教过这位楚太傅的学识，对本王来说倒是人生中的一大遗憾。"

慕紫苏调侃："王爷可以随我一起去黑槐殿做同窗啊。"

赵维祯送给她一记白眼："你当本王像你一样闲得无聊？先不说楚博奕已经不复当年的威名，就算他仍和当年一样，以本王现在的学识和能力，已经不需要找人来亲自教导。"

"你还真狂！"

"本王自有狂的资本！"

早就听说过这位前太子不少风云事迹的慕紫苏，没再反驳他的话。

更何况今天这趟明王府之行让她收获颇丰，冲赵维祯提供给她的这些消息，她倒是可以好好琢磨琢磨，接下来的日子里，当如何在黑槐殿闯出一番成就和名堂。

第八章 一画成名出风头

离开明王府的时候，慕紫苏在赵维祯肉痛的眼神中，顺手拎了两瓶好酒，决定回去孝敬她的酒鬼夫子。

结果刚踏进书院大门，就见门口处围了一群学子，正对着墙壁上贴出来的一张告示叽叽喳喳说个不停。

她走过去瞟了一眼，就见告示上写了几行字，大概意思是，皇家书院每招收一批学生，都会在开学之际，让院内的学生画一幅命题作品，供夫子们挑选审查学生们的作画能力。

"对于琴棋书画样样精通的顾小姐来说，这样的比试根本就不具备任何挑战性，好吗？"

人群中传来某位姑娘清脆的嗓音，紧接着，她旁边的姑娘也跟着点头："就是啊，放眼望去，整个京城所有的名媛才女在作画方面都没资格与顾小姐相提并论。尤其是顾小姐去年在皇宴上当众画的那幅《百鸟朝凤图》，真真是技压全场，无人能及。"

"各位姑娘过奖了，虽然我从小就在作画方面自认颇有天赋，但人外有人，天外有天，技压全场、无人能及这样的话现在说出来还有些为之过早。"

被几个姑娘围在中间称赞夸奖的顾清漪，虽然嘴上说着自谦之言，眼底那掩不去的得意之色却出卖了她此时骄傲的心情。

她确实有骄傲的资本，毕竟从小到大，她可是被当成太子妃来培养的天之骄女。

不但府中的长辈对她有着严苛的要求，就连她自己，在学习的过程中也不曾有过半点儿放松。

那种要成为人中强者的想法在她还很年幼的时候就已经被灌输于脑海之中，她知道，自己这辈子注定会有一段不平凡的人生。所以为了这段不平凡，她必须坚强、必须努力，只有这样，才够资格成为人中龙凤。

慕紫苏静静地站在旁边欣赏着顾清漪那自恋又自负的嘴脸，越发怀疑这位顾大小姐脑子是不是有问题，居然用这种方式在人群中寻找存在感。

"慕三小姐？"

被夸得飘飘然的顾清漪终于感受到两股灼热的视线，回头一看，与慕紫苏那张漂亮到极致的面孔刚好撞了个正着。

看到慕紫苏出现的那一刻，顾清漪脸上满足的神情瞬间被阴郁所取代。

直到现在她都忘不了，那日明王殿下为了替慕紫苏打抱不平，曾当众给过她怎样的难堪。

如果说最初她是因为一只鸟而对慕紫苏心生不满，经由赵维祯的介入，她算是彻底将慕紫苏记恨上了。

"你怎么会在这里？"

此时的顾清漪，已经懒得再去遮掩她心中对慕紫苏的不喜，她就是要让所有人都知道，只要有她顾清漪在的一天，就永远都没有慕紫苏的出头之日。

面对顾清漪不怀好意的挑衅，慕紫苏笑着回道："我也是皇家书院的一分子，你能在，我凭什么不能在？"

顾清漪冷笑一声："别告诉我，直到现在你还不知道黑槐殿于皇家书院究竟意味着什么。说好听一点儿，你姑且能被算作皇家书院中的一员；说直白一些，但凡被分配到黑槐殿，就等同于成了一个废物，再也没有任何出头之日。"

慕紫苏邪气地挑了挑眉："我现在比较好奇的是，顾小姐对我如此不善，究竟是因为我当日不肯将翠花高价卖给你，还是因为明王殿下没有顾及你与他之间曾经的情分，当众让你受了屈辱？"

"你说什么？"这个话题，让顾清漪的脸色顿时难看起来。

慕紫苏语气轻松道："我说什么你心里比谁都明白，还是说，你想让我当众讲清楚我话中的深刻含义？"

不理会顾清漪目眦欲裂的嘴脸，慕紫苏勾唇笑道："有些真相，别人不说，却不代表别人心里不知道。当你处处针对我、挑衅我甚至是侮辱我的时候，最好仔细想想你现在的立场。别以为你耍些见不得人的小手段将我送去黑槐殿，就可以将我像蝼蚁一样踩在脚下肆意欺压。紫云轩也好，红竹阁也罢，在我眼中，不过就是个名字不同，没有任何实质的区别。"

"说得好！"

人群中突然传来一道喝彩声，就见英姿勃发的三殿下赵维瑾在几个年轻公子的簇拥下走了出来。

慕紫苏和顾清漪刚刚那番对峙他尽收眼底，如果说之前对这位貌美如花的慕家三小姐只是略有好感，经过刚刚那一番较量，他是彻底对这个姑娘生出了几分欣赏之意。

三殿下的出现，让原本气氛尴尬的现场再一次陷入紧张之中。

已经被气得小脸煞白的顾清漪，为了不给赵维瑾留下坏印象，逼迫自己收敛情绪，强行露出一张温润和善的笑脸："三殿下怎么也在？"

赵维瑾淡淡一笑："听说书院发布了一则告示，所以过来看看热闹。"

顾清漪急忙接口："三殿下是何等尊贵的身份，这种小事何用劳烦您亲自露面？"

赵维瑾挑眉："既然我与其他学子一样成为皇家书院的一员，就该遵守书院的规矩，凡事都要亲力亲为。如果连这么简单的事情都无法办到，岂不是愧对父皇，愧对天下，愧对我天启王朝的太祖爷！"

不愧是备受瞩目的三殿下，字字句句，无不展现出皇家子弟的风度与风范，让那些原本就对他爱慕有加的姑娘，更是倾心不已，情难自抑。

顾清漪被这番话说得干笑两声，只能点头道："还是三殿下考虑周全。"

赵维瑾无可无不可地和顾清漪应付了几声，便兴致勃勃地走到慕紫苏面前，好奇地问："你那只有趣的鹦鹉呢？"

慕紫苏挑眉看了赵维瑾一眼，见他目光灼灼，满面和善，便好脾气地回了一句："它很调皮，这个时间，大概是飞出去玩了。"

赵维瑾笑了笑："还想逗那小家伙说几句话来玩呢，不过没关系，以后有的是机会。对了，慕三小姐，听说你被分去了黑槐殿，那里已经很久没对外招收过学生了，而且学习环境也不如咱们紫云轩。如果你不介意，我可以替你去书院院长那儿打个招呼……"

"不必！"

慕紫苏打断赵维瑾的话："黑槐殿是个很有趣的地方，我很喜欢那儿，并无离开的想法。"

赵维瑾的眼底露出惋惜的神色，见慕紫苏真的对转院之事没有兴趣，便转移话题道："既然你喜欢留在黑槐殿，我也不便强加阻拦。毕竟无论你身处哪里，都改变不了咱们已经是同窗的事实。就是不知慕三小姐对这张告示上的要求有什么看法？因为据本殿下所知，往年无论书院有什么活动，黑槐殿那边的成员都是拒绝参加的。慕三小姐现在是黑槐殿的一员，不会也随波逐流，放弃这次比试吧？"

起初，慕紫苏还真是对书院门口贴的告示没太注意，此时听赵维瑾这么一说，她又认真看了一眼告示上的内容。

告示写得很清楚，每一位在书院读书的学生，三天之内，须上交一幅亲手所画的作品。

书院给这幅画定了一个主题，主题名叫"感动"。

夫子们要求画画的学生可以领会"感动"二字的含义，并尽可能地将这两个字体现在他们各自的画作之中。

她揉了揉下巴，眼含深意道："反正闲着也是闲着，就由我来动员黑槐殿的同窗们一起参加这次作画比试吧。"

事实证明，慕紫苏的想法还是过于天真了。

当她兴冲冲地回到黑槐殿，准备动员那几位神龙见首不见尾的同窗一同作画时，身负重伤还躺在床上休养的霍司铭一脸无辜地看着她，顺便指了指自己的手臂："恐怕要让慕姑娘失望了，我的手有伤残，别说提笔作画，就连写字都很困难……"

言下之意，他对书院搞出来的这些活动是毫无半点儿兴趣的。

慕紫苏也知道让伤势还没好利落的霍司铭起床作画有些不太现实，于是她顺手留下了两枚补身的药丸，便直奔下一个目标。

说起来，自她踏入黑槐殿直到现在，从未与段无洛这个神龙见首不见尾的黑衣小子正面接触过。

每回见了自己，那家伙都会以最快的速度转身逃离，这次也是如此，当慕紫苏伺机闯进他居住的房间时，就听里面传来一阵高喊："别进来，你会倒大霉的！"

慕紫苏并没有因为对方的警告而停下脚步，直接推门而入，对缩在角落里不敢用正眼来看自己的黑衣少年道："你叫段无洛是吧？正式介绍一下我自己，我姓慕，慕紫苏，是兵部侍郎府的三小姐。既然咱俩现在已经有同窗之谊，以后见了我，你可以直接喊我紫苏。我今天来，是想和你说件事，书院在门口贴出一张告示，要求书院的每一位学生画一幅画，书院还为这幅画命了一个名，叫作'感动'……"

"快出去！快出去！所有接近我的人，都会倒大霉的，走……赶紧走……"

身穿一身黑衣的段无洛此时就像一只活在角落里的老鼠，从慕紫苏肆无忌惮地踏进他房门的那一刻，他便深深将自己的面孔埋在膝盖里，生怕被人看去了模样，会落得一个害人害己的下场。

被他一连吼了好几声的慕紫苏有些无语，合着她刚刚说了半天，这小子压根儿一句话都没听进去。

她无奈地叹了一口气，对缩在角落里不敢抬头的段无洛道："我不知道是什么样的过去让你变得这么自卑又胆小，但有句话我必须说在前面，如果你连自己都瞧不起，这辈子也甭想指望别人瞧上你了。"

说完，慕紫苏转身走人，走出一段距离之后又回头看了角落中的黑衣少年一眼："你的存在是否会给别人带来噩运，未亲身经历过的人，是没有资格妄下结论的。"

留下这么一句让人震惊又难解的话，慕紫苏终于不再留恋地扬长而去。

而紧紧将自己抱成一团的黑衣少年缓缓抬头，却在这时候露出一张苍白清秀又略显出几分羞涩的面孔。

他怔怔地看着慕紫苏渐行渐远的背影，不知是被她留下的那句话触动了心弦，还是陷入了对未来的迷茫。

刚踏出段无洛的房门，就见顾卿然环着胸，靠在一棵老槐树旁，正勾着嘴角，冲她抛来一抹坏笑："接下来你要找的是不是本公子？"

不愧是曾经被国公府当作继承人培养的豪门公子，即使顾卿然今年只有十五岁，周身上下所散发出来的气势，都隐隐显露出一种来自宗族子弟的傲慢和自信。

慕紫苏没搭理顾卿然的挑衅，经过他身边的时候留下一句："恐怕要让你失望了，因为你并没有列入被我寻找的名单之内，至于为啥，自己回去慢慢揣摩吧。"

"喂……喂喂……"

本想借这个机会刁难她一番的顾卿然急忙追了过去，跟在她屁股后问道："你这样厚此薄彼，有些说不过去吧？大家都是在黑槐殿混日子的，凭啥那两个家伙得你青睐亲自邀请，我却被你列入拒绝往来的名单中？咱俩有仇吗？我做过什么对不起你的事情吗？还是说你对我心存偏见……"

慕紫苏忽然回头，问了一句："书院要求每一位学生在三天之内上交一幅画，这个活动你会不会参加？"

顾卿然想都没想便直接摇头："这么无聊的事情本公子当然没有兴趣！"

"所以……"

慕紫苏摊了摊手："像你这种连借口都懒得找就直接拒绝我的人，有什么资格被我列入邀请的名单？你还是哪儿凉快哪儿待着去吧。"

看着她潇洒离去的背影，顾卿然提醒道："你以为你交了画，这鬼影憧憧的黑槐殿就会引起书院的重视？别天真了，那些伪君子早已给咱们黑槐殿贴上了一个'废物'的标签。不论你交上怎样的作品，即便是你的潜心之作，到了那些人眼中，最终也会变得一文不值！既然结果早已注定，又何必自取其辱，让黑槐殿再承受一次外界的舆论？"

这番话，让正准备转身离去的慕紫苏微微诧异："你很在意外面那些人对黑槐殿的看法？"

顾卿然扬着下巴轻哼一声："他们对黑槐殿的看法是好是坏关我何事？我只是不想因为你一个人的无知，让其他无辜者跟着丢人现眼罢了。"

慕紫苏笑道："既然你这么重视黑槐殿的名誉，要不要跟我一起参加这个活动？"

顾卿然白她一眼："有这个必要吗？"

"你不敢？"

"是不屑！"

"还是不敢！"

"都说了是不屑！"

慕紫苏懒得跟他再浪费唇舌，冷冷回道："不敢也好，不屑也罢，如果连试都不试一下就轻言放弃，我还真挺瞧不起你的。"

无视顾卿然的辩驳和不满，回到休息的地方，慕紫苏便找来纸笔，花了小半个时辰绘好一幅画。

名声和口碑这种虚无的东西对她来说并不重要，她也没兴趣为了拉高黑槐殿在皇家书院的形象而大费周折地去改变现状。

之所以会提笔作画，只是单纯地去完成一个使命，一个在段无洛、霍司铭、顾卿然眼中提都不值得一提的使命。

对皇家书院的其他学生来说，这绝对是展示自己、炫耀自己的大好机会。

那些表面上恭维别人的才华与能力的公子小姐，哪个不在暗中向往着有朝一日众星拱月的主角光环落到他们自己的头上？

所以书院的这个告示被张贴出去后，莘莘学子面上做出一副你比我有才的谦虚姿态，转身便锁上房门，绞尽脑汁地在画纸上极力发挥自己的天赋。

仅用小半个时辰便画好一幅画的慕紫苏，是真的没太将这件事放在心里，反正黑槐殿在书院的名声一向不好，她那几个"蠢队友"也没有为黑槐殿争名夺利的念头。

既如此，她又何必费尽心思去做吃力不讨好的事情。

所以，当那幅她只花了一点点时间画好的作品随意上交书院之后，便打算将全部心思用到调查外公的案子上面。

结果到了第三天，翠花拍着翅膀尖叫着飞过来，扯着喉咙大喊："紫紫，出大事了，你交上去的那幅画好像在书院引起了轰动，书院院长正要派人找你过去问话呢……"

就在翠花大呼小叫的工夫，果然有负责跑腿的小厮过来传话，让慕紫苏赶紧去书院院长的书房走一趟。

当慕紫苏神态自若地敲开院长书房大门时，就见里面居然有十几位夫子云集一堂。

慕紫苏对这些夫子的长相并不陌生，当初在凝心堂举办招生仪式的时候，院长和这些在朝中颇有名望的夫子都露过一次面。

其中一个头发花白的白胡子夫子看到画作的正主终于出现，满脸激动地迎过来道："你就是那个将画取名为《咏梅》的画作的主人，慕紫苏？"

其他几位夫子在看到慕紫苏出现的时候，眼含深意，表情不明，一个个坐在原处默不作声，好像在静心等待着什么。

慕紫苏实在不明白自己的一幅画为何会引起这样的动荡，在没有搞清事情缘由之前，她不动声色地点了点头："不知夫子有何指教？"

白胡子老头儿满脸惊喜道："奇迹！这真是奇迹啊。我在这世上活了六十多年，不想一脚迈进棺材板时，竟有幸见识到这样神奇的作品。"

说话间，白胡子老头儿当着众人的面，小心翼翼地将之前被慕紫苏随便交上来的作品慢慢展开。

即使在场的众人已经不是第一次见识到这幅画的神奇，在画卷慢慢展开之时，众人还是齐齐屏住呼吸，静心等待着奇迹再现。

用"奇迹"两个字来形容慕紫苏的这幅画一点儿都不过分，随着画卷的展开，画中的内容呈现在众人眼中。

这其实是一幅很简单的作品，画中白雪皑皑，红梅遍地，这幅画的颜料好像经过特殊调制，将洁白与艳红的对比展现得淋漓尽致。

当然，这些并不是让夫子们震惊的主要原因，真正触动这些人心弦的是这幅看似简单的画作中，有一位撑着油纸伞的蓝衣女子。

女子拥有一张精致艳丽的面孔，及腰的长发在寒风中徐徐飘起，她低垂着眼帘，好像刚刚经历过一场人生劫难，面上所流露出来的悲伤神色，是那么真实而又触人心弦。

虽然画中的绝色女子在众人眼中是一道极为抢眼的风景线，但真正让夫子们不敢置信的是，画中的女子，居然会动！

没错，画卷展开时，众人可以清楚地看到女子的长发在风中飘扬，她的发丝是真的在动，她的裙摆是真的在飘，她的眼泪是真的在流……

这幅画好像有一种神奇的魔力，赏画之人看得越认真，画中女子的表情便越丰富。

她时而悲伤，时而流泪，时而蹙眉，时而哀愁。

如果说第一个看到这幅画的人是因为年纪太大老眼昏花而出现幻觉，那么第二个、第三个，甚至是所有看到这幅画的人，都能在这幅画上看到女子撑着伞，在风雪中悲伤流泪。

"慕姑娘，这幅画究竟是怎么回事？为何盯得久了，会有一种画中人会哭会动的错觉？难道真的是我们几个老家伙眼神不好，出现幻觉了吗？"

白胡子老头儿难以抑制内心的激动，迫不及待地想要从慕紫苏口中得到答案。

总算明白这几位老爷爷为何会变得如此激动的慕紫苏有些哭笑不得："院长，各位夫子，你们没有看错，这幅画在线条的处理上虽然略显简单了一些，但盯得久了会觉得画中人会动，却并非是各位眼花，这其实是利用颜色渐变产生的一种视觉差，小把戏而已，不足为奇。"

慕紫苏是真的没太把这幅画当回事，师父教了她很多本事，这只是其中之一。

小把戏？

这种给世人带来无比震撼的佳作，在慕紫苏这小丫头口中，居然只是一个小把戏？

她可知道，这样的画作若是传到市面儿上，至少会被炒到万两黄金以上。

书院院长和夫子们听了这个解释之后，真不知该惊叹慕紫苏的绘画天赋，还是该懊恼她的恃才傲物。

他们不否认其他学生交来的作品也有不凡之作，比如顾清漪的《百花齐放》，她将每一朵花、每一株草，都画得栩栩如生，仿若真物，让人在那幅画上寻不到半点儿不足之处。再比如三殿下画的《万马奔腾》，气势够了，笔力足了，可与慕紫苏这幅看着看着就会让人沉迷的《咏梅》相比，皆不值一提、无法比拟。

慕紫苏一画成名的消息很快就在皇家书院传开。

不但将自命不凡的顾清漪打得措手不及，就连赵维瑾在亲眼看到那幅《咏梅》之后，都败得心服口服，并对慕紫苏这个总能带给他无限惊喜和意外的姑娘生出了一种势在必得的念头。

既然慕紫苏的《咏梅》当之无愧地成为获胜之选，皇家书院中那几位德高望重的夫子也一改之前对她的怠慢，诚心询问她要不要转到紫云轩，黑槐殿那种地方实在太委屈她的才华了。

慕紫苏拒绝得十分干脆，这让那些想进紫云轩却只能混迹在红竹阁的学子又羡又妒。

尤其是慕家那两位双胞胎姐姐，简直要把慕紫苏这个出尽风头的丫头恨到骨头里。

慕紫苏可没工夫理会别人对她有何看法，此次她一画成名，不但在皇家书院掀起了一股不小的风浪，就连默默无闻的黑槐殿，也因为慕紫苏的存在而备受外界关注。

第一个找上门来的正是顾卿然，还没进门，他就在外面嚷道："本公子掐指一算，有人要红运当头了。怎么样？这次在皇家书院狠狠出了一次风头，有没有想过借这个机会离开这无人问津的黑槐殿，投奔到云集着名门贵胄的紫云轩门下？"

翠花蹲在门口对里面高喊："紫紫，那个小白脸上门来踢场子了。"

小白脸？我？

顾卿然一进门，就看到翠花正蹲在房梁上居高临下地看着自己，他又气又笑，指着房梁上的翠花道："傻鸟，你知道踢场子是什么意思吗？"

翠花冲着顾卿然俯身冲了下来，直接落到他的脑袋上，还非常不客气地用小爪子在他头上踩了两脚："说谁傻？说谁傻？你才傻！你才傻！"

顾卿然没想到有朝一日，他居然会被一只鸟给欺负了。他气也不是，怒也不是，很快便与翠花追打成一团。

就在一人一鸟玩闹之际，身体已经养得差不多的霍司铭在小德子的陪伴下来到慕紫苏的住处，很客气地说道："听闻慕三小姐在书院一画成名，霍某专程来此祝贺。"

经过几天的调养，加上慕紫苏提供的"特制"药材，当初那个被打得面目全非的霍小公子，此时已经恢复了原本的长相。

虽然跟顾卿然这种天生自带俊美光环的美少年相比，霍司铭的容貌不算特别出众，但他满身刚毅，五官俊朗，倒也称得上是一位正气凛然的翩翩佳公子。

慕紫苏笑着迎出门，对霍司铭道："霍公子最近的身体可好转了些？"

"蒙慕三小姐搭救，你之前送给在下的那几枚药丸，药效很是神奇。"

"举手之劳，不足挂齿。"

"如此大恩，霍某自会铭记于心。"

"喂喂，你俩够了！"

被翠花欺负半天的顾卿然忍不住开口："说这些没用的废话有意思吗？既然人家能因为一幅画而轰动整个皇家书院，咱这黑槐殿的小庙，自是留不住人家了。"

"哦？"霍司铭看向慕紫苏，意外道，"慕姑娘要离开黑槐殿？"

慕紫苏似笑非笑地看了顾卿然一眼，调侃道："你是怕我离开呢？还是怕我离开呢？还是怕我离开呢？"

顾卿然被她调侃得俊脸微红："当谁稀罕让你留下来呢！"

慕紫苏没有理他，却对霍司铭解释了一句："这里很好，我并没有离开的想法。"

闻言，霍司铭的眼底流露出开心的神色，就连一直喜欢跟慕紫苏对着干的顾卿然似乎也在无形之中松了口气。

这时，外面又传来脚步声，让众人颇感意外的是，身娇肉贵的三殿下赵维瑾居然亲自过来了。

赵维瑾的到来，让场面一度变得很尴尬。像顾卿然和霍司铭这种被各自家族彻底放弃了的孩子，恐怕穷其一生，都没资格和赵维瑾这种身份的人站在一处。

好在赵维瑾平日高高在上，尚还秉持着基本的礼仪之道，并没有因为霍司铭和顾卿然的身份，而刻意低看他们。

他非但没有低看，反而郑重其事地对霍司铭道："表弟近日还好吧？"

这声"表弟"唤出口时，慕紫苏猛然想起，霍司铭的姑姑瑶贵妃，正是三殿下的生母。

所以若要论起血缘关系，赵维瑾与霍司铭还真是亲表兄弟。

面对赵维瑾的主动问候，霍司铭礼貌而又疏离地应了一声："托三殿下的福，一切安好。"

他没有称呼自己"皇表兄"的行为，并没有让赵维瑾放在心上。简单与霍司铭又应付了几句，赵维瑾转头对慕紫苏道："你的那幅《咏梅》我已经反复欣赏过了，简直神奇得令人不敢相信。此次我到黑槐殿拜访，一来，是想亲自向慕三小姐道贺；二来，再过两天，便是我十六岁的生辰，不知慕三小姐可否赏个脸，来我府上凑个热闹？"

赵维瑾亲自邀请，让慕紫苏略感诧异。

她并不觉得自己对赵维瑾来说有什么利用价值，对方却一次又一次地向她抛出橄榄枝，这其中的含意可就耐人寻味了。

"按理说，三殿下亲自来请，我自然没有拒绝之理。不过我有一个小小的请求，不知三殿下可否接纳？"

赵维瑾忙道："只要你肯赏脸前来，别说一个小小的请求，就是十个百个，我又岂有不应允之理？"

慕紫苏先是看了一眼表情淡漠的霍司铭，又看了一眼事不关己的顾卿然，然后对赵维瑾道："这二位包括躲在门外一直不敢露面的段小公子，是我在黑槐殿几位相交不错的同窗。既然大家都是皇家书院的学生，不知三殿下生辰那天，我可否与这几位同窗一同前往？"

话音刚落，门外就传来一阵慌乱的脚步声，不用想也知道，造成这个声音的罪魁祸首究竟是谁！

霍司铭和顾卿然向慕紫苏投去疑惑的目光，似乎有些不敢相信，她会突然提出这样的提议。

赵维瑾在怔愣片刻后，点头笑道："只要各位肯捧场，我自是欢迎之至！"

三天后，在慕紫苏的带领下，久居于黑槐殿的几位神龙见首不见尾的"怪胎"，齐齐出现在三殿下居住的昭华园。

因为赵维瑾目前在朝中还没有正式的封号，所以，虽然他出宫建府，待遇和规格却无法与已经被封了王的赵维祯相比。

饶是这样，昭华园的存在，仍是京城这个繁华之地一处极其耀眼的风景线。

"我……我突然想起有事要做，就不去参加了……"

已经走到门口的段无洛打起了退堂鼓，还没踏进昭华园的大门，转身就要逃。

结果他前脚刚要跑，就被慕紫苏揪住衣领，像拎小鸡一样将他拽了回来："你还能有点儿出息吗？出门前咱们可是说得好好的，既然决定踏出这一步，就别想再退缩。现在又是怎样？想撂挑子走人？告诉你，没那么容易。"

说完，又瞪向一脸不情愿的霍司铭和顾卿然："你们两个也给我听着，咱是来吃吃喝喝玩玩乐乐的，可不是让你们苦着一张脸受刑受罪的。瞧你们几个脸上露出的表情，不知道的人还以为将赴刑场，与世长辞呢。"

"就是就是，有小爷在，你们倒是怕个什么劲儿？"翠花很傲娇地挺了挺自己的小胸脯，对几个少年道，"你们放心，我家紫紫超厉害，绝对不会让你们受半点儿委屈。"

自从翠花在黑槐殿与几个少年渐渐熟悉，也懒得听从慕紫苏的要求，再掩饰自己的说话天赋。

好在黑槐殿的几个少年拥有强大的接受能力，见识过几次翠花在语言上的厉害之后，便慢慢接受了这个令人震惊的事实。

"咳！"

品性憨直的霍司铭假装咳了一声，不知该如何应对这样的场面。就算昭华园的主人是他名义上的皇表兄，他也觉得自己与这个地方格格不入。

顾卿然撇了撇嘴，一脸傲娇道："从头到尾都是你这丫头一个人在做决定，有给我们提出反对和不满的机会吗？像这种无聊的生日宴，本公子向来是不屑于参加的。"

慕紫苏瞟他一眼："是不屑于参加还是不敢来参加？"

顾卿然反驳："你这话是什么意思？不敢？这天底下就没有本公子不敢做的事情……"

"既然没有，你到底在害怕什么？"

"害怕？你哪里看出本公子害怕了……"

顾卿然刚要发火，就见几个身穿锦袍的俊俏少年迎面而来。

这些少年十七八岁的模样，个个英气勃发，一看就是权贵人家培养出来的娇贵公子。

他们在昭华园门前勒住马缰，动作利落地翻身下马。

其中一个个子较高的少年不经意地向慕紫苏这边瞟了一眼，当他看清楚慕紫苏身边的霍司铭时，眉头一下子皱了起来。

"老五，是你？"

说话间，高个子少年气势汹汹地向这边走来，极不客气地在霍司铭的肩膀上推了一把，厉声喝道："上次揍你揍轻了是不是，居然还有胆子出现在我面前？"

霍司铭被高个子少年推了个趔趄，重心不稳地差点儿摔倒在地。

其他几个从马上跳下来的少年在看清楚霍司铭的模样时，也随之而来，将他团团包围，你一拳，我一掌，就要对霍司铭拳脚相向。

段无洛仿佛见惯了这种场面，要不是他的衣领被慕紫苏揪着，恐怕早撒腿走人了。

顾卿然则摆出一副事不关己高高挂起的样子，仿佛霍司铭是死是活，跟他无半点儿关系。

"几位……"

慕紫苏一把拦下少年推搡在霍司铭身上的手，皮笑肉不笑道："有话可以好好说，不分青红皂白动手打人可就有些过分了。"

"哟！这不是大名鼎鼎的慕家三小姐吗？"

高个子少年在看清慕紫苏的样貌时，轻浮地吹了一记口哨："果然是个漂亮的小美人，只可惜运气差了一点儿，居然跟黑槐殿这几个不成器的东西分到了一起。"

慕紫苏不冷不热地瞟了高个子少年一眼："你是谁啊？"

高个子少年脸色瞬间沉了下来，眯着眼道："你居然不知道我是谁？"

慕紫苏嗤笑一声："这话问得可真有趣，世上名不见经传的小人物不计其数，我怎么知道你是从哪个犄角旮旯冒出来的路人甲？"

说完，她直接将目光落在沉着脸一声不吭的霍司铭脸上："司铭，这几个阿猫阿狗同你有仇？"

"阿猫阿狗"这个形容不但让高个子少年等人脸色大变，就连刚刚被当众欺负的霍司铭也抽了抽嘴角，一时不知该如何作答。

顾卿然笑着在旁边接了一句："他们都姓霍，是霍司铭的堂兄弟。"

"哦？"

慕紫苏挑高眉头，在几个戾气十足的少年身上扫了一眼："如此说，不久前将霍司铭打得浑身是血、差点儿断气的罪魁祸首，就是你们喽？"

高个子少年冷哼一声："像老五这种下贱的东西，打他一顿，不过是给他一点儿颜色瞧瞧，怎么的？你一个小丫头片子，难道还要替他打抱不平不成？"

话一出口，其他几个姓霍的少年跟着哄堂大笑，分明没把慕紫苏几个人放在眼中。

慕紫苏也不恼怒，抬起手，依次在霍家几个儿郎肩膀上拍了两下，笑着道："我这个人一向不喜欢多管闲事，既然司铭与你们有私人恩怨，要打要骂，自然与我无关。不过有句话我必须说在前面，三殿下今天在昭华园以生日宴为名，递了帖子请我们过来喝酒庆祝。也就是说，我们几个都是三殿下请来的客人，你们要是在三殿下的家门口把他的客人给赶跑，这个后果，我怕你们承担不起！"

高个子少年满脸讥讽："客人？就凭你们黑槐殿这几个废物，也配踏进昭华园的大门？"

慕紫苏慢条斯理地将赵维瑾亲自送给她的请帖拿了出来，在几个人面前晃了晃："配与不配，恐怕你说了还真不算。"

霍家几个儿郎在看清楚帖子的确出自三殿下之手后，面色变得都有些不太自然。

他们略有不甘地瞪了霍司铭一眼，语带讥讽道："与你这种败类同坐一席，真是丢人现眼，令人作呕！"

一直没吭声的翠花嘴快接了一句："一群浑蛋！快滚快滚！"

霍家儿郎面色大变，怒道："谁人如此大胆？"

翠花瞪着它那双小豆子眼，拔高音量又骂了一句："快滚快滚！听不懂吗？蠢货！"

"哈哈哈……"

第一个爆笑出声的正是顾卿然，早在黑槐殿的时候就已经领教过翠花的嘴毒功夫，如今见霍家几个儿郎被一只鹦鹉当众辱骂，那份喜感，简直让人捧腹不已。

高个子少年被翠花的咒骂气得脸红脖子粗，伸手就要去抓慕紫苏肩膀上的大花鹦鹉，却被反应灵敏的翠花用尖利的小嘴在他手背上狠狠啄了一下，疼得高个子少年惨叫了一声。

"你这只该死的臭鸟……"

霍家几个儿郎被气得不轻，意图扑过来与翠花拼命，慕紫苏戏谑地对几个目眦欲裂的少年道："亏你们还是将门出身的儿郎，竟然小气到要和一只鹦鹉斗个你死我活。如果霍家子弟就这么点儿出息，那本小姐算是见识到将门之后的气度了。"

高个子少年不依不饶地还要理论，被他的兄弟及时拉了回去，并小声在他耳边低语了几句，好像是在提醒他，不要忘了这里究竟是什么场合，闹得太难看，恐怕难以收场。

饶是如此，高个子少年还是阴狠地留下一句："先放过你们几个，咱们走着瞧！"

说完，他们带着几分不甘转身离去。

翠花唯恐天下不乱地在他们身后嚷道："好走不送！"

经翠花这么一闹腾，就连一向胆小怯懦的段无洛，以及被人欺负了也从不反抗的霍司铭，都露出了难得的笑意。

慕紫苏转身看向众人："怎么样？你们是继续跟我进去凑个热闹，还是做个尿包，现在就打道回府？"

顾卿然满口不屑："本公子可不是什么尿包，进就进，走吧！"

胆小的段无洛挣扎了片刻，亦步亦趋地跟在顾卿然身后，硬着头皮迎向未知的危险。

霍司铭则满脸感激地对慕紫苏道："多谢！"

慕紫苏问道："他们每次见了你都要这么欺负一番？"

霍司铭苦苦一笑，并未作答。

"司铭，你不恨吗？"

"恨有何用？"

霍司铭慢慢抬起自己已经废掉的双手："如今的我，在那些人面前，已经失去了恨的筹码！"

慕紫苏意味深长地看了他一眼，没再多言，领着众人踏进了昭华园。

几个人在管家的带领下，来到宴席现场，到了地方才发现，受到邀请之人，大多数是皇家书院的学生。

顾清漪和慕家两姐妹也在这些人之中，当她们看到慕紫苏带着黑槐殿几个"怪胎"出现在视线之内时，脸色瞬间变得难看起来。

不知是谁在人群中喊了一嗓子："扫把星怎么会出现在这里？"

那个人口中的"扫把星"，指的自然是从进门之后便不敢抬头的段无洛。

这位段小公子虽然很少露面于人前，关于他克家族、克父母的传言却早在很久以前就流传开来。

如今"扫把星"这个绰号被人当众喊出，让原本就胆小怯懦的段无洛越发不敢抬头见人。

慕紫苏不着痕迹地将段无洛挡在自己身后，目光落在那个喊出"扫把星"三个字的少年脸上，冷笑着质问："你是孤儿吗？"

对方没想到这位慕家三小姐一开口竟说出这么阴毒的诅咒，气得脸红脖子粗："你胡说八道什么呢？"

慕紫苏勾了勾嘴唇："既然你说我在胡说八道，那是不是可以证明，你尚有家人存活？"

不给少年应声的机会，她紧接着又说道："如果你家人尚存，就请你闭上嘴巴，别'扫把星''扫把星'地乱叫。因为没有家破人亡的人，是没资格将'扫把星'这三个字胡乱冠在别人头上的。"

说完，她目光冷厉地向众人扫了一眼："现在，还有谁认为段无洛是个扫把星？"

那些原本还想再说些什么的公子小姐，听到这样恶毒的诅咒，谁还敢轻易说出"扫把星"这三个字。

慕紫苏笑着拍了拍段无洛的肩膀："你看他们多有趣，有些事情明明跟他们毫无关系，他们却非要上蹿下跳地掺和一脚，结果呢？跳来跳去没跳明白，反倒惹得自己一身腥。这种唯恐天下不乱之人，真是既愚蠢又可笑！"

有记忆以来，段无洛一直活在被人咒骂和欺压的阴影之中，如今总算有个人肯在他受到欺辱的时候挺身而出，不知为何，他心中竟然生出一丝淡淡的暖意，就连拼命低下的头，也在这一刻缓缓地抬了起来。

顾清漪忽然笑了一声："真看不出来，慕三小姐明明拥有一张得天独厚的绝美面孔，说出口的话竟然可以恶毒到这种令人不可思议的地步！"

"哟！"

慕紫苏佯装出一副才注意到顾清漪的样子："顾大小姐也在？抱歉啊，我眼神不太好，若非顾大小姐主动开口，我都没注意你也扎堆在人群之中。"

言下之意，顾清漪的存在感已经低到了让人完全寻不见的地步。

慕紫苏的轻视，令向来骄傲的顾清漪气得俏脸通红。

她刚要开口说些什么，慕紫苏又笑着接口："至于顾大小姐送给我的恶毒之名，我可不敢轻易接受。无洛与我有同窗之谊，他当众被人折辱诋毁，作为同窗，我岂有袖手旁观之理？况且无洛如果真的是扫把星，在场的各位为何没有被他克得尸骨全无？既然大家还安然无恙地活着，足以证明，你们之前对无洛的诋毁纯属无稽之谈。那么……"

慕紫苏直勾勾地看向顾清漪："在这种情况下，你还要将恶毒的罪名强加在我头上，其用心之阴险、图谋之不轨，就十分耐人寻味了。"

三言两语，慕紫苏将矛头指向了顾清漪。

原本想让慕紫苏当众出丑的顾清漪见众人齐齐将不认同的目光移向自己，她百口莫辩，难堪不已。

情急之下，见顾卿然躲在旁边看热闹，她一下子就找到了发泄的途径："顾卿然，你好歹也是我们顾家的一分子，就眼睁睁看着你亲堂姐被人这样折辱诬陷？"

顾卿然像看白痴一样看了顾清漪一眼，冷笑着反问："你谁啊？咱俩很熟吗？"

顾清漪眼眸微眯，没好气地对顾卿然道："你有时间在这里丢国公府的脸，不如躲在黑槐殿去做你的缩头乌龟。像你这种风一吹都可能经受不住的人，有什么资格抛头露面，嘲笑别人？"

这番话，让挂在顾卿然嘴边的笑容瞬间敛去了几分。

慕紫苏没有忽略顾卿然眼底一闪而逝的痛苦，忍不住开始琢磨顾清漪那句"风一吹都可能承受不住"这句话，究竟有什么含义？

几次相处下来，翠花对顾卿然已经有了些许同窗情谊，此时见顾卿然被顾清漪斥责，扯着它那特有的尖厉嗓音回骂了一句："蠢女人！"

翠花的声音在这个场合显得那么格格不入又刺耳万分，这让顾清漪恼怒至极，她神色倨傲地指向慕紫苏："滚出去，这个地方不欢迎你们！"

"滚？"

慕紫苏笑着反问："我要是没记错，昭华园的主子是当朝三殿下，作为被他盛情邀请来的客人，三殿下都没开口让我走人，你以什么身份替他做主？难道你是昭华园的女主人？"

正说着，宴会的主角赵维瑾终于在几个随从的簇拥下从后堂走了过来。

看到众人已经齐聚一堂，赵维瑾笑容满面道："各位都来了啊……"

当他在人群中寻找到慕紫苏的身影时，眼眸一亮，迫不及待地迎了过来："慕三小姐，很荣幸你今天能来此捧场！"

慕紫苏瞟了赵维瑾一眼："真的很荣幸吗？顾小姐刚刚可是指着我的鼻子让我赶紧滚蛋呢！三殿下，这我可就搞不清楚了，顾小姐是不是你内定的媳妇？"

完全不知发生何事的赵维瑾被问得莫名其妙。

顾清漪则面红耳赤地解释："三殿下，你别听她胡说，刚刚的事情只是一个小小的误会，并非她所说的那样……"

赵维瑾并不糊涂，早就看出顾清漪对自己有意，只不过顾清漪再怎么优秀，也改变不了她曾经是赵维祯未婚妻的事实。

就算两个人现在已经取消了婚约，赵维瑾对于顾清漪这样一个退过婚的小姐也是毫无兴趣的。

更何况，他现在对慕紫苏好感倍增，岂会让自以为是的顾清漪破坏了他的好事？

但国公府的面子他不能不给，真在这么多人面前让顾清漪难堪，对他的前途和将来也是毫无好处。

几经权衡之下，赵维瑾笑着做起了和事佬："既然是误会一场，诸位一人让一步，就别再计较了。"

说着，他将慕紫苏引荐给众人："在座有不少人是皇家书院的学生，想必已经知道慕三小姐不久前画了一幅名叫《咏梅》的画作，引起书院院长及宫廷画师陈老夫子的重视。今天是本殿下的十六岁生辰，想借这个机会将一画成名的慕三小姐引荐给诸位认识……"

"慕三小姐？"

这些被请来的宾客中，虽然有一部分人听说过慕紫苏的名字，却也有一部分人对慕紫苏完全陌生。

"据我所知，京城慕家只有一对双生姐妹花，何时又出来一个慕三小姐？"

被称为京城姐妹花的慕若晴和慕若灵同一时间扬了扬下巴，以显示她们作为大家闺秀在京城千金小姐圈的地位。

面对此人的疑问，从进门起就成为众人焦点的慕紫苏笑着回了一句："既然这位公子从前对我一无所知，我就趁这个机会再向各位做一番自我介绍。我父亲是兵部侍郎慕青流，母亲是平远侯府的小姐虞泽兰。当然，我父母的名声可能并不足以引起在座各位的注意，但有一个人想必诸位都如雷贯耳，便是我的外公，曾经名震天下的圣手神医虞广白！"

当她说出"虞广白"这三个字时，现场瞬间陷入了沉寂。

包括霍司铭、顾卿然以及一直不敢抬头看人的段无洛。

即使虞广白的案子已经过去了十余年，这个曾经以医术闻名于天启王朝的人物，仍给世人留下了深远的影响。

憋了一肚子邪火的顾清漪忽然冷笑了一声："据我所知，你的外公，当年可是犯下了弑君之罪，被处以了斩首之刑。"

慕紫苏早就猜到肯定会有人拿自己外公的案子做文章，她不气不恼，淡然回道："不管我外公当年究竟发生了何事，都无法否认他曾拥有过一手精湛的医术。放眼望去，整个天启王朝，谁敢在医术方面与我外公相抗衡？"

"那又如何？"

这次开口的不是别人，正是之前在昭华园门口被慕紫苏挤对过的高个子少年。

这少年名叫霍司玉,是霍家大房的嫡三子,也是赵维瑾在入皇家学院之前的伴读之一。

他忽然在人群中喊了一声:"你外公的医术再怎么厉害,也改变不了他现在是个死人的事实!慕三小姐,拿一个死人,而且是一个被朝廷打上弑君罪名的死人来抬高你的身份,你不觉得这种做法既幼稚又可笑?"

"就是!"

霍家其他几个兄弟早就因为慕紫苏而憋了一肚子怨气,此时见霍司玉做了带头人,一个个争先恐后地出言挤对:"不过就是画了一幅让夫子和院长喜欢的画而已,真不知道你哪里来的自信,敢公然带着黑槐殿几个废物出现在三殿下的生日宴上。"

霍家在京城的地位非比寻常,他们敢有恃无恐地在人前奚落慕紫苏,是打心底没将这个四品侍郎府的小姐放在眼中。

论身份,论地位,他们霍家可是京城说一不二的一等将门,尤其是他们的祖父霍老将军,在皇上面前的威望无人能及。

而慕紫苏只是区区侍郎府的小姐,有什么资格与他们霍家相提并论?

霍家儿郎突然将矛头指向慕紫苏,心底最高兴的非顾清漪莫属。

她不好意思仗着国公府小姐的身份在三殿下面前颐指气使,却不代表霍家兄弟也像她一样心生忌惮。

霍家几兄弟齐齐将矛头指向慕紫苏的行为,令一向不喜欢与人争辩是非的霍司铭眉头紧皱,就连向来胆小怕事的段无洛也瞪圆双眼,露出一副随时准备扑过去咬对方一口的凶恶模样。

顾卿然冲霍家几兄弟投去一记戏谑的冷笑:"既然你们眼中黑槐殿所有的人都是废物,我倒是很好奇,连废物都不如的你们,究竟有什么立场和自信在这里耀武扬威?有本事你们也画一幅令院长和夫子叹服的绝世之品,有本事你们找一个拥有惊天医术的外公,有本事你们也让三殿下亲自去书院递送请帖。既然你们没这个本事,就请你们闭上嘴巴,别在这里丢人现眼……"

霍司玉怒斥:"顾卿然,你有什么资格在这里同本公子大呼小叫?一个被国公府当成垃圾一样丢到黑槐殿的废物,当真还以为自己像从前那般风光霁月吗?还有你……"

霍司玉又将目光落到段无洛的脸上:"不管你承不承认,都摆脱不掉克家族、克父母的恶名。一个无论走到哪里都会给人带来灾难的扫把星,就该躲在你的老鼠洞中自生自灭。你们黑槐殿的这些垃圾，是没资格同我们这些上等人同桌而席的。"

"霍司玉，你不要太过分……"

饶是被欺负也很少反抗的霍司铭，在听到家族里的兄弟用如此恶毒又难听的语言来侮辱自己的同窗时，也怒火横生，忍无可忍。

结果霍司铭刚要冲过去与之理论，就被慕紫苏拉回了手臂，她笑意盈盈道："咱们今天受邀前来，冲的是三殿下的面子。霍家这几位公子不将三殿下放在眼中那是他们的事，咱们可不能有样学样，坏了三殿下的雅兴。是吧，三殿下？"

此时的赵维瑾，脸色已经可以用"极为难看"来形容了。

虽然私下里他与霍司玉几兄弟交情不浅，这并不代表这些表兄弟可以无视他皇子的威严，在他的宴会上对他请来的客人大呼小叫。

霍司玉突然闹这么一出，不但没把他赵维瑾放在眼中，同样也没把皇家的威严放在眼中。

等霍司玉从愤怒中回过神时，也意识到自己刚刚的言行过于激烈，见赵维瑾脸色阴郁，他忙不迭地就想说些什么来缓解眼前的气氛，结果话还没出口，忽然感觉浑身上下一阵瘙痒难耐。

他抓了抓手臂，又抓了抓下巴，结果越抓越痒，越痒越抓。也不知这种感觉是不是会传染，随着霍司玉的抓挠幅度越来越大，霍家其他几个兄弟也没能幸免，你抓抓，我挠挠，一时之间，就见偌大的宴会厅内，四五个霍家儿郎姿态不雅地滚成一团，被那股无形的瘙痒折磨得狼狈至极。

其他人皆被这一幕给看傻了，虽然赵维瑾心中对霍家兄弟心存不满，看到这样的画面，仍担忧地问道："司玉，你们这是怎么了？"

此时的霍司玉已经被那股钻心的痒折磨得快要失去理智，他一边抓挠自己的皮肤，一边大喊："痒，好痒，到底是怎么回事？为何我浑身上下奇痒无比？受不了了……受不了了……"

"痒啊，痒死我了……"

"我也好痒……"

前一刻还能保持些许风度的霍家儿郎们，在一种痒到极致的痛楚中开始在地上哭号打滚。

赵维瑾此时也有些心慌，忙吩咐府中的小厮，让他们进宫去请太医。

那些之前还与霍家兄弟坐得很近的公子小姐，被他们狼狈不堪的样子吓得纷纷后退。

虽然体会不到霍家兄弟现在的感受，但看到这几个翩翩贵公子在眨眼之间就将自己抓挠得血肉模糊、面目全非，他们不但害怕，还很嫌弃。

慕紫苏却像个没事人似的坐到自己的位置上，漫不经心地喝口茶水，慵懒至极地从桌上搁置的果盘里摘下一粒葡萄，然后像看大戏一样玩世不恭地看着霍家兄弟在自己面前出尽洋相。

霍司铭和段无洛已经彻底让这一幕震惊得目瞪口呆。

唯独顾卿然若有所思地看了慕紫苏一眼，仿佛要从她美丽的面容上看出这起事件背后的端倪。

最没良心的当数毒舌的翠花，看到霍家兄弟因为瘙痒难耐在地上滚来滚去，它唯恐天下不乱地发出嘎嘎的笑声，一边笑还一边嚷："驴打滚呀驴打滚，滚过去呀滚过去，哈哈哈！嘎嘎嘎！"

伴随着翠花有节奏的叫嚷，霍家兄弟的情况已经越来越危急。

饶是赵维瑾对霍家兄弟心生怨怼，也绝对不能让这几个人在自己的府上出任何状况。

情急之下，他将求助的目光落到慕紫苏的脸上："慕三小姐的外公既然是曾经医名赫赫的平远侯，不知在医术造诣上，慕三小姐可曾受过外祖父的真传？"

这本是赵维瑾在急切之下问出的无心之言，没想到慕紫苏却认认真真地点头回道："有啊！外公去世之后，曾留下一本他亲自撰写的医术手札，上面详细记载了各种疑难杂症的治疗方法。像霍家几位公子这种症状，就算是太医来了，也无能为力，恐怕天底下能救他们的，只有我慕紫苏一人。"

"什么？你说你能救他们？"赵维瑾眼中一喜，忙开口道，"既如此，还请慕三小姐帮忙医治他们。"

"帮忙？"

慕紫苏像是听到了天大的笑话，玩世不恭地将一颗葡萄抛至半空，又调皮地用嘴接了个正着，边嚼边笑："忘了告诉各位，我慕紫苏虽然精通医术，却是个心眼极小、睚眦必报之人。刚刚霍家几兄弟辱我、骂我、讥讽我，想必在场的各位已经亲眼所见。所以，想让我对他们出手相救，还是等下辈子吧。"

顾清漪总算找到斥责她的理由，厉声喝道："你做人怎么能如此无情？既然你有救人的本事，眼睁睁看着霍家几位公子受尽折磨，这对你有何好处？"

慕紫苏笑得十分邪气："好处就是，本小姐快活！"

如此欠抽的答案，让在场众人无不倒吸一口凉气。

这些从小生活在大家族中的公子小姐，不是没见过阴险狡诈、心术不正之人，像慕紫苏这种我就是坏得明目张胆，我就是狂得无法无天的类型却从未见过。

顾清漪杏眼圆睁，怒不可遏："见死不救，你的良心就不会痛吗？"

慕紫苏挑了挑眉："他们死不死，关我何事？"

"三殿下……"顾清漪眨着一双美眸，仿佛在用这种方式来控诉慕紫苏的无情。

赵维瑾一边欣赏着慕紫苏的嚣张跋扈，一边又对眼前的情况无能为力。

迫不得已，他只能满脸赔笑地对慕紫苏道："不管慕三小姐对我这几位表兄弟有多大的不满，还请你念在今天是我生辰的分儿上，莫要跟他们一般见识。若霍家兄弟刚刚在言语上有得罪之处，我可以代替他们向慕三小姐赔礼……"

"赔礼道歉什么的我不稀罕！"慕紫苏笑得很坏，"只要这几个姓霍的跪在我面前给我磕二十个响头，他们的命，我便救了！"

这话说得真是嚣张至极，慕紫苏却并不介意将这种嚣张发挥得淋漓尽致。

别说赵维瑾，就连霍司铭、段无洛和顾卿然等人，在这一刻，也不得不对这位慕三小姐刮目相看。

顾清漪不怕事大地趁机抹黑慕紫苏的形象："你真是不知天高地厚，区区侍郎府的小姐，居然敢要求将军府的公子给你磕头道歉……"

"你闭嘴！"赵维瑾厉声呵斥了顾清漪一句，怒道，"眼下发生了这样的事情，究竟是人命重要还是面子重要？"

顾清漪没想到赵维瑾会当着众人的面训斥自己，她被骂得面红耳赤，偏偏又不敢在三殿下面前强自逞能。

骂完顾清漪，赵维瑾又换上一副温文尔雅的笑容，对慕紫苏道："慕三小姐，你看霍家几兄弟现在的样子，恐怕撑不到给你磕完二十个头，就会因伤势过重而昏迷过去……"

慕紫苏一点儿面子都不给，冷声道："要么咬牙给我磕完二十个响头，要么继续挺下去！二者选一，没得商量！"

什么叫无法无天？慕紫苏现在的所作所为就是典型的无法无天。

已经被滔天奇痒折磨得快要大小便失禁的霍家兄弟，此时再也顾不得什么尊严与面子，为了让自己尽快好受一些，他们争先恐后地爬到慕紫苏面前，连哭带号地一边给她磕头道歉，一边求她大发慈悲出手相救。

而从头到尾，慕紫苏就像女王一样享受着来自霍家兄弟的卑躬屈膝，让在场所有亲眼见证这一幕的人都在心底打上了一个深深的烙印，慕家这位三小姐，阴狠起来，绝对比地狱阎罗还要可怕。

直到霍家几兄弟被折磨得只剩下一口气，慕紫苏才大发慈悲地拿出解痒药，将差点儿被地狱使者给勾走的霍家几兄弟，从死神手中又拉了回来。

闹剧结束，慕紫苏像个没事人一样对心情复杂的赵维瑾道："很显然，今天受邀来三殿下府上的这些客人并不欢迎我及我们这些黑槐殿的同窗。与其继续留在这里给诸位添堵，不如咱们识趣一些提早离席，也免得坏了三殿下庆生的兴致。三殿下，告辞！"

说完，慕紫苏毫不留恋地带着黑槐殿的同窗扬长而去。

看着她修长挺拔的背影，赵维瑾眼神炽热，言语中流露出一种异常的坚定："慕三小姐，你且记得，无论日后发生了何事，我赵维瑾的大门，会永远为你敞开！"

第九章 御书房 争辩是非

赵维瑾对慕紫苏说的那句"我赵维瑾的大门，会永远为你敞开"，很快就传到了他生母瑶贵妃的耳朵里。

霍子瑶，皇上身边最得宠的一位贵妃，除了拥有一张魅惑君心的绝色面孔，她还是霍振霆霍老将军的女儿。

有将军府这个庞大的靠山给霍子瑶撑腰，她在后宫的日子可以说是过得如鱼得水、呼风唤雨。

自从赵维祯双腿残疾，被夺去太子之位后，赵维瑾就成了众人眼中下任储君的不二人选。

因此，瑶贵妃对儿子的管束和要求便在无形之中严苛了许多。

当瑶贵妃从心腹口中得知，儿子最近居然对区区侍郎府一位不受宠的小姐频频示好时，很快便让人将慕紫苏的家世背景调查得一清二楚。

"胡闹！"

看完慕紫苏的个人资料，瑶贵妃重重拍了一下桌案，厉声喝道："瑾儿他是糊涂了吗？也不看看他现在究竟是什么身份和立场，堂堂皇子，竟然纡尊降贵去讨好侍郎家的小姐，还当着那么多人的面说什么他的府邸大门永远为那个臭丫头敞开？在他说出这句话时，究竟有没有想过他那几个表兄弟被臭丫头当众发难羞辱？司玉、司杰他们可是我霍家精心培养出来的将门虎子，却当着那么多人的面，给区区一个侍郎府的小姐磕头道歉，这件事要是传扬出去，岂不是让那些世家大族看了笑话？"

"娘娘……"

一个上了年纪的嬷嬷小心安抚道："您先别急着生气，据奴婢所知，那位慕家三小姐虽然出身不高，样貌才情方面却让许多世家千金望尘莫及。娘娘应该听说过慕家有一对儿双生姐妹花，承袭了父母身上所有的优点，容貌身材样样不俗，甚至还有'京城第一美人'之称。与慕家这双生姐妹花相比，慕三小姐的相貌远远超过她们。可想而知，这慕紫苏倾城倾国之姿。殿下如今正处于情窦初开之际，见到慕紫苏这样的绝色丽人，难免会为其情动，忽略了兄弟之情。"

瑶贵妃冷笑出声："美色当前就让瑾儿乱了心智，将来还怎么去担负江山大任？而且他也不想想，司玉不但是他的伴读，还是他的嫡亲表兄。他不护着自己的兄弟，反倒偏袒一个外人？不行，必须让瑾儿尽快与这个姓慕的丫头划清界限，堂堂皇子，怎么能和慕紫苏这种名不见经传的小人物混为一谈？而且本宫还听说，这慕紫苏曾经在慕家的安排下被列入赵维祯的选妃名单，能被列入那个名单的闺中小姐，有几个是能登得上台面的？更何况，慕紫苏的外公还是天启朝的罪臣虞广白，区区罪臣之后，也想染指皇子之尊，她简直就是在白日做梦！彩衣，你尽快给本宫拟出一份京城世家千金的名单，本宫要从这些千金中给瑾儿找一个门当户对的媳妇儿……"

被唤作彩衣的嬷嬷连连点头："娘娘放心，奴婢知道该怎么做！"

瑶贵妃对慕紫苏心生嫌弃的事情，并没有给完全不知情的慕紫苏带来任何影响。

那天从三殿下的昭华园回到黑槐殿之后，顾卿然就当众揭穿，霍家几兄弟突然在众人面前身患痒疾，定是慕紫苏在暗中做的手脚。

慕紫苏倒是承认得非常干脆，她的手段并不算多高明，只是趁霍家那几个兄弟在昭华园门前与霍司铭发生口角时，拍了拍他们的肩膀，顺便将一种特制的瘙痒粉拍到了他们的脖子上。

这种瘙痒粉的药性要经过一段时间的沉淀才会慢慢发挥出可怕的药效，所以当霍家兄弟口不择言地辱骂慕紫苏时，她故意一声不吭，静静等着药效发作之后，再慢慢欣赏霍家兄弟的狼狈和不堪。

得知事情始末的众人无不瞠目结舌，直到现在他们都忘不了霍家兄弟被狠整之后的惨状，绝对可以用"身处炼狱"来形容。

"我肯对你们坦白我的所作所为，就证明我并没有将你们当成外人来看。霍司铭、段无洛、顾卿然，这些年，你们几个就像人人喊打的过街老鼠一样在黑槐殿苟且偷生，这种生活真的是你们所向往的？我知道和你们相比，我的处境也不算好，但至少我心中有一个坚定的信念，只要我还有一口气，绝对会让那些欺我、谤我、辱我、笑我、轻贱我的人尝尝我的厉害，让他们后悔来这世上走一遭。"

"谈何容易？"

一向爱跟她作对的顾卿然讽笑接口："虽然你的处境和我们相比不算多好，但至少你还有一副健康的身体。而我们呢……"

他看了看段无洛，又看了看霍司铭，自嘲道："我们连能不能活到明天，都不敢保证。"

这个话题，让霍司铭和段无洛陷入了无尽的沉默，仿佛碰触到了他们心底最痛的伤口。

慕紫苏隐约想起那天在昭华园，顾清漪曾说过的那句话，从那句话中不难猜出，顾卿然表面活得张扬恣意，其实却有一个巨大的隐忧如影随形。

"隐疾吗？"

慕紫苏在几个人脸上扫了一眼,指腹无意识地把玩着拇指上的血灵戒。

她先是将目光落在霍司铭的脸上,漫不经心道:"将门出身的你,根骨奇佳,拥有无人能及的习武天赋,可惜你双手的手筋被无情斩断,以至于现在的你,连稍微重一点儿的东西都提不起来……"

在霍司铭极度诧异的目光中,慕紫苏又将视线落到段无洛的脸上:"带着刑克家族和父母罪名出生的你,襁褓之中便受尽了苛待,长年的营养不足,导致你心脏衰弱,体质不足。"

不给段无洛惊愕的机会,慕紫苏最后看向顾卿然:"至于你这位曾含着金汤勺出生的国公府小公子,本该拥有众星捧月、呼风唤雨的奢华人生,却因为一些不为人知的隐情而放弃尊贵的地位。如果我没看错,三四年前,你曾经因感染风寒而患过一场重疾,虽然病被治好了,却留下了哮喘的后遗症。这就意味着,你随时可能会因为哮喘发作,而命赴黄泉。"

顾卿然大吃一惊:"你怎么知道我有哮喘?你怎么猜到我四年前曾染过风寒?"

段无洛也用力点头,小声道:"我体质不足、心脏衰弱的事情,就连……我家里人都不清楚。"

被一语道破手筋全断的霍司铭则一声不吭地看着慕紫苏,仿佛想要从她的脸上得到自己想要的答案。

慕紫苏逐一睨了三人一眼,笑着说:"你们难道忘了,我有一个曾在医术上叱咤风云的外公啊。虽然外公没有亲自教过我医术,但从他留给我的那本医术手札中,可是让我学会了不少治疗怪疾的本事。"

段无洛小声询问:"可你并没有诊过我的脉象……"

慕紫苏反问:"你知不知道什么叫望闻问切?"

"呃……"

"真正医术高明之人,只需通过患者的面色,便可以判断出患者的病情。"

霍司铭压下心底的惊骇,不敢置信道:"你今年只有十五岁吧?"

慕紫苏笑了:"你这是在嫌我年纪太小,经验不足?"

顾卿然接口:"仅仅通过面色就能判断出我患有哮喘之疾,不得不说,你的医术让我十分震撼……"

一直趴在旁边打瞌睡的翠花打了一个小哈欠,懒懒说道:"我家紫紫的医术那可是世间难求,你们能在茫茫人海中遇到我家紫紫,绝对是上辈子积了大德,前世修来的福气……"

慕翠花的话引来众人一阵笑声，虽然他们不会对一只鹦鹉的话信以为真，但慕紫苏仅凭一双眼睛就能诊断出他们的隐疾，几个少年的心底还是不约而同地对慕紫苏生起了些许敬佩之情。

慕紫苏自然看得出来他们眼中对自己的不信任，不过，现在的她并不急于证明自己的本事，这些人值不值得自己出手相帮，还要等她权衡之后再做决定。

至少目前为止，她对这些人的印象还不算太坏。

日后会发展成什么模样，就听天由命，各凭本事吧。

慕紫苏随手所画的那幅《咏梅》，被皇家书院的陈老夫子呈送到当今天子天晟皇帝的面前。

皇上在看出这幅画的精妙之处后龙颜大悦，当即下旨，让慕紫苏进宫见驾。

这是慕紫苏回京之后，第一次与天启皇朝这位指点江山的帝王正面接触。

在位十一载的天晟皇帝虽然没有给天启皇朝做出过巨大的贡献，但在他称帝的这些年，朝廷上下一直相安无事，算是将偌大的江山治理得固若金汤，无人敢侵。

今年四十有余的天晟帝，保养得还算光彩照人，只不过和同龄人相比，这位拥有庞大后宫的男人，眼底多多少少还是透露出一种沉迷于酒色的疲惫与沧桑。

让慕紫苏意外的是，除了天晟帝和陈老夫子之外，宽敞奢华的御书房内，还有其他几副或生或熟的面孔。

熟面孔不是别人，正是坐在轮椅上的明王赵维祯和数次向她抛来橄榄枝的三殿下赵维瑾。

至于生面孔……

慕紫苏若是没猜错，坐在天晟帝下首位置的那个身穿华丽宫装、头戴珠钗美饰的贵妇，便是大名鼎鼎的瑶贵妃了。

经过一番行礼问安，慕紫苏被惜才如命的陈老夫子郑重其事地引荐给当今天子："皇上，这就是微臣跟您提过的那位慕家三小姐，别看她年纪不大，本事可不小。之前被您连连称赞的那幅《咏梅》，便出自慕三小姐之手。"

坐在书案后的天晟帝上上下下打量了慕紫苏一遍，点头笑道："咱们京城能有这样一位才情与美貌并存的姑娘，倒是让朕颇有些大开眼界。朕记得，慕青流的膝下有一对以美貌著称的双胞胎姐妹花，朕见过那两姐妹，比起其他闺阁中的小姐，容貌的确极为出众。不过她们跟眼前这位慕三小姐相比，倒是逊色了不少。不愧是当年被先帝选为探花郎的慕青流，生出来的女儿，个个貌似天仙，让人眼前为之一亮。"

作为男人，而且是身为帝王的男人，看得最多的除了书案上的奏折之外，便是后宫中各形各色的佳丽。

饶是天晟帝在女人方面见多识广，当他看到慕紫苏惊为天人的容貌时，心底还是忍不住震撼了一下。

这姑娘今年只有十五岁，再等几年，等她的五官逐渐长开，定会成为令天下男人为之疯狂的妖孽人物。

就连瑶贵妃在看到慕紫苏的那一刻，眼神都变得复杂起来。

之前听人说起慕家三小姐如何美貌的时候她还没有多少触动，此时看到神色倨傲地在书房中任人评头论足的慕紫苏时，她终于明白自己那眼高于顶的儿子为何会对这个姑娘如此倾心了。

的确是难得一见的美人坯子，可惜出身低微，背景复杂，眉宇间所绽放出来的盛气凌人又让她着实不喜。

最让她接受不了的就是，她那几个侄子曾经是何等风光，最后居然在这个臭丫头的捉弄下成为京城中的一大笑柄。

所以，不管儿子对慕紫苏有多么倾慕，瑶贵妃都不会允许儿子跟这样的姑娘再有牵扯。

赵维祯和赵维瑾两兄弟看到慕紫苏的时候，则表情各异。

赵维祯不改他沉稳阴郁的态度，冷着俊脸，仿佛与这环境格格不入。

赵维瑾却毫不掩饰对慕紫苏的欣赏，帮着陈老夫子一起称赞："慕三小姐不但有倾城之姿，还画了一手好画，就连医术药理方面也精湛得让人称奇。前几天儿臣不是在昭华园举办了一场生日宴吗？司玉和他的几个兄弟不知出了什么状况，突然被瘙痒所扰。若非慕三小姐出手相救，恐怕司玉他们会凶多吉少。"

"哦？"

天晟帝挑眉："慕三小姐还懂医术？"

慕紫苏谦虚一笑："略懂一二。"

提到这件事，顿时勾起瑶贵妃对慕紫苏的不满，所以说出口的话，也在无形之中流露出嘲弄和讥讽之意："某些人就是仗着自己有点儿小聪明，便不知天有多高，地有多厚。待有朝一日吃了大亏，就知现在的所作所为有多么幼稚可笑了。"

这番极具针对性的话，让慕紫苏不由得抬起头，深深看了瑶贵妃一眼。

从她踏进御书房的时候就察觉到，这位贵妃娘娘对自己敌意颇深。

仔细一琢磨，她很快明白，那天被她戏耍和捉弄的几位霍家儿郎，正是这位瑶贵妃的亲侄子。

怪不得一开口，就要给她一个下马威呢。

瑶贵妃的话，让一心想要捧高慕紫苏的赵维瑾略感难堪。

他刚要开口替慕紫苏解释些什么，沉着俊脸，一直未作声的赵维祯忽然开口："这个世上，只有手中握有筹码的人才有资格狂傲。而那些连筹码都没有的人，除了弯下膝盖任人欺凌，最好还是乖乖闭嘴，别在众目睽睽之下丢人现眼。"

慕紫苏带人大闹昭华园的事情，赵维祯早有所闻。

此时见瑶贵妃准备利用这件事对慕紫苏发难，他自然不会袖手旁观，置之不理。

别说瑶贵妃被赵维祯这句话怼得花容失色，就连天晟帝都没想到，双腿残疾后便少言寡语的嫡长子，居然会为了一个小姑娘大开先例。

他若有所思地看了赵维祯一眼，语带宠溺："几日不见，祯儿的脸色倒比从前好转了许多。每天可有按时吃药？府上的奴才可曾因为你双腿不便而对你疏于伺候？"

天晟帝的眼中尽是对赵维祯的疼惜与爱护，仿佛这个儿子就是一个无价珍宝，即使当着他的面不客气地怼了自己最心爱的妃子，也毫不在乎，甚至还在言语间继续纵容儿子的放肆。

面对天晟帝的嘘寒问暖，赵维祯依旧沉着俊脸，不冷不热道："承蒙父皇挂念，儿臣一切安好！"

天晟帝露出一个慈父该有的笑容，语重心长道："你能健健康康地活着，便是朕对你最大的期待。"

被赵维祯挤兑了一通的瑶贵妃讪笑着接口："皇上除了要忧心明王的健康，还得多想想明王的婚事。在这方面，明王和瑾儿不同。虽然他们兄弟俩只相差了半岁，但明王已经封王建府，到了成家立业的时候。之前皇上下旨在奉天殿为明王选妃，结果妃子没选成，倒是把国公府的那位庶出的顾小姐给吓丢了魂。听说……"

瑶贵妃端起茶杯，动作优雅地轻啜了一口，意有所指道："那位顾小姐在奉天殿被琴弦割断了手指，回去之后便一病不起，直到现在都起不来床呢。明王啊，就算为了你自己着想，也该改改你这坏脾气了。"

瑶贵妃这番话，摆明了是故意当着皇上的面来诋毁赵维祯的形象。

不管皇上曾经对这个儿子有多宠爱，如今的赵维祯不但是个双腿残疾的废人，还是个喜怒无常、脾气暴戾的失德皇子。

这样的人，就算有朝一日他的腿疾彻底好了，也再没资格担当大任。

慕紫苏多聪明的一个人，立刻就明白了瑶贵妃这番话的含义。

"臣女斗胆在此多言一句……"

无视瑶贵妃充满敌意的目光，慕紫苏淡然道："王爷的性情之所以会变得这般暴戾，双腿致残只在其一；至于其二，是因为王爷身中奇毒，导致他情绪不稳，以至于稍微遇到一点儿小小的刺激，便无法像平常人那般控制自己的心性。贵妃娘娘不问缘由便将与人不善的罪名扣在王爷头上，这对明王来说，未免有些过于苛刻。"

瑶贵妃没想到慕紫苏居然胆大包天到敢在这样的场合来指责自己的不是，她瞬间翻脸，厉声喝道："你这是在质疑本宫的判断能力了？"

慕紫苏没搭理瑶贵妃的斥责，向天晟帝抛去一记恬淡的笑容："皇上是天下人的明君，同时也是几位皇子的父亲。虎毒尚不食子，臣女相信皇上看到自己的亲生儿子落得如今这般下场，心底的痛一定比天下任何人都甚。既如此，皇上又怎舍得怪罪亲生儿子在病魔的折磨下，而不经意犯下的一些小小的过错呢？"

天晟帝先是震惊于慕紫苏的这番逻辑清晰的言论，接着又不敢置信道："慕姑娘，你刚刚说祯儿身中奇毒，此话当真？"

慕紫苏郑重点头："臣女得外公真传，在药理方面略有研究。"

瑶贵妃冷笑："区区稚女，岂敢在皇上面前胡言乱语？"

慕紫苏继续无视瑶贵妃的存在，淡然笑道："医者仁心，岂敢妄言？"

"医者？一个只有十五岁的小丫头，居然也好意思自称医者？"

慕紫苏冷冷瞥了瑶贵妃一眼："我外公当年在医术界成名的时候只有十二岁，这足以证明，天赋这种东西，非常人所能比拟。"

这下，瑶贵妃彻底动怒了，她拍案而起，怒声道："慕紫苏，你真是好大的胆子，皇上面前，居然敢提及罪臣的名讳……"

"母妃……"

赵维瑾实在不能理解，为何他的母亲会一而再、再而三地对慕三小姐表现出如此明显的恶意？

他好不容易看上一位姑娘，若母妃执意与她作对，岂不成了他追求慕三小姐的巨大阻碍？

陈老夫子也没想到自己欣赏的学生，居然会招来贵妃娘娘的厌弃，为了避免事情朝着最不堪的方向发展，他赶紧打圆场道："娘娘息怒，慕三小姐初踏皇宫，对宫中的规矩不甚了解。还请您大人大量，不要跟她一个小孩子家一般见识……"

瑶贵妃不依不饶："就算她不懂宫中规矩，当着皇上的面提及有罪之臣也是犯了宫中的大忌。俗话说得好，没有规矩，不成方圆。如果人人都仗着不懂规矩而屡次犯错，国法何在？天理何在？"

赵维祯哼笑一声："天启朝哪条律法明文规定，君上面前不可以提及朝中罪臣？想借宫规为由治人罪名，也要拿得出实际证据才能让人心服口服！"

瑶贵妃怒目圆睁："明王这是要偏袒于她了？"

赵维祯神色倨傲："本王只讲证据，不论人情！"

眼看御书房中的气氛变得越来越紧张，看了半天热闹的天晟帝朗笑几声："好了好了，多大的事情，何至于让你们几个吵得无休无止？慕三小姐是陈老夫子的得意门生，又画了一幅让整个皇家书院都叹为观止的惊世之作。朕向来是惜才之人，岂会因为一些鸡毛蒜皮的小事就对她一个小姑娘家喊打喊杀？"

说着，天晟帝向慕紫苏投去一记和善的笑容："朕看过你的那幅《咏梅》，静中有动，动中有静，画中之妙，真是令朕叹服不已。既然你的作品为书院讨了一个好彩头，朕自然要给你一些该有的赏赐。喜欢什么，尽管来讨！"

这对慕紫苏来说，绝对是一个极好的机会。

她可以趁机向皇上提出为外公翻案的请求，但权衡一下眼前的形势，她在京城还没有站稳脚跟，贸然提出这个请求，非但达不到心中预想，说不定还会给自己招来杀身之祸。

于是，慕紫苏客气地应了一句："身为书院的一员，臣女只是做了身为学子该做的事情，怎么敢在皇上面前邀此大功，厚颜无耻地讨要奖赏……"

天晟帝笑着摆手："朕想赏你，你受着便是。金银珠宝、绫罗绸缎、珍珠玉石，这些不都是你们小姑娘家稀罕的东西？"

慕紫苏福了福身："若皇上执意赏赐，臣女斗胆请皇上赐一块牌匾，上面就写'黑槐殿'三个字即可。"

话落，不但陈老夫子怔在当场，就连瑶贵妃和赵维祯、赵维瑾兄弟二人也露出些许诧异的神色。

天晟帝满脸不解："这'黑槐殿'三个字，可有什么特殊的意义？"

慕紫苏笑道："对皇上来说，黑槐殿的确没什么特殊意义，但对皇家书院的学生来说，意义却非比寻常。因为在其他学生眼中，黑槐殿就是一个大型的废品收容所，被收在里面的学生，穷其一生恐怕都不会有出头之日，而臣女，便是这废品收容所里的一员。臣女求牌匾的目的，只是希望从今以后，其他学生再提起'黑槐殿'三个字的时候，能稍微顾忌一下这块牌匾是皇上御赐，而不要再将'垃圾''废物'这样的字眼砸在我们黑槐殿学子的头上。"

天晟帝蹙眉，看向陈老夫子："究竟是怎么回事？"

陈老夫子一时语塞，只能小声在天晟帝耳边低语了几句，简单解释了一下事情的缘由。

"岂有此理？"

天晟帝听完事情的始末，脸色不悦道："皇家书院的每一个学生都是朝廷未来的栋梁之材，岂能在他们身上打下高贵或低贱的标签？这个制度是谁定的？把他给朕叫过来，朕要跟他当面对质……"

瑶贵妃赶紧安抚："皇上莫要动气，虽然书院的这个规定看似不尽人情，但人与人之间历来就有高低之分。学院会做出这样的安排，也是慎重考虑之后得来的结果，就算您想改变目前的制度，也要给书院那边一个重新调整的过程才好。"

不愧是皇上身边最得宠的女人，三言两语，瑶贵妃便将天晟帝的怒火给压了下去。

虽然皇上没有当着慕紫苏的面惩治制定等级制度的罪魁祸首，却应允了慕紫苏的请求，亲自写了一块牌匾，随后以帝王的名义送去皇家书院。

直到踏出御书房的大门，慕紫苏才正式向刚刚力挺自己的赵维祯道谢。

"谢什么？既然你已经被本王纳入了自己人的队伍，从今以后，你的生死存亡，便轮不到别人来妄加干涉。且记得，你的命，已经由本王正式接管了。"

赵维祯嘴上说着狂傲之言，心底却对慕紫苏敢于在瑶贵妃诋毁自己的时候为他挺身而出一事感动万分。

自从两年前那起变故发生之后，他的人生就陷入了一个无尽的深渊。

即使是他的亲生母亲，当朝皇后，在事发之后为了避嫌，也不得不敛去国母的光芒，栖身于佛堂之中苦度岁月。

漫长的病榻生涯，不但激发出他心底的暴戾和残忍，同时也让他品味了太多的人情冷暖。

那些在他身为太子时对他毕恭毕敬、阿谀奉承之辈，在他被夺去光环之后，一个个对他唯恐避之不及，又有几个人像慕紫苏这般敢于在皇权面前为他挺身而出、打抱不平？

慕紫苏当然听得出他狂妄之言背后所隐藏的情意，忍不住笑道："有明王殿下这样的大靠山给我撑腰，从今以后我便可以高枕无忧了。"

赵维祯睨她一眼："父皇给你赏赐的时候，你为何不趁机提出为平远侯翻案的请求？"

慕紫苏推着他的轮椅慢慢走向宫门口，轻飘飘地回了一句："时机不对！"

赵维祯勾唇："你倒是机灵！"

"不机灵点儿，怎能得王爷青睐？"

"听说赵维瑾最近对你频频示好，怎么不见你对他投桃报李？"

"和你相比，他没前途啊！"

赵维祯忍不住回头看了她一眼，似乎想从她脸上看出端倪。

慕紫苏抛给他一记玩味的笑容："你俩之间只差半岁，你所取得的成就却甩了赵维瑾几百里地，在彼此实力相差如此悬殊的情况下，找你当我的靠山，可比找他靠谱多了。"

她如此明目张胆地说出两者之间的利害关系，让赵维祯是哭笑不得："你不要忘了，和被父皇及朝中众位大臣都看好的赵维瑾相比，如今的我，已经是一个彻头彻尾的废人了。"

慕紫苏冲他挑了挑眉，自负道："你双腿痊愈不过是早晚的事情，经过这些日子的治疗，你应该已经可以尝试站立了吧？"

赵维祯心尖一颤，没点头也没摇头。

慕紫苏拍了拍他的肩膀，低声道："就算能站，现在也不是该站的时候。静观其变，伺机而动，千万不要给那些躲在角落里的黑手二次伤害你的机会。"

赵维祯惊讶地挑了挑眉，随即勾唇一笑："你这个机灵鬼，倒让本王对你越来越刮目相看了。"

第十章 瑶池宫 草菅人命

慕紫苏请求皇上给黑槐殿亲赐牌匾的这个提议，果然让皇家书院的其他学生大吃一惊。

毕竟紫云轩与红竹阁这两个地方虽然名气在外，却从未有幸得到皇上的亲笔御赐。

谁又能想到，臭名昭著的黑槐殿，有朝一日，竟得皇上如此青睐！

从今以后，谁要是再敢将黑槐殿不放在眼里，就等于是藐视皇威。

不得不说，慕紫苏这神来一笔，不但抬高了黑槐殿在皇家书院的形象，同时也用实际行动，堵了皇家书院众学子的悠悠之口。

当黑槐殿得皇上亲赐牌匾一事传到顾清漪的耳中时，她不怒反笑："就算有皇上的亲笔御赐，也改变不了黑槐殿那几个废物一辈子都登不上台面的事实。更何况，慕紫苏这一手，表面看来，是给他们黑槐殿抬了脸面，提高了士气。可她也不仔细想想，皇家书院幕后的真正掌控者，是军权在身的霍氏一门。"

"可是小姐……"

负责汇报这个消息的，是顾清漪身边的心腹婢女，见自家小姐对此并不担忧，忍不住提醒她："那天在昭华园，三殿下在明知道霍家兄弟遭慕紫苏戏耍之后，仍放出想要真心与她结交的豪言壮语，这不是摆明了告诉众人，三殿下对慕紫苏情有独钟、志在必得吗？"

想到那日的情景，顾清漪的脸色阴郁了片刻，不过很快她就露出释怀的冷笑："不管三殿下对慕紫苏究竟抱有何种想法，只要瑶贵妃还活在人世，慕紫苏和三殿下便永远不会走到一起。"

事实证明，顾清漪猜得并没有错。

自从那日在御书房与慕紫苏交过一次手，压根儿就没将兵部侍郎府这位三小姐放在眼中的瑶贵妃，算是彻底把她恨上了。

御书房挑衅自己只在其一，真正让瑶贵妃不能容忍的是另外一件事。

自从慕老太太以吃斋念佛、静心休养为借口，住进了法华寺的斋房，她不久于人世却又死里逃生的消息，就被一些知情人传得京城上下尽人皆知。

这些知情人曾经可是亲眼见识过慕老太太油尽灯枯的惨状，连宫中几位颇有名望的太医都说，以慕老太太当时的身体情况，能够再支撑十天半月便已经到了极限。

结果事隔数日，本该一脚踏上黄泉路的慕老太太非但没有被阎王爷招走，反而红光满面，健步如飞，比那些身体健康的同龄人还要硬朗几分。

知情者无不啧啧称奇，纷纷询问慕老太太究竟请到了哪位神医，为何短短数日里，她的身体会恢复得如此迅速。

早在慕老太太夹着包裹住进法华寺之前，就被慕紫苏叮嘱，外人若问起她的病情究竟是由谁医治，一定要毫不吝啬地将自己的大名传扬出去。

慕紫苏借慕老太太之口来宣传自己的医术，就是想趁这个机会，让早在十几年前就被斩首的虞广白的大名，再一次被千家万户所知晓。

慕老太太当然明白小孙女这么做的目的，所以当外人好奇于她的病情为何会恢复得如此神速时，她毫不吝惜地将自己的宝贝孙女得到其外公医术真传的事迹，不厌其烦地讲给人听。

一传十，十传百，百传千……

很快，慕老太太在慕三小姐的治疗下"起死回生"的事迹，便成了京城上下尽人皆知的一桩奇闻。

有人相信有人怀疑，也有人将这件事当成一个笑话听后便忘。

而这个世上，总有一些人会在面临绝望的时候寻找一切求生的机会。

护国大将军霍振霆，便是这个群体中的一员。

身为霍家家主，已经年近七十的霍老将军身体状况已是每况愈下，宫中所有的太医对霍老将军的病情皆束手无策，只能用千年人参、冰山雪莲这种昂贵又稀有的药材来维持老将军的性命。

很快便有人将慕老太太重疾得治的消息传到了霍家人耳中，于是，霍家在打听了慕老太太久病不治又起死回生的来龙去脉后，派人找到慕紫苏，很嚣张高调地让慕紫苏尽快去将军府走一趟。

没错，就是嚣张又高调！

被派过来传话的霍家家丁是打心底没将慕紫苏这个四品侍郎府的小姐放在眼中，对他来说，能被叫到霍家给声名赫赫的霍老将军治病，那是慕紫苏这个名不见经传的小人物几世修来的福气。

所以家丁在传达命令的时候态度高傲，语气刁钻，一进门便摆出颐指气使的模样，好像他施与慕紫苏多大的恩德一样。

结果就是，霍家家丁的架子还没摆完，就被慕紫苏当胸一脚踢出了门外，顺便送了他一个字："滚！"

这件事传到瑶池宫的时候，直接将瑶池宫的主人，也就是备受当今天子宠爱的瑶贵妃给气得花容失色。

"岂有此理！"

被珠宝华服衬托得光彩照人的瑶贵妃用力拍了一下桌案，怒道："这个慕紫苏真是胆大包天、目中无人，居然敢如此嚣张无礼，不将我们霍氏一门放在眼中。来人，速速把那个臭丫头给本宫叫过来，本宫要亲口问一问，她究竟置本宫和霍家于何地！"

瑶贵妃大发雷霆，下场可不是随便什么人都承担得起的。

自从两年前皇后娘娘以祈福为由，隐居于皇家庙堂修心礼佛，偌大的后宫便成了瑶贵妃一个人的天下。

可以说，霍子瑶如今在后宫的地位相当于一宫之主，所有涉及妃嫔的大小事宜全都由她一人接管。

长达两年的呼风唤雨、作威作福，已经让后宫之人渐渐遗忘了这偌大的深宫之中，还有一位正牌国母娘娘的存在。

如今贵妃娘娘发怒，众人皆惊，很快便有人去皇家书院，将贵妃娘娘的命令传达给慕紫苏。

"不知娘娘这么急着召臣女进宫所为何事？"

这是慕紫苏第一次踏进后宫地界，第一次见识了瑶池宫的奢华，也是第一次从瑶贵妃脸上看到了那浓烈而又毫不掩饰的滔天杀气。

随慕紫苏一同来到瑶池宫的翠花，没有像从前一样站在她的肩膀上寸步不离，而是躲在宫门口的一棵大杨树上，默默地观察着事情的动态。

见慕紫苏礼貌而又不失倨傲地冲自己福了福身，瑶贵妃借题发挥道："大胆！见了本宫，为何不跪？"

这要是换作其他大臣家的姑娘，听到瑶贵妃厉声斥责自己为何不屈膝下跪，怕是早就被吓得瑟瑟发抖，伏跪在地了。

慕紫苏却没有将瑶贵妃的质问放在眼中，行过半礼之后，她傲然起身，面色沉稳地与存心找碴儿的瑶贵妃对视："按照天启朝的礼仪，四品以上官员家的子女，除了见到皇上和皇后时必须屈膝下跪，其他人只需行半礼即可。虽然臣女对宫规礼仪了解不多，在行礼问安方面，却不敢有任何差错。敢问贵妃娘娘，您责问臣女见而不跪，立场何在？理由何在？"

如此明目张胆地质问，不但把瑶贵妃问得瞠目结舌，就连在瑶池宫伺候的婢女太监,也没想到这位慕三小姐居然如此大胆。

瑶贵妃的心腹婢女彩衣冷着脸出面斥责:"慕紫苏,你可知现在所身处的地方究竟是哪里?"

慕紫苏挑了挑眉,答得淡雅有礼:"瑶池宫!"

彩衣瞪她一眼:"你可知这瑶池宫的主人究竟是谁?"

慕紫苏勾唇一笑:"瑶妃娘娘!"

彩衣咄咄逼人:"你可知瑶妃娘娘在宫中拥有怎样的地位?"

慕紫苏面不改色地回了一句:"虽受尽皇宠,却比不得皇后尊贵!"

言下之意,既然你霍子瑶现在还没有爬到皇后的位置,就甭指望本小姐给你磕头下跪。

这下,素有"后宫第一女官"之称的彩衣也被慕紫苏这嚣张跋扈的态度给气着了,她实在不能理解,京城里那些千金小姐,无论出身如何,地位如何,但凡见了贵妃娘娘,都会恭恭敬敬地下跪磕头,生怕哪里做得不够好,在贵妃娘娘这里留下坏印象。

结果这么简单又明了的一件事,到了慕紫苏这里居然完全行不通。

第一次被人打脸打得这么狠的瑶贵妃已经被气得完全没了脾气,她咬了咬口中的银牙,皮笑肉不笑道:"好一个受尽皇宠,却比不得皇后尊贵。慕紫苏,你这犀利又刁钻的言辞,倒真是让本宫对你刮目相看!"

慕紫苏权当瑶贵妃这番话是对自己的赞赏,笑着应道:"多谢贵妃娘娘的抬爱!"

瑶贵妃差点儿被她这厚颜无耻的模样气到吐血,指着她厉声道:"你可知本宫今日召你来此,所为何事?"

慕紫苏强忍住翻她白眼的冲动,不紧不慢道:"这个问题,臣女刚踏进瑶池宫时,已经向贵妃娘娘您请教过了。"

"你……"

瑶贵妃拔高音量:"就凭你在本宫面前这无法无天的样子,休想让本宫同意你与瑾儿再有任何接触!"

慕紫苏不明所以地看了瑶贵妃一眼:"就算没有贵妃娘娘今日的警告,臣女也没打算和三殿下有任何交集。"

她那压根儿就没把赵维瑾看在眼里的态度,一下子就点燃了瑶贵妃的怒火:"你可知瑾儿在天启皇朝究竟占据着什么样的地位？"

慕紫苏这次是真的笑了："三殿下在朝廷占据着什么地位与臣女何干？娘娘，如果您今日召臣女进宫的目的，是想警告臣女不要对三殿下痴心妄想，臣女只能说娘娘的所作所为真是多此一举。因为从头到尾，三殿下之于臣女，只是一个名号和称谓的存在，仅此而已，再无其他！"

瑶贵妃气得脸都白了："你敢如此无视本宫的瑾儿？"

"并非无视，而是无感！"

"慕紫苏，别让你的狂妄毁了你的整个人生！"

慕紫苏淡然一笑："多谢贵妃娘娘教诲，臣女会将您这句话铭记于心，时刻不忘。若娘娘没有其他吩咐，臣女便先行告辞……"

说完，她福身一礼，转身就要走。

被气得差点儿昏了头的瑶贵妃这才想起今天把这丫头叫来的目的，厉声喝道："站住，本宫让你走了吗？"

慕紫苏好脾气地问道："不知娘娘还有何事？"

瑶贵妃想起霍家家丁去请慕紫苏给自己父亲治病，却被人一脚踹出门外一事，新仇旧恨齐齐涌上心头，厉声道："本宫的父亲派人找你前去治病，你为何将传话之人踹出门外？"

"哦？"慕紫苏露出一脸茫然的表情，"臣女怎么不记得有这件事发生？"

瑶贵妃杏眼圆睁："你居然敢说你不记得？本宫有理有据，否则也不会将你唤进后宫严加质问。"

"哦！"

慕紫苏恍然大悟："娘娘说的该不会是昨天傍晚那个来皇家书院耍威风摆谱的中年大叔吧？说句让娘娘见笑的话，那大叔真是可笑，刚一进门，就摆出一副妄自尊大的嘴脸，趾高气扬地给臣女下达一些奇怪的命令。臣女还以为是哪个脑子被驴踢了的蠢货误闯到臣女面前，于是出于本能，便一脚将那中年大叔踹了出去……原来那个大叔，是将军府的家丁啊，这误会可真是闹大了。不过娘娘，如果那家丁找臣女的目的是去将军府给老将军瞧病，为何要摆出一副嚣张跋扈的嘴脸作威作福？别说臣女根本治不了霍老将军的病，就算治得了，冲他那态度，臣女也是不会出手相帮的。"

瑶贵妃拍案而起，怒气冲天："你这就是明摆着不把将军府放在眼中了？"

慕紫苏不惊不惧："分明是将军府没把臣女放在眼中。"

"你算个什么东西？将军府的人让你去治病，你治也得治，不治也得治！"

"那可真要让娘娘失望了，臣女治病救人全看心情，但凡让臣女心情不好的人，臣女会笑着看他命丧黄泉！"

"你敢？"

慕紫苏神色倨傲："莫非娘娘还想利用您的身份逼迫臣女不成？"

"凭本宫的身份，难道还逼你不得？慕紫苏，你给本宫听清楚了，本宫命令你做的事情，你若不做，就是抗命不遵。你可知违抗本宫的命令，会是怎样的下场？"

慕紫苏挺身而立，居高临下地看着比自己矮了将近一个头的瑶贵妃，勾唇笑道："娘娘可能还不知道，我这个人，最讨厌的一件事，就是被人指着鼻子威胁……"

这无礼又大胆的一句话，彻底将瑶贵妃的怒气给激发了出来，她厉声对两旁喝道："好，既然你一门心思找死，本宫就让你知道知道触犯皇权的下场！来人，慕紫苏以下犯上，顶撞贵妃，给本宫拖下去，重打五十大板……"

命令一下，整个瑶池宫陷入了一阵兵荒马乱。

一直躲在杨树上静观这一切的翠花眼看事态到了一发不可收拾的地步，它没有像从前那样扑过来帮慕紫苏骂架，而是悄无声息地离开了皇宫，直接飞去了明王府。

好在皇宫与明王府只有咫尺之遥，拍着小翅膀的翠花熟门熟路地闯进赵维祯的房间，一进门便扯着喉咙大喊："祯哥哥，不好啦，不好啦，我家紫紫要被瑶贵妃给活活打死啦……"

接连被慕紫苏施了十几次针灸的赵维祯，平日里最大的爱好便是躲在房间里尝试做复原活动。

此时就见翠花像疯了一样扑到自己面前，声泪俱下地哭诉："快去救救我家紫紫吧，再不救她，她就要被那个心如蛇蝎的坏女人给害死啦……"

赵维祯被翠花的哭声吓了一跳，一把将它抱到自己面前，不解地问："究竟发生了何事？"

翠花在他面前急得直转圈，连珠炮似的解释："坏女人她爹昨天派人请紫紫治病，紫紫嫌对方派来的人态度不好，就一脚将那个传话的人给踹出了门外。结果得知这件事的坏女人对紫紫怀恨在心，今儿一大早就派人将紫紫叫到她面前，不但劈头盖脸地把紫紫骂了一顿，还威胁紫紫要将她活活打死。那坏女人就是个泼妇、疯子，定是见我家紫紫长得比她漂亮，所以嫉妒在心，伺机报复……"

翠花在这边告瑶贵妃黑状的同时，瑶池宫的气氛也陷入了紧张之中。

凭慕紫苏现在的本事，甩开这些人的掌控并非难事。

可她知道，她逃得了初一，逃不了十五，瑶贵妃摆明了要拿这件事来做她的文章，她本来无错，可一旦反抗，就彻底坐实了她不敬贵妃的事实。

当她被十几个宫女太监扭住手臂，押跪在瑶贵妃面前时，绝美逼人的面孔上流露出一股嗜血的杀气，她目光阴狠，语气森然："娘娘这是要借题发挥，草菅人命？"

虽然此时的慕紫苏以极其卑微的姿态被押跪在地，居高临下地站在她面前的瑶贵妃，还是从她眼底迸发出来的目光中感受到了一股令人不寒而栗的浓浓杀气。

瑶贵妃绝不愿意承认，这一刻的自己，居然被慕紫苏的眼神给吓得肝胆俱裂。

她只是一个只有十五岁的臭丫头，要身份没身份，要地位没地位，这样一个如同蝼蚁般存在的卑贱的人，有什么资格在她这位贵妃娘娘面前耀武扬威？

"草菅人命？"

瑶贵妃勾唇冷笑："没错，本宫今天就是要你这个不知天高地厚的蠢货清楚地知道，你再厉害，也厉害不过皇权；你再嚣张，也嚣张不过本宫。既然你不识好歹地惹到本宫面前，那么接下来的五十大板，你就给本宫乖乖受着吧！"

说完，瑶贵妃对众人下令："打！给本宫重重地打！"

很快便有两个小太监拿来两根宽大的廷杖，估计这五十大板下去，慕紫苏的一条命基本就要交待在此处了。

被押跪在地上的慕紫苏忽然向瑶贵妃抛去一记邪佞的笑容："瑶贵妃，你听清楚了，别给我活着离开这里的机会，否则，上天入地，我慕紫苏必会与你势不两立！"

"好！好！好！"

瑶贵妃气得大声喝道："既然你一心求死，本宫断不会再给你逃出生天的机会。"

说罢，她对两旁下人命令道："乱棍打死，不留活口……"

——本季完——